BASTEI LÜBBE TASCHENBUCH

Weitere Titel des Autors:

Der heulende Müller
Das Jahr des Hasen
Die Giftköchin
Die Rache des glücklichen Mannes
Vorstandssitzung im Paradies
Der Sohn des Donnergottes
Im Wald der gehenkten Füchse
Der Sommer der lachenden Kühe
Der wunderbare Massenselbstmord
Zehn zärtliche Kratzbürsten
Nördlich des Weltuntergangs
Im Jenseits ist die Hölle los
Ein Bär im Betstuhl
Der liebe Gott macht blau
Ein Elefant im Mückenland
Adams Pech, die Welt zu retten
Vom Himmel in die Traufe
Schutzengel mit ohne Flügel
Die wundersame Reise einer finnischen Gebetsmühle
Heißes Blut, kalte Nerven
Weltretten für Anfänger

Titel in der Regel auch als E-Book und als Hörbuch erhältlich

Über den Autor:

Arto Paasilinna wurde 1942 in Kittilä/Nordfinnland geboren. Seine Schilderungen finnischer Männer und deren unverwüstlicher Einstellung zum Leben haben einen festen Platz im nationalen Kanon der finnischen Literatur. Paasilinnas schnörkellose Sprache, seine überbordende Fantasie und sein trockener Humor haben aber auch international viele Anhänger gefunden. Er ist der wohl populärste zeitgenössische finnische Autor weltweit, und seine Werke werden in über vierzig Sprachen übersetzt. Paasilinnas Romane sind zeitlos und aktuell zugleich, und sie unterhalten seine treuen Fans auf der ganzen Welt.
Arto Paasilinna lebt heute im südfinnischen Espoo, nahe Helsinki.

Arto Paasilinna

Weltretten für Anfänger

Roman

Übersetzung aus dem Finnischen von
Regine Pirschel

BASTEI LÜBBE
TASCHENBUCH

BASTEI LÜBBE TASCHENBUCH
Band 17721

Dieser Titel ist auch als Hörbuch und E-Book erschienen

Vollständige Taschenbuchausgabe
der bei Lübbe Ehrenwirth erschienenen Hardcoverausgabe

Titel der finnischen Originalausgabe: »Vapahtaja Surunen«
Published by arrangement with Bonnier Rights Finland

Für die deutschsprachige Ausgabe:

Textredaktion: Anja Lademacher, Bonn
Titelillustration: © shutterstock/Vadym Necuyporenko;
shutterstock/Hein Nouwens
Umschlaggestaltung: FAVOURITBUERO; München
Satz: Dörlemann Satz, Lemförde
Gesetzt aus der Documenta Sans
Druck und Verarbeitung: CPI books GmbH, Leck – Germany

ISBN 978-3-404-17721-9

5 4 3 2 1

Sie finden uns im Internet unter www.luebbe.de
Bitte beachten Sie auch: www.lesejury.de

1. Teil

Kalmanien

Wenn Kummer rauchen würde,
wäre die ganze Erde mit Ruß bedeckt.
(Alte Volksweisheit)

1

Es ist ein kalter Winterabend, und die Straßen der Großstadt sind leer. Nur ein einsames Räumfahrzeug ist unterwegs, um die Bürgersteige vom frisch gefallenen Schnee zu befreien. Am Nachthimmel spiegelt sich das bunte Licht, das die Farbfernseher in die Fenster der Wohnhäuser malen.

Auf dem Tisch brennt eine Kerze. In ihrem warmen Lichtschein sieht man zwei Menschen sitzen, eine Frau und einen Mann. Sie sind einander zugewandt, halten sich bei den Händen und schauen sich in die Augen. Die Frau hat schönes rotes Haar, sie wirkt sehr reizvoll in dieser stimmungsvollen Beleuchtung. Sie ist vielleicht knapp über dreißig, der Mann ein wenig älter. Er wirkt ergriffen, ernst, und seine Augen blicken besorgt.

Neben der Kerze stehen zwei Gläser, dazu eine Flasche mit warmem, aber trotzdem leichtem Château-Wein aus Frankreich. Der Käse auf dem Tablett bildet mit seinem feinen Aroma die passende Ergänzung zum schimmernden Wein. Das Paar wirkt gebildet. Beide haben feuchte Augen. Sie plaudern mit leisen, traurigen Stimmen. Auf den ersten Blick wirkt die Situation außerordentlich romantisch.

Die Frau erzählt die Geschichte ihres Großvaters Juho Immonen. Der Mann war zu Beginn des Jahrhunderts Gutsverwalter in Hauhola. 1916 trat er in das Schutzkorps ein.

Während des Bürgerkrieges suchten verrohte Truppen der Roten das Gutshaus heim, dessen Besitzer längst geflüchtet waren. Die Roten plünderten das Fleischmagazin, brannten die Scheune und die Sauna nieder und durchlöcherten mit ihren Bajonetten die wertvollen Gemälde im Blauen Salon des Herrenhauses. Als Verwalter Immonen versuchte, das Eigentum des Gutsbesitzers zu verteidigen, schlugen ihn die Angreifer halb tot, banden ihn auf einen Schlitten und fuhren ihn zum nahen See. Dort knüpften sie ihn mit den Füßen an eine Birke und ließen ihn, mit dem Kopf nach unten, dort hängen, bis er nicht mehr sprechen konnte. Schließlich stach ihm einer der Angreifer mit dem Bajonett in den Bauch. Sie schnitten den Leichnam ab und schleiften ihn zu einem Wasserloch, das sie in Ufernähe ins Eis geschlagen hatten. Als im Frühjahr das Eis schmolz, wurde der Leichnam in der Flussmündung an einer Eiche gefunden.

Dies ist die schreckliche Geschichte, die Musiklehrerin Anneli Immonen erzählt. Sie hatte sie in ihrer Kindheit unzählige Male gehört. Als sie später im Erwachsenenalter nach Helsinki zog, schloss sie sich der finnischen Sektion von Amnesty International an. Anneli Immonen hatte sich dem Ziel verschrieben, dass niemand mehr so wie ihr Großvater gequält und getötet werden dürfe.

Der Mann drückt ihre Hand. Auch er hat Erinnerungen, die bis ins Jahr 1918 zurückreichen. Sein Großvater, der Schneider Ananias Surunen, nahm an der Front von Vilppula am Bürgerkrieg teil, geriet in der Endphase des Krieges in Gefangenschaft und wurde zusammen mit seinen Kameraden nach Raahe transportiert. Siebenhundert rote Aufständische wurden im dortigen Gebäude der Bürger- und Handelsschule interniert. Während des Frühjahrs kamen hundertsiebzig von ihnen ums Leben: Hundertzweiundsechzig starben an Hunger und Krankheiten, sieben wurden durch ein Erschießungskommando hingerichtet, und ein Mann wurde lebendig begraben. Letzterer war frierend in eine der leeren Holzkisten in der Leichenkammer gekrochen, in denen die Toten ins Massengrab transportiert wurden.

Die Männer des Begräbniskommandos merkten, dass sich in einer Kiste ein Lebender befand. Nach kurzer Diskussion beschlossen sie, ihn zusammen mit den anderen zu begraben, denn hätten sie einen nicht begrabenen Häftling ins Gefängnis zurückgebracht, hätte man ihnen das angekreidet und sie ebenfalls hingerichtet. So verschlossen sie denn die Kiste trotz des Widerstandes des Mannes und übergaben auch ihn der Erde.

Im Sommer wurde Ananias Surunen in die Zwangsanstalt von Tammisaari verlegt, wo man ihn zu Tode folterte. Nach seinem Tod wurde er versehentlich zu zwölf Jahren Zuchthaus verurteilt, aber dieses Urteil zu verbüßen blieb dem Schneider erspart. Als man in der Verwaltung den Irrtum bemerkte, wandelte man in den Protokollen das Zuchthausurteil in ein Todesurteil um.

So sitzen also an diesem Winterabend die beiden Menschen zusammen und erzählen sich gegenseitig ihre Familiengeschichte. Es sind die Musiklehrerin Anneli Immonen und der Magister der Fremdsprachen Viljo Surunen. Sie sind sich auf der Versammlung des Ortsvereins von Amnesty International begegnet und anschließend in Anneli Immonens Wohnung gegangen, um die Bekanntschaft zu vertiefen. Sie sind beide warmherzige Menschen, und sie beschließen, sich von nun an gemeinsam für die politischen Häftlinge dieser Welt einzusetzen. Die Nacht verrinnt, endlich erlischt auch die Kerze, aber die beiden reden immer noch im Dunkeln miteinander, halten sich umschlungen. Sie schenken sich Liebe und schwören, dass auch die Welt ihren Teil abbekommen soll.

Das ganze Frühjahr hindurch schrieben Magister Surunen und Anneli Immonen gemeinsam Beschwerdebriefe an zahlreiche Diktatoren und forderten sie auf, die politischen Häftlinge aus den Gefängnissen ihres Landes zu entlassen und dafür zu sorgen, dass dort niemand mehr wegen seiner Meinung inhaftiert oder gefoltert wird. Dutzende Briefe, Dutzende Appelle flatterten von Helsinki in alle Teile der Welt. Anneli Immonen und Magister Surunen schrieben nach Mittelamerika, nach Südamerika, nach Afrika und nach Ost-Europa. Sie übernahmen sogar die Patenschaft für einen Häftling, einen Mann namens Ramon López, der in einem Gefängnis im Staate Kalmanien in Mittelamerika schmachtete. Anneli hatte sich bereits vor Jahren für ebendiesen López eingesetzt – leider vergeblich.
Im Staate Kalmanien wurden immer wieder die Menschenrechte verletzt. Im vergangenen Herbst hatten paramilitärische Einheiten die Bewohner eines ganzen Bergdorfes ermordet. Nur ein sechsjähriges Mädchen hatte das Massaker wie durch ein Wunder überlebt. Sie hatte sich auf einem Zuckerrohrlaster versteckt, und die Soldaten hatten ihn nicht durchsucht. Aus dem Land flohen die Menschen scharenweise in die Nachbarstaaten El Salvador, Honduras und vor allem nach Nicaragua. Kalmanien wurde seit zig Jahren diktatorisch regiert. Ein Militärputsch folgte auf den anderen, und wenn sich zwischendurch mal eine Zivilregierung etablierte, so wurde sie alsbald wieder vertrieben, und das blutige Regime ging weiter.

Im Jahre 1979 wurden in Kalmanien Hunderte Studenten und Linke verhaftet, die man der Vorbereitung einer Revolution bezichtigte. Ein solcher Verdacht bedeutete in Kalmanien Folter und Tod. Die meisten der Verhafteten wurden bereits bei den Verhören getötet. Einige kamen ins Gefängnis, darunter auch der Hochschullehrer Ramon López, damals erst achtundzwanzig Jahre alt und Vater dreier kleiner Kinder. Inzwischen war Ramon fünfunddreißig, aber er saß immer noch ohne Urteil im Staatsgefängnis von Kalmanien. Magister Surunen schickte Geld an López' Frau, und sie schrieb zurück, dass ihr Mann noch lebe, aber in sehr schlechter Verfassung sei.

Je weiter das Frühjahr voranschritt, desto klarer erkannte Magister Surunen, dass Ramon López nicht freikommen würde, selbst wenn sie beide von Helsinki aus immer wieder Briefe an den Präsidenten Kalmaniens, Generalleutnant Ernesto de Pelegrini, schickten. Es war gewiss wichtig, die Versammlungen von Amnesty zu besuchen, auch war es angenehm, anschließend bei Anneli zu sitzen und Rotwein zu schlürfen, aber all das schien letztlich nutzlos. Selbst wenn Surunen kistenweise Rotwein trank und kiloweise Käse aß, letztlich, so wurde ihm immer deutlicher bewusst, würde all das Ramon nicht weiterhelfen. Der würde in dem stinkenden Gefängnis verfaulen, obwohl er doch in Finnland zwei Paten hatte.

Surunen sagte sich, dass auch seinen Großvater leider niemand aus der Zwangsanstalt von Tammisaari gerettet hatte. Hatte es überhaupt jemand versucht? Die Großmutter hatte Verpflegungspakete hingebracht, hatte an die Beamten appelliert, aber trotzdem war der Schneider zu Tode gefoltert worden. Wäre Magister Surunen zu den Haftzeiten seines Großvaters ein erwachsener Mann gewesen, hätte er vielleicht etwas Konkretes unternehmen, zum Beispiel dem Großvater zur Flucht verhelfen können.

Na schön, die Zeiten waren vorbei. Mochte der Schneider in Frieden ruhen. Jetzt galt es, an Ramon López' elendes Schicksal zu denken.

Der Sommer kam. In der Schule fand die Abschlussfeier statt, den Abend dieses Tages verbrachte das Paar zu Hause bei Anneli Immonen. Surunen brachte ihr Blumen mit. In der Mikrowelle wärmten sie Krabben-Sandwiches. Die Musiklehrerin spielte auf dem Klavier Chopin. Surunen öffnete die Sektflasche. Vor ihnen lagen mehrmonatige Sommerferien.

»Ich habe darüber nachgedacht, Anneli, ob ich nicht nach Amerika reisen sollte«, sagte Magister Surunen zu seiner Freundin.

»Ich komme mit.« Sie fand sofort Gefallen an der Idee.

Surunen erklärte ihr jedoch, dass das nicht gehe. Sein Ziel sei nicht New York, ja nicht einmal Los Angeles. Er beabsichtige, nach Mittelamerika, genauer gesagt nach Kalmanien, zu reisen. Und dorthin solle sich eine junge Frau besser nicht wagen, nicht mal in Begleitung eines Mannes.

»Ich kann mich verständigen, spreche fünfzehn Sprachen, außerdem habe ich den Wehrdienst absolviert und bin noch gut in Form. Ich werde dort bestimmt klarkommen, aber du solltest besser in Finnland bleiben. Gut möglich, dass ich dich hier brauche, du könntest mir zum Beispiel Geld schicken, falls meine eigenen Reserven unterwegs zur Neige gehen.«

Anneli Immonen dachte über die Sache nach. Sie begriff sofort, dass Magister Surunen die Reise nach Kalmanien nicht als Tourist antrat. War es jedoch klug, sein Leben zu riskieren und in ein Land zu reisen, in dem ein blutrünstiger General die Macht innehatte?

»Du bist immer so ungeduldig«, sagte sie.

Magister Surunen nahm die Hand aus ihrer Bluse.

»Das meinte ich nicht. Ich finde nur, dass wir warten sollten. Vielleicht kommt Ramon irgendwann frei, wir müssen uns nur weiter für ihn einsetzen. Ich schreibe im Sommer neue Appelle und schicke sie überall hin.«

Magister Surunen erklärte, dass er den Glauben an die Wirkung von Briefen verloren hatte. Ein Finne glaubt gar nichts, ehe er nicht selbst sieht, was in einem Land los ist. Surunen betonte, dass er nach Kalmanien reisen wolle, um herauszufinden, wie man Ramon und womöglich auch anderen politischen Häftlingen helfen könne. Von hier aus, von der anderen Seite des Atlantiks, ließ sich nur schwer etwas erreichen, das war inzwischen klar, aber direkt vor Ort wäre die Situation eine andere.

»Ich versuche, beim Präsidenten vorzusprechen. Oder ich besuche das Gefängnis, demoliere sämtliche Schlösser und lasse alle Insassen frei.«

»Aber wenn die Bestien dort dich töten?«, stöhnte Anneli Immonen.

Surunen musste zugeben, dass auch diese Möglichkeit bestand. Die Reise in eine Diktatur war bisweilen lebensgefährlich.

»Aber ich bin Junggeselle, da trauert keine große Familie, so wie beispielsweise bei Ramon López.«

Anneli Immonen sah ihn unglücklich an, begriff aber, dass sie ihn nicht mehr umstimmen konnte. Sie goss Sekt ins Glas und reichte es Surunen. Ihre Augen füllten sich mit Tränen, aber sie versuchte tapfer zu sein. Sie war eine verständige Frau, die wusste, was angebracht war und was nicht.

»Du musst dort vorsichtig sein, Liebster.«
Noch am selben Abend schickten die beiden ein verschlüsseltes Telegramm an eine Person in Kalmanien, die sie durch Briefwechsel kannten, es handelte sich um den Universitätsdozenten Jacinto Marco Aurelio Cardenas. Surunen informierte ihn über seine Absicht, Kalmanien zu besuchen, und bat ihn, Lopez' Frau Consuelo Espinoza de López, die zu ihrem Mann Kontakt hielt, eine entsprechende Nachricht zukommen zu lassen.
Am Morgen erwachte der Magister in Anneli Immonens Wohnung mit einem leichten Brummschädel. Er erinnerte sich an den sektseligen Abend und an seinen Entschluss, nach Kalmanien zu reisen. Er betrachtete die neben ihm ruhende Musiklehrerin und sagte dann halb zu sich selbst:
»Ich muss mir sofort Geld besorgen.«
Bei diesen Worten erwachte Anneli Immonen. Sie schlang die Arme um seinen Hals und versprach, ihm alles zu leihen, was sie besaß.
»Nein, ich muss zur Bank gehen. Für die Reise nach Kalmanien braucht man wirklich eine Menge Geld. Schon allein die Flugtickets kosten Unsummen, auch wenn ich, wie es meine Absicht ist, mit der Aeroflot über Moskau und Havanna fliegen werde.«
»Wir können mein Auto verkaufen«, versprach Anneli Immonen. »Das bringt vielleicht genug Geld für den Hinflug, den Rest erbittest du von der Bank.«
Nach dem Frühstück marschierte Surunen zur Geschäftsbank, um über die Finanzierung seiner Reise zu verhandeln. Er war dort seit fünfzehn Jahren Kunde und glaubte, dass er den Kredit ohne Weiteres bekäme, schließlich warben die Banken heutzutage offensiv mit Krediten aller Art.
Surunen erklärte Ökonom Siirilä, dem Direktor, dass er be-

absichtige, ins Ausland zu reisen, wofür er einen Kredit von etwa zwanzigtausend Mark benötige.

»Gewiss, das lässt sich machen, Sie scheinen ja eine recht ausgedehnte Tour zu planen …, auch ich hatte schon mal vor, bis ans andere Ende der Welt zu fliegen und mich mal richtig auszutoben. Aber mir fehlt es am Geld und auch an der Zeit …, frei nach dem Sprichwort, dass die Kinder des Schusters keine anständigen Schuhe besitzen.«

Surunen erklärte, dass er nicht beabsichtige, auf seiner bevorstehenden Reise herumzusumpfen.

»Ich reise nämlich nach Kalmanien.«

Ökonom Siirilä unterbrach das Ausfüllen des Kreditantrages.

»Nach Kalmanien? Was haben Sie denn ausgerechnet dort zu suchen? Das ist ja nun wirklich kein bevorzugtes Touristenziel, soweit ich weiß.«

Surunen gestand, dass er keine touristische Reise plane. Er wolle das Land vorrangig aus humanitären Gründen besuchen. In Kalmanien herrsche eine undurchsichtige politische Situation. Folter sei weit verbreitet. Menschen verschwanden einfach, und man hörte nie wieder von ihnen. Surunen wolle, so sagte er, ganz persönlich einigen Einwohnern des Landes helfen, die sich in Schwierigkeiten befanden. Er kenne einige Fälle, in denen Unterstützung erforderlich sei. Er habe sich jetzt endlich zum Handeln entschlossen und wolle die Reise antreten, für die gute Sache.

Ökonom Siirilä war entsetzt.

»Sie sind wohl nicht bei Trost. Glauben Sie ernsthaft, dass sich unsere Bank an der Finanzierung einer derart irrsinnigen Reise beteiligt? Nur gut, dass die Sache zur Sprache kam. Ihren Kreditantrag kann ich unmöglich befürworten.«

Siirilä warf das Antragsformular in den Papierkorb. Sein Blick streifte Surunens Kundenkarte, und er sagte:

»Sie besitzen anscheinend eine Kreditkarte unserer Bank. Eigentlich müssten wir auch die einziehen, jedenfalls so lange, bis Sie zur Vernunft kommen, aber sei's drum. Der finanzielle Rahmen ist ja kaum relevant. Aber einen eigentlichen Kredit für die genannten humanitären Zwecke wird es von uns nicht geben. Da müsste es sich schon um ein vernünftigeres Investitionsvorhaben handeln.«

»Ist das tatsächlich Ihr Ernst?«, fragte Magister Surunen ungläubig.

»Absolut. Ein alter Kunde begibt sich auf die Reise, um sich für irgendwelche transatlantischen Revolutionäre umbringen zu lassen …, das passt nicht ins Unternehmensprofil unserer Bank. Tut mir leid.«

2

Schockiert verließ Magister Surunen die Bank. So also lagen die Dinge? Die gute alte Bank seines Vertrauens lieh ihm kein Reisegeld. Sollte er auf sein Vorhaben verzichten, nur weil die große finnische Geschäftsbank sich außerstande sah, Reiseträume von Weltverbesserern zu finanzieren? Was würde Ramon López von dieser traurigen Wendung halten, jener politische Häftling, der in dem elenden Gefängnis in Kalmanien saß, und den Surunen bereits von der vielversprechenden Reise unterrichtet hatte?
Surunen beschloss, ein konkurrierendes Geldinstitut aufzusuchen. Gegenüber auf der anderen Straßenseite befanden sich gleich zwei weitere Bankfilialen. Surunen wählte die nächstgelegene. In Finnland gibt es mehr Bankfilialen als Milchläden. Das liegt wohl daran, dass die Banken das Geld haben, Niederlassungen zu eröffnen, die Verkäufer von Milch und Brot aber nicht. Womöglich ist Geld ohnehin wichtiger als anständiges Essen?
Beim zweiten Bankbesuch verriet der Magister den wahren Zweck und auch das Ziel seiner Reise nicht mehr. Stattdessen erklärte er großspurig, dass er in die Karibik fahren wolle, um mal richtig die Sau rauszulassen. Dafür brauche er Geld. Er kündigte an, mit seinem Gehaltskonto in diese neue Bank zu wechseln, und so versprach man ihm bereitwillig einen Kredit in jeder gewünschten Höhe. Surunen

wählte eine Summe von dreißigtausend Mark. Lachend wurde das entsprechende Formular ausgefüllt, man schüttelte dem Kunden die Hand und führte ihn zum Valutaschalter. Der zuständige Abteilungsleiter zwinkerte Surunen zu und sagte:

»Dann lassen Sie es nur ordentlich krachen. Am liebsten würde ich mitkommen.«

Dann rief Surunen seinen Arzt an, der ihn sofort zu sich bestellte. Er riet seinem Patienten:

»Trink kein Wasser in Kalmanien, trink Rum. Wate im Dschungel nicht mit nackten Beinen durch Flüsse, die Piranhas schnappen unversehens zu. Und noch eins: Hüte dich vor Prostituierten.«

Der Arzt schrieb Surunen einige Rezepte für die Reise aus. Anschließend ging Surunen ins Gesundheitszentrum, um sich gegen Tetanus, Polio, Cholera und Gelbfieber impfen zu lassen.

In Kalmanien musste es um diese Jahreszeit außerordentlich heiß sein, aber im Gebirge war es sicherlich kühler, und vielleicht war es nötig, auch dorthin zu reisen. Er rief also in der kubanischen Botschaft an, erzählte von seiner Absicht, über Moskau und Havanna nach Kalmanien zu reisen, und erkundigte sich, wie er sich dafür am besten ausrüsten sollte. Kalmanien hatte keine Vertretung in Skandinavien, aber in Kuba würden doch wahrscheinlich ähnliche Wetterverhältnisse herrschen, nicht wahr?

Der Sekretär der kubanischen Botschaft erzählte ihm bereitwillig, was er einpacken sollte: solide Kleidung, sowohl für heiße wie auch für kalte Tage.

»Unter uns gesagt, Sie sollten die Anschaffung einer schusssicheren Weste ins Auge fassen. Ich habe Kalmanien vor einigen Jahren besucht, und angesichts der Lage, die damals dort herrschte, habe ich mich hinterher beglückwünscht, dass ich das Land lebend verlassen konnte. Entschuldigen Sie, wenn ich das sage, aber meiner Meinung nach ist Kalmanien eine blutende Hämorrhoide am Globus.«

Surunen bedankte sich für die Ratschläge.

Sollte er auch seine langschäftigen Gummistiefel in den Koffer stopfen, oder würde er auf Kalmaniens Straßen mit Turnschuhen auskommen? Anneli Immonen fand, dass seine schweren, klobige Gummistiefel nur Kosten verursachen würden, wenn er sie mitnähme. Das Gepäck hätte dann Übergewicht, und dafür würden die Fluggesellschaften horrende Summen berechnen. Surunen verzichtete auf die Stiefel und packte die Turnschuhe ein. Wenn ihm vor Ort Wasser in die Schuhe liefe, dann würde der tropische Sommer rasch alles wieder wegtrocknen, sagte er sich.

Surunen wollte über zwei sozialistische Länder nach Kalmanien reisen. An den Stempeln im Pass ließe sich die Route ablesen, und es wären deswegen sicherlich Scherereien in Kalmanien zu erwarten, das ein eifriger Verbündeter der USA war. Die Machthaber im Land fürchteten bis an die Grenzen der Hysterie, vom Kommunismus unterwandert zu werden. Surunen war sich sicher, dass ihm die Einreise verweigert werden würde, wenn er bei der Grenzkontrolle seine Passstempel aus Moskau und Havanna vorzeigte.

Er löste das Problem, indem er sich einen neuen Pass besorgte. Auf dem Polizeirevier von Vantaa, das für ihn zuständig war, erklärte er, dass er seinen Auslandspass verloren habe, und da er beabsichtige, durch die Welt zu reisen, beantrage er einen neuen Pass. Der Beamte wollte wissen, unter welchen Umständen der Pass abhandengekommen war, und warum Surunen den Verlust erst jetzt melde. Su-

runen erwiderte, dass er bisher keinen Pass gebraucht habe. Dann erzählte er, wie sein Pass im vergangenen Sommer bei einem Aufenthalt in Venedig abhandengekommen war: Er hatte spätabends eine Gondelfahrt gemacht, dabei plötzlich Bauchkrämpfe bekommen und dringend die Toilette aufsuchen müssen. Aus verständlichen Gründen hatte er sich nicht vom Rand der Gondel aus direkt in den Kanal erleichtern können – das war Touristen allein schon durch Italiens Hygienebestimmungen untersagt –,und so hatte er den Gondoliere bestechen müssen, damit der ihn auf dem schnellsten Wege ins nächste Restaurant fuhr. Wegen des Alters und der Langsamkeit des Gondoliere und der Beschaffenheit des Bootes hatte er es jedoch nicht rechtzeitig zur Toilette geschafft. Ihm war mitten im abendlich beleuchteten Venedig ein peinliches Malheur passiert. Er hatte sich darüber so furchtbar erschrocken, dass er sich unter einer Bogenbrücke rasch seiner Unterhose entledigt und sie in den Kanal geworfen hatte. Allerdings hatte er, weil er von den Taschendieben in Italien wusste, daheim vor seiner Abreise eine Geheimtasche in seine Unterhose genäht, in der er alle wichtigen Papiere aufbewahrte: die Reiseschecks, den Pass und das Flugticket. All das war mitsamt der Unterhose im Kanal gelandet. So hatte er denn mit einem provisorischen Pass, den er sich im örtlichen Konsulat besorgt hatte, nach Hause reisen müssen.
Eine Woche später überreichte ihm der Leiter des Polizeireviers seinen neuen Pass. Der Beamte erwähnte zwar, dass es beim finnischen Konsulat in Venedig keinen Eintrag in Bezug auf Surunens verlorenen Pass gebe, dass die Erklärung, die er abgegeben habe, aber so umfassend gewesen sei, dass sie die Ausstellung eines neuen Dokuments allemal rechtfertige.

Jetzt besaß Surunen zwei Pässe. Den einen wollte er im Osten, den anderen im Westen benutzen. Und gleichzeitig nahm er sich vor, dass er, sollte er lebend aus Kalmanien zurückkehren, zusammen mit Anneli Immonen Venedig besuchen würde. Er selbst war zweimal in Rom und einmal in Neapel gewesen, aber noch kein einziges Mal in Venedig.

Das Visum für die Sowjetunion erhielt er ohne Probleme innerhalb von zehn Tagen. Es berechtigte zu einem einmonatigen Aufenthalt im Land.

Für Kalmanien beantragte er kein Visum, denn er befürchtete, es nicht schnell genug zu bekommen. Er wollte es erst an Ort und Stelle beantragen. Zumindest ein Transitvisum würde man ihm dort geben, vermutete er, denn schließlich konnte er den Pass eines freundlich gesinnten Staates vorweisen.

Surunen besorgte sich auch einen internationalen Führerschein, wenngleich die Mitarbeiter des Automobilclubs keine Garantie dafür übernehmen wollten, dass das von ihnen ausgestellte Dokument den Magister berechtigte, in Kalmanien Auto zu fahren. Sie waren sich nicht sicher, ob es dort überhaupt Straßen gab, von Autos und Verkehrsregeln ganz zu schweigen. In ihren Unterlagen fanden sich unter dem Stichwort Kalmanien keinerlei Einträge betreffs des Straßenverkehrs und der dazugehörigen Fahrzeuge. Somit konnte Surunen nicht sicher sein, ob dort Rechts- oder Linksverkehr herrschte. Er beschloss also, zunächst die Straßenmitte zu benutzen, bis er verstanden hätte, wie der Verkehr funktionierte.

An der Universität Helsinki besorgte er sich ein Empfehlungsschreiben, das ihn als Sprachforscher mit speziellem Interesse für die Sprachen und Dialekte Lateinamerikas auswies. Das Ganze wurde mit zahlreichen Stempeln ver-

sehen, und zu Hause goss Surunen in die untere Ecke noch rotes Siegelwachs, in das er in Ermangelung von etwas Besserem sein feierlich wirkendes, aus Rekrutenzeiten stammendes Schießabzeichen der Klasse III drückte, um so keinerlei Zweifel an dem rein wissenschaftlichen Zweck seiner Forschungsreise aufkommen zu lassen.
Dann noch die Reiseversicherung. Als Surunen erzählte, wohin er fahren wollte, sagte man ihm bei der Versicherungsgesellschaft, dass man keine große Lust habe, die Versicherung abzuschließen.
»Zu riskant, die Reise«, erklärte ihm der Berater. »Unsere Gesellschaft ist alt und solvent, und wir möchten allen Kunden gerne ihre Wünsche erfüllen. Wir haben sogar der veralteten Sägeindustrie Versicherungen gewährt, aber irgendwo muss es eine Grenze geben. Die ist in Ihrem Falle leider überschritten.«
Bei Versicherungsgesellschaften ist man jedoch stets hilfsbereit, wenn es um Neuabschlüsse geht. Und so riet man Surunen, sich an eine risikofreudige internationale Rückversicherungsgesellschaft zu wenden, die zum Beispiel darauf spezialisiert war, den Transport von hochexplosivem Brennstoff durch Erdbebengebiete zu versichern oder Lebensversicherungen für Äthiopier abzuschließen.
Surunen entschied sich, nur für die Anfangsetappe der Hinreise, also für die Strecke Helsinki–Moskau–Havanna, eine Reiseversicherung abzuschließen. Diese wurde ihm problemlos gewährt, und sie war nicht einmal besonders teuer.
Zwei Wochen waren seit der Abschlussfeier in der Schule und dem Beginn der Sommerferien vergangen. Magister Surunen war bereit für die Reise. Anneli Immonen begleitete ihren Freund auf den Bahnhof und zum Schnellzug

nach Moskau. Zu diesem Zweck bestellte sie ein Taxi. Warum das notwendig war, erkannte Surunen erst am Ziel, als Anneli ihm ein Bündel Reiseschecks überreichte, ausgestellt auf eine Gesamtsumme von zehntausend Mark. Anneli hatte ihr altes Auto verkauft und wollte Surunen mit dem Geld die gefährliche und anspruchsvolle Reise erleichtern.

Er brachte kein Wort heraus, so fassungslos machte ihn ihre aufopferungsvolle Geste. Auch sonst gestaltete sich der Abschied sehr gefühlvoll. Die Stimmung war ähnlich schicksalhaft wie im Jahre 1939, als Staatspräsident Paasikivi mit seiner Entourage nach Moskau reiste, um über die Bedingungen zu verhandeln, unter denen die Sowjetunion bereit sein würde, den Winterkrieg zu beginnen. Damals hatte das Verabschiedungskommando für die Delegation ein Kampflied gesungen. Die Lehrerin Anneli Immonen verabschiedete Surunen heute zu einer mindestens ebenso heiklen Reise in die Diktatur Kalmanien. Sie sang kein Lied, obwohl es ihr nicht an Können fehlte. Anneli Immonen weinte und küsste ihren Freund.

Dann fuhr der Zug samt Surunen ab.

3

Magister Surunens Reisegefährte im Schlafwagenabteil des Nachtschnellzuges nach Moskau war ein mürrischer Russe, ein Kerl in den Sechzigern, der sich anfangs darauf beschränkte, mit freudloser Miene die vorbeigleitende Landschaft zu betrachten. Auch als der Zug über die Grenze fuhr, munterte das den Mann nicht auf. Man trank Tee und knabberte Kekse. Je weiter der Zug gen Moskau vorankam, desto finsterer blickte der Russe drein. Schließlich konnte er wohl seine üble Laune selbst nicht mehr ertragen und entnahm seiner Aktentasche eine Flasche Whisky, schraubte sie auf und fragte Surunen beiläufig, ob der auch einen Drink wollte.

Als beide ein paar Schlucke genommen hatten, fragte der Reisegefährte, woher Surunen so fließend Russisch konnte. Surunen erzählte ihm, dass er von Beruf Sprachlehrer war. Sprachen waren zugleich auch sein Hobby. Er konnte sich in fünfzehn Sprachen verständigen, fünf oder sechs davon sprach er fließend.

Der andere stellte sich vor: Sergei Lebkov, Fischereiexperte.

»Ich habe mich jetzt fast zwei Jahre lang ohne Unterbrechung im Ausland aufgehalten«, erklärte er. Wie sich herausstellte, hatte er als Vertreter seines Landes auf der Seerechtskonferenz in Den Haag gearbeitet und Fischereiprobleme diskutiert. Er hatte endlos über Fangbeschränkungen für Blauwale verhandelt, aber gerade als das Abkommen vor einem Jahr fertig und zur Unterzeichnung bereit gewesen war, hatte man ihn zum Pinguinexperten ernannt und in die Konferenz geschickt, die sich mit diesen Tieren befasste, genauer gesagt in eine Sonderkommission, die den Schutz der Königspinguine in den Küstengewässern der südlichen Halbkugel zum Thema hatte.

Lebkov betonte, dass gerade er entscheidend zum Zustandekommen des weltweiten Fangverbots für Blauwale beigetragen hatte. Er hatte von jeher den Standpunkt vertreten, dass die Blauwale allzu wertvolle Lebewesen waren, als dass man Tran aus ihnen kochen durfte.

»Wie Sie sicherlich wissen, füttern weltweit reiche Leute ihre Hunde und Katzen mit Walfett, auch an Blaufüchse, aus denen man Felle herstellt, wird es verfüttert. Sind tausend in Farmen gezüchtete Blaufüchse an Kapitalistenweibern etwa ein schönerer Anblick als ein einziger lebender, proletarisch freier Blauwal?«, fragte Lebkov erregt.

Surunen bestätigte, dass der Blauwal, der aus den Meereswellen seine Fontänen pustete, in der Tat schützenswert war, doch andererseits fand er persönlich auch Frauen attraktiv, die sich in blauschimmernde Pelze hüllten. Müsste er jedoch wählen, wäre er auf Seiten der Blauwale. Frauen waren auch ohne Pelze attraktiv, aber allein schon der Gedanke an einen zu Tran verkochten Blauwal war widerlich.

Vor einem Jahr, als die Verhandlungen zum Abkommen über Blauwale abgeschlossen waren, hatte man aus Moskau einen jungen Spund nach Den Haag geschickt und ihm die Sache übertragen. Gleichzeitig hatte man Lebkov schnöde versetzt und dafür gesorgt, dass er sich fortan mit den – an sich durchaus wichtigen – Pinguinen befassen musste. Lebkov seufzte. Man hatte ihm im Handstreich die Ergebnisse seiner jahrelangen Bemühungen geraubt. Er hatte ja gar nichts gegen die Königspinguine, gewiss nicht, aber man hätte ihm dennoch die Chance geben sollen, das Schutzabkommen für Blauwale mit zu unterzeichnen. Natürlich lag es ihm fern, die Handlungsweise des Kreml zu kritisieren, aber Surunen konnte sehen, wie sehr ihn die Sache betrübte. Heutzutage wurden in Moskau junge Aufsteiger bevorzugt. Altgediente Mitarbeiter wurden verdrängt, Erfahrung wusste man einfach nicht mehr zu schätzen.

Lebkov erzählte, dass er im Jahre 1922 in Chabarowsk geboren worden war. Als junger Mann hatte er auf einem Fischtrawler im Ochotskischen Meer gearbeitet. Ende des Zweiten Weltkrieges war er mit von der Partie gewesen, als die Russen auf den Kurilen landeten. Nach dem Krieg war er nach Moskau gegangen, wo er eine weißrussische Schönheit zur Frau genommen hatte. Diese hatte sich zunächst als Glücksfall erwiesen, aber in den letzten Jahren war sie fett und im gleichen Maße zänkisch geworden. Je mehr sie an Gewicht zulegte, desto boshafter wurde sie.

»Was mag bloß der Grund sein«, sinnierte der traurige Lebkov und füllte erneut die Gläser. Der Zug passierte das Leningrader Industriegebiet. Es war bereits dunkler Abend, die Stimmung gedämpft. Surunen wunderte sich über die Sache mit Lebkovs Frau, und er sagte, dass die finnischen Frauen umso sanfter wurden, je dicker sie waren.

Lebkov gestand ihm, dass er sich schon seit zwei Jahren nicht mehr traute, daheim in Moskau vorbeizuschauen. Die Briefe seiner Frau, die ihn in Den Haag erreicht hatten, waren in einem derart gereizten Ton gehalten, dass ihm ein Urlaub zu Hause nicht erstrebenswert erschienen war. Daraus hatte seine Frau fatale Schlüsse gezogen. Ihr war der Verdacht gekommen, dass Sergei mit holländischen Frauen fremdging. Ihrer Meinung nach ließen sich Ausländerinnen von den Männern leicht herumkriegen. Beabsichtigte ihr Ehemann, seine Angetraute daheim in Moskau zu verlassen? Liebte er hübsche westliche Püppchen, machte er mit ihnen rum und vergaß seine Pflichten im fernen Heimatland?

Um ihre grundlosen Zweifel hinsichtlich der vermeintlichen Zierlichkeit holländischer Frauen auszuräumen, hatte Lebkov bei einem Amsterdamer Kunsthändler eine Kopie von Rembrandts berühmter Nacktstudie gekauft. Er hatte sie seiner Frau als Neujahrsgeschenk geschickt und erwartet, dass das Gemälde in der verbitterten Frau Zärtlichkeit geweckt hätte. Das Gegenteil war eingetreten: Das Geschenk war daheim als Beleidigung gewertet worden, seine Frau hatte es zerrissen und die Fetzen an das Familienoberhaupt in Den Haag zurückgeschickt. Im beigefügten Brief hatte sie ihre Bestürzung über seinen krankhaften Hang zu nackten Frauen zum Ausdruck gebracht.

Kein Wunder, dass Sergei Lebkov so lange wie irgend möglich im Ausland ausgeharrt hatte. Junge Beamte des Ministeriums, die die Umstände nicht kannten, hatten allerdings im vergangenen Winter angefangen zu rätseln, was den Pinguinexperten Jahr um Jahr in Den Haag hielt. Sie hatten Lebkovs Hintergrund durchleuchtet, aber nichts Verdächtiges gefunden. Natürlich nicht, denn die Durchleuchtung hätte in Moskau und nicht in Den Haag stattfinden müssen. Nun, wie dem auch sei, Lebkov war von der russischen Vertretung in Den Haag inoffiziell aufgefordert worden, wenigstens ab und zu nach Hause zu fahren, und so hatte er sich jetzt auf den Weg gemacht. Den Kreml scheute er nicht, er war in jeder Hinsicht ein anständiger Mann und ein guter Kommunist, aber die bevorstehende Begegnung mit seiner Frau jagte ihm Angst ein. Der angestaute Groll aus zwei Jahren wartete darauf, sich zu entladen, und die Entladung würde sehr heftig werden, das wusste Lebkov aus Erfahrung.

Zwischendurch plauderten die Männer auch ganz locker miteinander. Surunen erzählte, dass er über Moskau und Havanna nach Kalmanien reisen wollte. Er müsste in Moskau übernachten, die Maschine der Aeroflot würde erst am Morgen des übernächsten Tages starten.

»Übernachte bei uns, guter Mann«, rief Lebkov freudig. Ihm gefiel der Gedanke, dass der Empfang daheim weniger rabiat ausfallen würde, wenn ein ausländischer Gast dabei wäre, der zudem ein gebildeter Sprachforscher war. In Anwesenheit eines Ausländers, der gut Russisch konnte, würde Mavra wohl kaum wagen zu toben. »Du sparst Hotelkosten, und bei uns kriegst du auch ein Abendessen. Lass uns am Kolchosmarkt vorbeifahren, dort kaufen wir gute Zutaten ein und besänftigen Mavra gemeinsam! Finnisch-russische Freundschaft der praktischen Art!«

Am Morgen traf der Zug in Moskau ein. Die vom Whisky beduselten Männer schleppten ihre Koffer hinaus, warteten eine Weile auf dem nebeligen Bahnhofsvorplatz, bis sie ein Taxi erwischten, mit dem sie direkt zu einem Restaurant fuhren. Das war Lebkovs Idee gewesen. Er bestellte belegte Brote und eine Flasche Wodka.

»Die Brote können Sie haben, aber Wodka gibt es nicht – neue Bestimmung«, belehrte sie der Kellner. Er schlug vor, dass die Männer Saft anstelle von Wodka trinken sollten.

Sergei Lebkov holte seinen Pass heraus, aus dem der Kellner ersehen konnte, dass er hier keinen x-beliebigen Durchschnittsbürger vor sich hatte, sondern einen internationalen Pinguinexperten, einen Mann, der zwei Jahre lang draußen in der Welt die sowjetischen Ideale und die Kommunistische Partei des Landes vertreten hatte …, also Wodka her, und zwar sofort! Aber die neuen Bestimmungen waren dergestalt, dass nicht einmal eine gehobene gesellschaftliche Position half, sie zu umgehen. Im Gegenteil, je höher gestellt ein Genosse, desto besseres Benehmen erwartete man heutzutage von ihm. Einem schlichten Parteisoldaten würde der Kellner womöglich einen Tropfen Wodka abzwacken, vor allem wenn er sähe, dass der Mann litt und schwer verkatert war, aber einem hohen Funktionär dabei zu helfen, sich selbst zu erniedrigen …, oh nein, auf keinen Fall.

Sergei Lebkov stand auf. Er sagte, dass er dann auch auf die belegten Brote verzichtete. »Lecken Sie mich doch! Und trinken Sie Ihren Wodka, ich gehe.« Auf der Straße knurrte er:

»Schlimm ist das Leben in Russland geworden …, Moskau ist nicht mehr so, wie es einmal war.« Surunen bekam Mitleid mit dem alten Mann, der in seiner Heimatstadt mit trockener Kehle seinen Kater ertragen musste. Er kaufte im *Berijoshka* einige Flaschen Wodka, und bald hellte sich Sergei Lebkovs Blick auf. Nach ein paar heilsamen Schlucken fuhren die beiden Gefährten zum Kolchosmarkt, um Gemüse und andere Lebensmittel zu besorgen. Surunen erbot sich, die Einkäufe zu bezahlen, aber Lebkov lehnte ab.

»Nicht doch, Bruder, vergeude nicht dein Geld, spar es dir für Kalmanien auf. Du bist hier mein Gast.«

Der Pinguinexperte beabsichtigte, seine Frau mit einem ganz besonderen Geschenk zu verwöhnen. Bei seiner Abreise aus Den Haag hatte er holländische Süßigkeiten gekauft, aber vielleicht empfahl es sich, auch noch etwas Größeres zu besorgen. Die beiden Männer traten also in die

Markthalle, in der Waren aller Art angeboten wurden, von der Waschmaschine bis hin zum lebenden Eichhörnchen.

»Wie wäre es, wenn du deiner Frau ein Eichhörnchen schenkst?«, schlug Surunen vor, denn er war überzeugt, dass Frauen überall auf der Welt lebende Geschöpfe mochten.

Lebkov dachte an etwas Größeres.

»So ein kleines Eichhörnchen reicht nicht, um Mavra milde zu stimmen, da braucht es größere Kreaturen!«

Der Blick des zunehmend betrunkenen Mannes fiel auf einen breitschulterigen Adler, der angekettet auf einer Stange hockte. Der Schnabel des Raubvogels steckte in einer Lederhülle, und seine Flügel waren so fixiert, dass er sie nicht ausbreiten konnte. Diesen Vogel wollte der Pinguinexperte als Mitbringsel für seine Frau haben.

»Wenn ich Mavra den bringe, verschlägt es ihr die Sprache«, freute er sich. Er fing an, dem Verkäufer Geld hinzublättern, aber der erklärte, dass Adler an Privatpersonen nur gegen eine spezielle Genehmigung verkauft wurden. Große Raubvögel wurden hauptsächlich für Lehrzwecke gehandelt, sie wurden an Tierparks, an Universitäten und gegebenenfalls auch an höhere Parteifunktionäre abgegeben. Aber als Sergei Lebkov seinen Pass zeigte, aus dem hervorging, dass er internationaler Pinguinexperte der Kommunistischen Partei war, und weil er außerdem den Adler mit westlicher Währung bezahlen wollte, war man sich rasch handelseinig. Der Verkäufer ließ ein Taxi auf den Markt kommen und half den Männern mit ihren Koffern, Lebensmitteln und dem Adler beim Einsteigen. Eines der beiden hinteren Fenster musste halb offen bleiben, sonst hätte der Vogel nicht in den Wagen gepasst. Würdevoll betrachtete er durch das offene Fenster den lebhaften Moskauer Verkehr, während man zu Lebkovs Wohnung fuhr. Unterwegs tranken sich die Männer tüchtig Mut an, reichten auch dem Taxifahrer ihre Flasche, und der erklärte, dass das für ihn der erste Schluck seit zwei Tagen sei. Er fügte hinzu, dass er manchmal eine ganze Woche lang völlig nüchtern am Steuer sitze.

»Anfangs war es wirklich schwer, sich an dieses neue nüchterne System zu gewöhnen. Man kriegt ja richtig Angst vor dem Verkehr, alle fahren so schnell und gucken nicht nach vorn. Nüchtern ist das manchmal schwer zu ertragen.«

Der Pinguinexperte wohnte in einem Hochhaus nahe des Zentrums. In der sechsten Etage des Gebäudes steckte Lebkov seinen Schlüssel ins Schloss, die Tür öffnete sich, und die Männer traten vorsichtig ein. Die Wohnung war mit schweren Vorhängen verdunkelt, man konnte kaum etwas sehen. Auf einem Bett im Wohnzimmer ruhte, von Kissen gestützt, die große und schwere Gattin, die mit lodernden Blicken den Ankömmlingen entgegenstarrte. Lebkov hielt ihr den Adler hin, begrüßte sie, redete beruhigend auf sie ein. Der Taxifahrer stand in der geöffneten Wohnungstür, und als die gefürchtete Explosion ausblieb, wagte auch er einzutreten.

Der Adler erfüllte seinen Zweck wie die Galionsfigur eines in den Heimathafen einlaufenden Schiffes, ein Vogel mit kühnem Blick. Und als Lebkov ihn seiner Frau reichte, war die so baff, dass sie nicht anders konnte, als das Geschenk anzunehmen. Jetzt kam Surunen beflissen herbei, stellte sich vor, und als auch noch der Taxifahrer zu Hilfe eilte, hoben sie gemeinsam den Adler aufs Bett. Lebkov befestigte die Kette, die der Vogel am Bein trug, am Bettpfosten. Der riesige Raubvogel saß dort wie in seinem angestammten Nest und blickte sich prüfend um, und als das Lederfutteral

von seinem Schnabel entfernt wurde, stieß er einen so schrillen Begrüßungsschrei aus, dass die Ikone in der Ecke herunterfiel.
Der Taxifahrer trug das Gepäck herein. Die Lebensmittel kamen gleich in die Küche. Gläser wurden mit Wodka gefüllt, man nahm einen Begrüßungsschluck. Frau Lebkova machte Anstalten, mit ihrem Mann zu zetern, hielt aber den Mund, als er hastige Gesten in Richtung des Magisters Surunen machte. In Anwesenheit gebildeter ausländischer Herren sollte man besser nicht zanken, Liebste …
Mavra Lebkova schluckte Wodka wie ein Waschbecken, in dem der Stöpsel fehlt. Bald heiterte sich ihre Stimmung auf, sie bot den Gästen einen Platz an und machte sich an die Zubereitung eines Festmahls. Der Hausherr schlug vor, ein wenig zu singen. Der Taxifahrer griff sich die Balalaika, die an der Wand hing, und alle sangen gemeinsam russische Romanzen. Die Einheimischen staunten, dass auch Magister Surunen sie konnte. Er erzählte, dass die Finnen, wenn sie betrunken waren, gern russische Romanzen sangen. Die Lieder waren so wehmütig und entsprachen ganz ihrem Geschmack.
Die Hausherrin mit ihren hundert Kilo Lebendgewicht präsentierte ein Essen, wie Surunen es noch nie auf seinen Reisen erlebt hatte. Der Tisch wurde mit dem Familiensilber und teurem Kristall eingedeckt. Der Taxifahrer bekam den Auftrag, Wein einzukaufen. Als Vorspeise servierte Mavra Zakuskis, kleine Häppchen: Fischsülze, Kaviar, weißrussische Fleisch- und Leberpasteten, Basturma, eine Fleischplatte nach kaukasischer Art. Als man all das gegessen und Wein und Wodka hinterher getrunken hatte, trug Mavra kalten Borschtsch auf. Anschließend folgte der Hauptgang. Mavra hatte Spanferkel gemacht, das

so hervorragend schmeckte, dass Surunen sich keinen Augenblick länger wunderte, warum sie es auf ein Gewicht von mehr als hundert Kilo brachte. Zum Nachtisch gab es dann noch Schaumtorte, ein herrliches Gemisch aus Butter, Zucker, Ei, Zitrone und Gelatine, überzogen mit Schokolade. Zu der Torte trank man süßen Glühwein, und zum Dank an Mavra sangen die Männer zwei Strophen der »Moskauer Nächte«. Surunen sang ein Solo, und am Ende des Refrains schrie der Adler seinen Part so laut und schrill, dass die Fensterscheiben klirrten. Zur Belohnung bekam er Wodka. Der Taxifahrer hielt ihm den Schnabel auf, während Mavra den Alkohol hineinkippte. Der Vogel schüttelte heftig den Kopf. Trotzdem schluckte er das Zeug hinunter, und bald war er ziemlich betrunken. Er versuchte zu fliegen, schrie alles Mögliche, bis er die Augen verdrehte und auf dem Bett umkippte.

Bald nach dem Adler fiel der Taxifahrer um, dann war Lebkov selbst an der Reihe. Und schließlich hielt auch Surunen nicht mehr länger durch. Seine letzte Erinnerung hatte er an einen Raum, in dem schlafende Männer und Adler lagen. Aber eine Gestalt war noch auf den Beinen: die gewaltige Köchin, die feurige Russin Mavra Lebkova, die, wenn sie gereizt war, Furcht einflößte, die aber bei guter Stimmung ein ganzes Wohnviertel zu beköstigen vermochte.

Nachts erwachte Magister Surunen von hämmernden Kopfschmerzen. In dem dämmerigen Licht konnte er erkennen, dass er in einem breiten Sessel geschlafen hatte. Im Bett lag der Pinguinexperte, eng an seine Frau geschmiegt. Auf der Schwelle zur Küche schlief der Taxifahrer. Der Adler hatte sich von seinem Rausch erholt und war auf den Bettpfosten geklettert, auf dem er nun thronte. Surunen rieb sich die Schläfen und musterte den Vogel, der zwei Köpfe zu haben schien. Surunen schloss die Augen, versuchte sich das historische Gemälde von Edvard Isto in Erinnerung zu rufen, auf dem der zweiköpfige Adler, Russlands Wappentier, die weißgekleidete finnische Jungfrau angreift und dem unschuldigen Mädchen ein dickes Gesetzbuch entreißt, die finnische Verfassung. Der Himmel ist wolkenverhangen und dunkel, ein Gewitter naht. Fern am Horizont schimmert ein schmaler Lichtstreif, gleichsam die Hoffnung, dass sich das Wetter doch noch bessern wird.

Surunen öffnete die Augen. Der Adler sah ihn an und hatte jetzt nur noch einen Kopf. Surunen dachte darüber nach, ob die Entstehung des zweiköpfigen russischen Adlers auf den Wodka zurückzuführen war, der bewirkte, dass die Russen allerlei Dinge doppelt sahen. Dieser Gedanke rüttelte ihn vollends wach. Er ging in die Küche, aß ein paar Reste des Festmahls und zündete sich eine Zigarette an. Bald kam auch der Pinguinexperte Lebkov in die Küche geschlurft. Er war verschlafen, hatte aber keine Angst mehr. Die Nacht an der Seite seiner Frau hatte ihn wieder ins Gleichgewicht gebracht.

Lebkov sprach Surunens Reise nach Kalmanien an. Es sei richtig von ihm, ans andere Ende der Welt zu fahren, um seinen Schützling aus den Fängen der Folterer zu retten, fand er.

»Bei uns in der Sowjetunion gibt es heutzutage keine Folter mehr. In den westlichen Ländern wird allzu viel Lärm um unsere Menschenrechte gemacht. In Wahrheit unterstützen gerade die USA blutige Diktaturen in vielen Ländern der Welt.«

Er äußerte die Überzeugung, dass sich die Militärjunta von Kalmanien ohne die politische und wirtschaftliche

Hilfe der USA keinen einzigen Tag an der Macht halten könnte.
Surunen erkühnte sich zu behaupten, dass auch in der Sowjetunion und in den anderen sozialistischen Ländern Andersdenkende verfolgt wurden. Aus den Berichten von Amnesty International ging eindeutig hervor, dass auch die Ostblockländer in dieser Sache nicht unschuldig waren.
»Bei euch werden die Andersdenkenden in Irrenhäuser gesperrt«, sagte er.
Das passiere nur in äußerst seltenen Fällen, erklärte Lebkov. Außerdem sei ein Bürger, der sich in seiner Dummheit gegen das System erhebe, verrückt und sei somit im Irrenhaus richtig untergebracht.
Surunen hingegen fand es falsch, Bürger, die sich dem herrschenden System widersetzten, ins Irrenhaus zu sperren. Wenn niemand das System kritisiere, könne es sich nicht entwickeln. Außerdem sei eine Zwangseinweisung nur unter Missachtung der Menschenrechte denkbar.
»Es gibt natürlich Probleme bei uns, das leugne ich nicht. Aber man tut besser daran, sich ruhig zu verhalten, dann gerät man nicht in Schwierigkeiten. Verrückt ist, wer Kritik äußert, und für Verrückte haben wir gesonderte Anstalten.«
Dann wurde der Taxifahrer wach und verlangte etwas zu trinken. Der Adler schrie im Wohnzimmer, davon erwachte Mavra Lebkova. Sie kam im Morgenmantel in die Küche gewalzt, umarmte Surunen und begann, im Samowar Tee zu kochen.
Nach dem Frühstück begleiteten die Lebkovs ihren finnischen Gast nach unten zum Taxi. Mavra drückte den Magister noch einmal an ihren Busen, der groß und warm war wie das russische Reich an heißen Sommertagen. Dann ging es auf direktem Wege ab zum Flughafen.

4

Auf dem Flug von Moskau nach Havanna döste der verkaterte Surunen vor sich hin. Als Mahlzeit wurde ein schmackhaftes Lammgulasch serviert. Surunen trank dazu drei Flaschen kaltes russisches Mineralwasser. Über dem Atlantik verteilten die strammen russischen Stewardessen Kopfhörer an all jene Passagiere, die einen Film anschauen wollten. Gezeigt wurde eine sowjetisch-kubanische Koproduktion, die von der kubanischen Revolution handelte, vor allem aber von der gewaltigen gesellschaftlichen Entwicklung, die auf Castros Machtantritt gefolgt war. Bei Surunen hinterließ der Film den Eindruck, dass Castros sichtbarste Leistung als Revolutionsführer die gewesen war, Kindertagesstätten bauen zu lassen, und vor allem, die Kubaner zu flotten Volkstänzen zu animieren. Die Musik war rhythmisch und fröhlich, die Menschen lachten und scherzten. Vermutlich war nur ein vom Kapitalismus durch und durch zerfressener Ausbeuter außerstande, all das zu würdigen, dachte Surunen ein wenig missmutig. Sein verkaterter Geist wollte sich dem lärmenden kubanischen Sozialismus nicht recht öffnen.

Am Nachmittag landete die Düsenmaschine der Aeroflot in Havanna. Magister Surunen wachte auf. Hatte er schon den Atlantik überquert? Er nahm den Popelinemantel über den Arm und schob sich mit den anderen Passagieren zum Ausgang. An der Außentür standen die vollbusigen Stewardessen, dankten den Passagieren und äußerten die Hoffnung, dass diese erneut mit einer sowjetischen Maschine fliegen würden. Draußen auf dem Flugplatz war es erstickend heiß. Surunen öffnete Mund und Nase, um sich die Lungen mit der sauerstoffreichen Karibikluft zu füllen, die allerdings nicht nur glühend heiß, sondern auch feucht war. Die Lunge wollte schier bersten, so wie in der Sauna, wenn man versehentlich zu viel Wasser auf die Steine gießt. Das Hemd klebte im Nu auf der Haut. Das klare und sanfte Moskauer Frühsommerwetter war Vergangenheit. Surunen befand sich in den Tropen, in Übersee, weit weg vom guten alten Europa, unterwegs in noch weitere Ferne, in eine neue, blutige Welt.

Surunen schwitzte zwei Stunden lang auf dem Airport von Havanna. Dann stieg er in eine Maschine der mexikanischen Fluggesellschaft und landete in Mexiko City, als es bereits dunkel war. Anderthalb Stunden später ließ er Mexiko hinter sich, und abends um elf Uhr war Surunen in El Salvador. Von dort flog er noch einmal fünfzehn Minuten mit einer alten Propellermaschine der kalmanischen Fluggesellschaft bis zum internationalen Flugplatz der dortigen Hauptstadt Santa Riaza. Gegen Mitternacht hatte er sein Ziel erreicht. Surunen war furchtbar müde, er wollte am liebsten sofort ins Hotel, um sich schlafen zu legen, aber die Grenzkontrolle zog sich über mehrere Stunden hin. Surunen schien der einzige Europäer zu sein, der an diesem Abend in Kalmanien eintraf. Die Grenzbeamten hatten genügend Zeit und Muße, den Ankömmling gründlich zu kontrollieren.

Surunen saß da, rauchte Zigaretten und blickte auf die Uhr. Er versuchte zu schlafen, aber die Hitze war unerträglich, und die Kunststoffbänke im Airport waren zudem nicht gerade bequem. Surunen erkundigte sich, warum man ihm die Einreisegenehmigung nicht ausstellte, damit er ins Hotel fahren konnte.

»Sie sind der erste Finne, der je versucht hat, unser Land zu betreten. Wir müssen klären, wo Ihr Staat ungefähr liegt. Wir haben Zweifel, ob es dieses Finnland überhaupt gibt. Glauben Sie ja nicht, werter Herr, dass wir leicht zu täuschen sind. Ständig versuchen Terroristen aus Ländern, die es gar nicht gibt, bei uns einzudringen, und wir haben guten Grund zu der Annahme, dass gerade Sie einer von ihnen sind. Oder aber, was für Sie noch schlimmer wäre, es könnte sich herausstellen, dass Finnland ein sozialistischer Staat ist. In diesem Falle möchte ich nicht in Ihrer Haut stecken. Wir mögen nämlich keine Kommunisten.«

Der Grenzbeamte machte die typische Geste, mit der man das Abschlagen des Kopfes andeutete. Dann lachte er. Surunen versicherte den Beamten, dass Finnland garantiert ein kapitalistischer Staat sei. Er erzählte sogar von den Ereignissen, die sich 1918 in Finnland zugetragen hatten. Die Roten hatten sich an einer Revolution versucht, aber die weißen Truppen hatten den Sieg errungen. Seither war Finnland ein außerordentlich weißes Land. Die kalmanischen Beamten hatten keinen Grund, an den bürgerlichen Idealen der Finnen zu zweifeln.

Mit leicht ironischem Unterton fragte Surunen, ob die Beamten je von einem alten Kontinent jenseits des Atlantiks hatten reden hören, der sich Europa nannte. Ach wirklich? Nun denn. In ebendiesem Europa, genauer gesagt an seinem nordwestlichen Rand, lag der Staat, der sich Finnland nannte. Von dort stammte er, Surunen, er war also ein Finne.

Der Grenzoffizier besah sich den Inhalt von Surunens geöffnetem Koffer in aller Ruhe. Er blickte auf und sagte abschätzend:
»Wir sind beide fast gleich groß.«
Surunen war verblüfft. In der Tat, der Beamte war hochgewachsen und von der gleichen Statur wie er selbst. Vielleicht etwas verschwitzter, aber die Größe war dieselbe. Was hatte das mit Surunens Einreisegenehmigung zu tun?
»Ich messe einen Meter achtzig. Auf der Welt gibt es viele gleich große Männer. Müsste ich zwei Meter groß sein, um in Ihr Land zu gelangen? Warten Sie darauf, dass ich noch wachse, damit Sie mir die nötigen Papiere ausstellen können?«
Der Beamte musterte ihn mitleidig.
»Sie wollen mich nicht verstehen. Ich wette, dass wir auch dieselbe Kragenweite haben.«
»Ich trage Hemden mit der Weite fünfundfünfzig«, erklärte Surunen müde.
»Ich auch«, freute sich der Beamte.
Endlich begriff Surunen, worum es ging. Er zog sein bestes Oberhemd aus dem Koffer und reichte es dem Mann. Der lächelte, knallte einen Stempel in Surunens Pass und bedankte sich für das Geschenk. Er wandte sich an seinen dicken Kumpanen, der neben ihm am Schalter herumlümmelte, und lobte Surunen in den höchsten Tönen:
»Dieser Finne ist ein großzügiger Mensch, stimmt's, Luis? Mir scheint, dass die Finnen allesamt prima Kerle sind.«
Surunen sagte, dass seine Kleidungsstücke dem anderen nicht passen würden. Der Mann sei zu dick. Aber Luis löste das Problem mühelos:
»Ich habe einen Cousin, der genauso groß ist wie Sie.

Ein wirklich feiner Kerl, hat nur im Moment nichts anzuziehen. Ist jedenfalls ein großer Freund Finnlands, dieser Cousin.«

Surunen zog eine Unterhose und ein ärmelloses Hemd aus dem Koffer und überreichte Luis die Stücke. Der stopfte sie in seine Taschen und lächelte sonnig.

»Danke! Mein Cousin wird sich freuen. Wirklich ein großzügiges Volk dort am Rande Europas. Hier entlang, Herr Finne, willkommen in Kalmanien! Ich besorge Ihnen ein Taxi, dem Sie sich anvertrauen können.«

Der Taxifahrer war ein braunhäutiger Mann, der penetrant nach Zigarettenrauch und hausgemachtem Bier roch. Zwischen den Beinen hielt er einen vier Liter fassenden Plastikkanister, aus dem er hin und wieder einen Schluck stinkendes Bananenbier trank. Er war kein knauseriger Charakter, sondern bot seine Plörre auch Surunen an, der allerdings ablehnte. Surunen war drauf und dran, den Mann zu ermahnen, bei der Arbeit nicht so viel zu saufen, da das den Verkehr gefährden könnte, aber dann fiel ihm seine Moskauer Taxifahrt mit Sergei Lebkov ein. Er selbst hatte dem dortigen Taxifahrer Wodka in die Kehle gegossen.

»Hat man beim Zoll Ihre Fingerabdrücke genommen?«, fragte der Fahrer.

»Ist das hierzulande üblich?«

»Na ja …, normalerweise ist es so, dass die Ausländer, die mit der Nachtmaschine ankommen, ihre Finger schwärzen müssen, vor allem, wenn sie wohlhabend wirken. Aber Sie haben die Halunken anscheinend bestochen, sind ein erfahrener Weltreisender.«

Surunen gab zu, dass er den Beamten ein Oberhemd und ein paar Stücke Unterwäsche gegeben hatte. Sie hatten ihn fast dazu gezwungen.

Der Taxifahrer fand, dass das klug gewesen sei von Surunen. Es war nicht angenehm, mit schwarzen Pfoten ins Hotel zu kommen, nachdem man fünf oder sechs Stunden auf dem Flugplatz verhört worden war.

»Ich selber nehme keine Bestechungsgeschenke an. Zahlen Sie mir ein paar Dollar, das genügt. Wir haben es nicht mehr weit, bald sind wir in der Stadt.«

Der Mann fuhr wie ein Wahnsinniger. Es mochte am Bier liegen, vielleicht war es aber auch ein Mangel an Schulung und Fahrpraxis.

»Sie haben wohl keinen Führerschein«, wagte Surunen seine Zweifel zu äußern, als der Wagen durch Santa Riazas nächtliche Straßen zum Hotel im Zentrum raste.

»Nein, natürlich nicht. Ich bin nämlich Indianer. Kein Indianer in diesem Land hat einen Führerschein. Man hält uns nicht für anständige Menschen. Eigentlich hält man uns gar nicht für Menschen.«

Surunen fragte verwundert, wie der Mann dann Taxi fahren könne, wenn er doch gar keine Berechtigung besitze.

»Ich besteche die Beamten. So machen es alle hier, anders geht es nicht. Wenn ich mal an einer Straßensperre gestoppt werde, gebe ich den Polizisten oder Soldaten einen halben Dollar, und sie lassen mich durch. Das ist der übliche Satz. Falls ich betrunken bin, muss ich einen ganzen Dollar berappen. Deshalb habe ich immer Dollars im Portmonee, unsere eigene Währung wollen sie nicht, buchten einen stattdessen für zwei Tage ein.«

Santa Riazas Straßen waren leer. Nur ein paar hinkende Köter streunten um die Müllkörbe. In den Außenbezirken sah man kilometerweit nur Elendshütten, aber je näher man dem Stadtzentrum kam, desto höher und solider wurden die Häuser. Direkt im Zentrum leuchtete ein mindestens fünfzehnstöckiger Wolkenkratzer, den der Indianer mit heulenden Reifen ansteuerte: das Hotel Americano. Surunen gab ihm drei Dollar und ein paar Zigaretten. Der Fahrer trug Surunens Gepäck ins Foyer.

»Seien Sie vorsichtig, hier wimmelt es von Dieben und Huren«, warnte er.

»Sollte ich in ein besseres Hotel umziehen?«

»Dies ist das beste. In anderen Hotels besteht Gefahr für Leib und Leben.«

Als er im Zimmer angekommen war, fühlte sich Surunen so unendlich müde von der langen Reise und der Luftveränderung, dass er es gerade noch schaffte, sich das Gesicht abzuspülen, ehe er sich aufs Bett warf. Er seufzte schwer. Seine Schläfen hämmerten. Der ganze Körper schmerzte, die Füße brannten. Er hatte Durst, aber zu trinken gab es nichts.

Die Klimaanlage surrte einschläfernd. Apathisch betrachtete Surunen die Decke seines Zimmers, in der Morgendämmerung wirkte sie wie frisch gestrichen. Kein einziger Gecko war dort oben zu sehen. Surunen hatte zahlreiche Reisebeschreibungen über tropische Länder gelesen. Darin hieß es, dass an den Wänden und Decken der Hotels die ganze Nacht hindurch kleine, Insekten jagende Eidechsen, Geckos, umherliefen. Surunen stand auf und untersuchte gründlich das ganze Zimmer: die Wände, den Fußboden und die Decke, auch das Bad, aber kein einziger Gecko war unterwegs. Enttäuscht kehrte der müde Reisende ins Bett zurück. Er musste versuchen, ohne Gesellschaft zu schlafen.

Surunen erwachte erst nach dem Mittag. Er wusch und rasierte sich, putzte die Zähne, zog sich saubere Sachen an und trat dann ans Fenster, um die Stadt zu betrachten. Sein

Zimmer befand sich in der zehnten Etage des Wolkenkratzers. Die Aussicht, die sich bot, war überwältigend. Zu Füßen des Hotels erstreckten sich Plätze und Gassen voll wimmelnden Lebens. Die Häuser waren schmuck, errichtet im alten spanischen Kolonialstil. Die Parks waren grün, die Sonne schien fast senkrecht herunter, ohne Schatten zu werfen. In der Ferne, in südwestlicher Richtung, schimmerte der weiß schäumende Pazifik. Ihm gegenüber, am anderen Ende der Stadt, ragten zerklüftete Berge mit Schneehauben in den Himmel, an ihre Hänge schmiegten sich weiße Villen, vermutlich die Wohngegend der Oberschicht. Die Wolken über den Bergen waren weiß wie gefrorener Schaum. Kaum zu glauben, dass es in einem so schönen Land, in dem auch das Wetter äußerst lieblich war, Hass und Leid gab. All dies wirkte wie ein Paradies, aber Surunen wusste, dass Kalmanien nicht so war, wie es aussah, sondern für viele seiner Bewohner die reinste Hölle darstellte.

Er versuchte, Anneli Immonen in Finnland anzurufen. »Leider sind die Verbindungen nach Europa gestört. Sie müssen vom staatlichen Fernmeldeamt aus ein Telegramm schicken, von hier kommen wir nur nach El Salvador durch, wenn überhaupt«, hieß es aus der Zentrale.

Die Zentrale sagte ihm, dass vor zwei Wochen in Kalmanien ein kleiner Putschversuch stattgefunden habe …, der Kriegszustand war ausgerufen worden und all so was. Dann hatte es im Gebirge ein mittleres Erdbeben gegeben, und seitdem bestand keine Verbindung mehr nach außen, weder nach Europa noch anderswo hin. Nur nach El Salvador …

Surunen staunte. Hatte in Kalmanien vor zwei Wochen eine Revolution stattgefunden? Die finnischen Zeitungen

hatten gar nichts darüber berichtet, wie war das möglich?
»Es war eigentlich kein wirklicher Umsturz. Ein Staatsstreich vielleicht, aber selbst der missglückte. Gehört übrigens Finnland wirklich zu Europa? Ich hatte immer geglaubt, dass es in Alaska liegt, dass es Alaskas kältester Bundesstaat ist.«
»Finnland ist ein europäischer Staat. Alaska und Finnland sind nicht einmal Grenznachbarn«, erklärte Surunen.
»Das hatte ich gar nicht gewusst, wie interessant!«
Surunen legte den Hörer auf. Hier war also einiges los. Die internationale Presse ignorierte anscheinend Kalmanien, oder aber das Land befand sich in einem so chaotischen Zustand, dass kleinere Machtkämpfe gar nicht bis in die Nachrichten vordrangen.
Surunen aß im Restaurant im Erdgeschoss rasch zu Mittag und zog dann los, um Geld zu tauschen. Er nahm an, dass dies ein Land war, in dem man mit internationalen Kreditkarten nicht weit kommen würde.
Kalmaniens Zentralbank befand sich in einem Palast, der Ende des neunzehnten Jahrhunderts gebaut worden war und am Rande des größten Platzes von Santa Riaza stand. In der Mitte des Platzes plätscherte ein runder Springbrunnen, den vier stolze Reiterstatuen umgaben. Sie stellten Kalmaniens Herrscher aus den vergangenen Jahrzehnten dar. Auf drei Pferden prangten Generäle in prächtigen Uniformen, aber das vierte Pferd stand mit leerem Sattel am Wasserbecken, ohne General auf dem Rücken. Surunen fragte Passanten, warum das Pferd ohne Herr herumstand. Man sagte ihm, dass noch vor zwei Wochen General Ernesto de Pelegrini, der jetzige Präsident Kalmaniens, auf dem Pferd gesessen habe. Aufständische Soldaten hatten

ihn jedoch aus dem Sattel geschweißt und seine bronzene Hoheit auf dem Dach eines Panzerwagens zur Mülldeponie gerollt. Als dann der Putsch niedergeschlagen worden war, hatte man den General Pelegrini rasch wieder zurückgeholt und aufs Pferd gesetzt. Bei dieser Prozedur hatte man allerdings festgestellt, dass die Skulptur beim Herunterschweißen schwer beschädigt worden war und in diesem Zustand der Würde ihres Vorbildes nicht mehr gerecht wurde. Man hatte sie zur Reparatur ins Museum gebracht. Übrigens war ebendiese Skulptur erst vor drei Jahren enthüllt worden, wussten die Einheimischen zu berichten. Zuvor war sie mitsamt dem Pferd von der Umrandung des Wasserbeckens heruntergerissen worden. Die aufgebrachte Menschenmenge hatte das Prachtstück vor Santa Riaza ins Meer geworfen. Aber auch jener Aufstand war gescheitert, und so hatte Kalmaniens Flotte den Auftrag erhalten, das Reiterstandbild wieder aus dem Meer zu fischen. Ein schwieriges Unterfangen, und erst als die Flotte der USA zu Hilfe gekommen war, hatte man Pelegrini samt Pferd aus dem Pazifik bergen können. Die Statue war wieder an ihrem Platz aufgestellt und in einer schönen Zeremonie enthüllt worden, und so hatte wieder alles seine Ordnung gehabt. Ursprünglich war die Statue 1979 am Brunnen platziert worden, als Pelegrini erstmals an die Macht kam. Viele Bürger Kalmaniens erinnerten sich noch gut an jene erste feierliche Enthüllung.

Als Surunen seinen Weg fortsetzte, hefteten sich ein Dutzend Kinder an seine Fersen, sie bettelten um Münzen und riefen alles Mögliche, wie es Straßenjungen zu tun pflegen.

»Gnädiger Herr, gib ein paar Roisdos, meine Schwester ist krank …« Roisdos? Was war das? Vielleicht ein Begriff aus dem örtlichen Dialekt? Wie auch immer, Surunen warf den Kindern einige Münzen zu in der Hoffnung, sie dadurch loszuwerden, aber die Folge war, dass sich die Anzahl der Bettelnden im Nu verdoppelte. Die Kinder schrien mit verzerrten Mündern nach Münzen. Kinder schreien in allen Ländern der Welt aus vollem Halse, hier allerdings schrien sie vor Armut. In Finnland krakeelten Surunens Schüler, weil sie zu Hause nicht besser erzogen worden waren.

In der Bank musste Surunen seinen Pass und die Einreiseerlaubnis vorzeigen. Nachdem er zahlreiche Formulare ausgefüllt und fast eine Stunde gewartet hatte, wurde ihm endlich ein dickes Bündel der kalmanischen Währung hingeblättert. Jetzt wurde ihm klar, was die Kinder gerufen hatten. Die kalmanische Währungseinheit war der Riisdo, der aus hundert Roisdos bestand. Ein Riisdo kostete 1,33 Mark, sodass ein Roisdo 1,33 Pfennig wert war. Die Riisdoscheine hatten Dollargröße und waren mit prächtigen Porträts der örtlichen Machthaber geschmückt. Münzen gab es im Wert von einem Riisdo sowie von fünfzig, zwanzig, zehn, fünf und einem Roisdo. Die größte Münze war achteckig. Die Fünfzig-Roisdo-Münze hatte ein Loch in der Mitte, und die kleinen Roisdos waren aus Nickel, genau wie einst in Finnland die Pfennige, die im Volksmund »Kekkonens Tränen« genannt wurden. Als Surunen die Bank verlassen und sich vergewissert hatte, dass die bettelnden Kinder nicht mehr auf ihn warteten, trat er in eine Nebengasse, in der er ein Straßencafé fand. Er aß ein paar schmackhafte Tortillas und spülte sie mit einer Flasche amerikanischem Bier hinunter. Alles zusammen kostete nur acht Roisdos. Surunen stellte zufrieden fest, dass ihm angesichts dieser kleinen Preise sein Geld notfalls ein ganzes Jahr Aufenthalt im Land ermöglichen würde.

Auf dem Fernmeldeamt gab Surunen ein Telegramm an Anneli Immonen auf. Er teilte ihr die Adresse seines Hotels mit und berichtete, wie die Reise verlaufen war. Dann rief er in der Universität von Santa Riaza an und hinterließ eine Nachricht für Dozent Cardenas: Viljo Surunen, finnischer Sprachwissenschaftler und Erforscher lateinischer Dialekte, würde am nächsten Tag bei ihm vorsprechen.

Auf dem Rückweg ins Hotel kaufte sich Surunen am Zeitungskiosk einen Reiseführer von Kalmanien. Seine bisherigen Kenntnisse des Landes stammten aus alten, allgemein gehaltenen Werken, die in Finnland verfügbar waren. Surunen setzte sich in die Hotelbar mit einem Glas Whisky vor der Nase und blätterte in dem Reiseführer.

Kalmanien hatte eine Fläche von 19483 Quadratkilometern, ein ziemlich kleines Land also. Der größte Teil dieses Gebietes bestand zudem aus unfruchtbarem Gebirge. Die Einwohnerzahl betrug laut der zuletzt durchgeführten Volkszählung 3,7 Millionen – diese Information stammte aus dem Jahr 1967. Die Landessprache war Spanisch, und neunzig Prozent der Bevölkerung waren katholisch. Das Land war in sechzehn Departements aufgeteilt, die Währungseinheit war also der Riisdo, und hinsichtlich der Zeitzone verhielt es sich so, dass es, wenn in Finnland die Uhr die zwölfte Mittagsstunde anzeigte, in Kalmanien erst vier Uhr morgens war.

Surunen nahm einen Schluck Whisky. Das Eis klirrte im Glas. Er fragte sich, ob er wohl von dem Eis Durchfall bekäme …, bekanntlich machten Eis und Leitungswasser Reisende in fremden Ländern krank.

Das Symbol der nationalen Airline war XU, der Nationalfeiertag der zwanzigste April, und der Titel der Nationalhymne lautete »Lasst uns für ewig die Heilige Jungfrau

Maria anbeten«. Die Hauptstadt hieß Santa Riaza, die wichtigsten Wirtschaftszweige waren …

Weiter kam Surunen nicht, denn zwei hübsche junge Damen gesellten sich zu ihm. Sie bezeichneten sich als einheimische Studentinnen und sagten, sie würden sich sehr geschmeichelt fühlen, wenn der nette ausländische Gentleman ihnen einen Drink spendieren würde, damit man besser ins Gespräch käme.

Surunen ahnte, dass es Prostituierte waren. Er gab ihnen einen Drink aus, beklagte seinen Zeitmangel und flüchtete in den Fahrstuhl und in sein Zimmer.

Nach einiger Zeit wurde an seine Tür geklopft. Er legte rasch die Sicherheitskette vor und antwortete nicht. Die Frauen von vorhin lockten hinter der Tür mit ihrem Angebot:

»Du kannst uns beide haben, wenn du hundert Riisdos pro Nase zahlst. Der übliche Satz in vornehmen Hotels wie diesem beträgt hundertfünfzig Riisdos, aber wir geben dir Rabatt, weil du so ein netter Kerl bist!«

Der Magister der Fremdsprachen fühlte sich für einen flüchtigen Moment versucht, auf das Angebot einzugehen, seine Hand lag bereits auf der Sicherheitskette, aber dann fielen ihm der unvergleichliche Körper und die lieblichen Augen seiner Freundin Anneli Immonen ein, und er ließ die Kette an ihrem Platz. Er warf sich aufs Bett und drückte ein Kissen auf sein Gesicht. Auf dem Korridor fluchten die Frauen wütend, aber das hörte Surunen nicht mehr. Schweißnass biss er in die Ecke des Kissens.

Nach einiger Zeit beruhigte er sich und las weiter im Reiseführer. Demzufolge hatte das Land 1821 seine Unabhängigkeit erlangt. Seitdem hatten in Kalmanien mehr als sechzig Revolutionen stattgefunden. An der Spitze des Staates, der stark von den USA abhängig war, stand ein Präsident. Kalmanien hatte eine eigene Flotte und eine Armee, die wichtigsten Wirtschaftszweige waren Landwirtschaft und Montanindustrie, achtzig Prozent der Bevölkerung waren Mestizen. Der Grad der Alphabetisierung betrug fünfzig und die Sterblichkeitsrate genau hundert Prozent.

5

Dozent Jacinto Marco Aurelio Cardenas vom Sprachinstitut der Universität Santa Riaza war etwa fünfzig Jahre alt, an den Schläfen bereits ergraut, er war schlank gebaut und hatte feine Gesichtszüge. Er wirkte müde, abgeklärt und zynisch. Trotzdem freute er sich sehr, als Magister Surunen ihn besuchte.

»Europäer sieht man hier ja ganz selten«, sagte Dozent Cardenas, als er Surunen die Hand gab. »Man hat mir gesagt, dass Sie von der Universität Helsinki kommen und sich für die hiesigen Indianerdialekte interessieren.«

Surunen reichte ihm sein Empfehlungsschreiben. Cardenas warf einen flüchtigen Blick darauf und gab es zurück. Dann schlug er vor, nach draußen zu gehen und sich unter die Bäume vor dem Universitätsgebäude zu setzen, denn es war ein schrecklich heißer Tag, und die Ventilatoren funktionierten wieder mal nicht richtig.

Die Universität von Santa Riaza befand sich in einem riesigen, Anfang des Jahrhunderts gebauten Palast, der von weitläufigen Parks umgeben war. Auf den Rasenflächen schlenderten sportlich gestylte Studenten umher. Sie trugen ärmellose Hemden, die vorn mit den Namen englischer und amerikanischer Universitäten bedruckt waren. Auf keinem einzigen Hemd war die Universität von Santa Riaza erwähnt, obwohl sie älter war als die meisten der ausländischen, von den Studenten verehrten Einrichtungen. Dozent Cardenas erzählte, dass die Universität seit 1922 in diesen Räumen zu Hause sei, gegründet worden sei sie aber bereits im neunzehnten Jahrhundert.

»Seinerzeit war die Universität von Santa Riaza eine der berühmtesten höheren Lehranstalten in ganz Lateinamerika«, berichtete Cardenas. Er führte Surunen zu einer Bank, die mitten auf einer großen Rasenfläche stand.

»Dies ist mein Lieblingsplatz«, erklärte er. »Von hier kann man weit genug in jede Richtung sehen. Hier kann man sich in aller Ruhe unterhalten, ohne ständig fürchten zu müssen, belauscht zu werden.«

In einiger Entfernung lief eine Gruppe Studenten auf dem Rasen herum. Die jungen Leute scherzten und lachten, niemand schien Pflichten oder Termine zu haben, obwohl es Vormittag und somit die beste Zeit für Vorlesungen war.

»Sie haben offenbar Studenten hier, obwohl es Sommer ist. Scheinen ja fleißig zu sein, Ihre Studenten.«

»Nun ja. Uns sind die Semesterzeiten in den letzten Jahren ein wenig durcheinandergeraten. Darf ich übrigens mal Ihren Pass sehen?«

Surunen zeigte seinen Pass, jenen, den er von Mexiko ab benutzt hatte und der keine Stempel von Moskau und Havanna enthielt. Dozent Cardenas blätterte das Dokument viele Male durch, musterte Surunen eindringlich und verglich sein Gesicht mit jenem auf dem Passfoto.

»Sie sind also wirklich Magister Viljo Surunen aus Finnland?«

Surunen schwor es.

»Sagen Sie mir doch mal, wie viele Einwohner Helsinki hat.«

Surunen erwiderte, dass es nach seiner Erinnerung um die

550 000 waren, so ungefähr. Cardenas korrigierte: Seines Wissens betrage Helsinkis Einwohnerzahl 522 000, laut der im Jahre 1968 durchgeführten Volkszählung.

»Hoffentlich nehmen Sie es mir nicht übel, wenn ich Ihnen noch ein paar weitere Fragen stelle. Könnten Sie mir sagen, wann die Universität Helsinki gegründet wurde und welche Fakultäten sie hat?«

Surunen geriet kurz in Verlegenheit, aber dann fiel ihm ein, dass die Universität Helsinki im Jahre 1828 gegründet worden war und dass sie gegenwärtig zumindest die theologische, die juristische, die medizinische, die mathematisch-naturwissenschaftliche und die staatswissenschaftliche Fakultät umfasste, ferner jene für Land- und Forstwirtschaft sowie natürlich die geschichtlich-sprachwissenschaftliche, an der er selbst studiert hatte, und als Krönung auch noch ein Sportinstitut.

Diese Aufzählung genügte, um den zurückhaltenden Dozenten zu überzeugen. Er wechselte mit Surunen einen herzlichen Händedruck. In seinen Augen tauchte ein freundlicher Funke auf.

»Hier in Kalmanien muss man sehr genau aufpassen, mit wem man sich auf Gespräche einlässt. Überall sind Provokateure unterwegs. An jedem Ort verbergen sich heimliche Lauscher. Deshalb sitzen wir auch hier mitten im leeren Park. Niemand befindet sich in Hörweite, wir können frei reden. Ich glaube dir, dass du wirklich der finnische Magister Surunen bist, und ich kann dir anvertrauen, dass ich tatsächlich dein und Anneli Immonens Verbindungsmann in Santa Riaza bin.«

Dozent Cardenas berichtete von seinen Kontakten und versprach, Surunen zu unterstützen. Er hatte Surunens und Immonens Telegramm an Frau López weitergeleitet.

Cardenas äußerte jedoch den Wunsch, dass Surunen ihn niemals anrufen und am Telefon vertrauliche Dinge besprechen und ihm auch keine Briefe schicken möge.

»Ich bin schon zu alt, um ins Gefängnis zu gehen. Ich kann nicht mal mehr den Gedanken an Folter ertragen, habe bereits meinen Anteil vom unbarmherzigen Leben in diesem Erdenwinkel abbekommen.«

Surunen erzählte ihm von seiner Absicht, Ramon López zu helfen. Der Dozent fand den Gedanken nobel und in jeder Weise unterstützenswert, warnte Surunen aber davor, Fehler zu machen.

»Ich weiß nicht, ob du vielleicht ein Linker bist, aber wenn es so sein sollte, dann verheimliche es, solange du dich in diesem Land aufhältst. Würde Jesus Christus heute in Kalmanien leben, und man erführe, dass er mit den Linken sympathisiert, würde man ihn sofort verhaften und zum Verhör schaffen. Man würde Jesus auf schlimmste Weise foltern, und im Anschluss daran würde man ihn umbringen. Die Öffentlichkeit würde nichts von dem ganzen Jesus erfahren. Martha und Maria würden ins Gefängnis gesteckt, vielleicht würden auch sie getötet. In diesem Land würde Jesus nicht gekreuzigt werden, sondern spurlos verschwinden. Vielleicht würde man seinen entstellten Leichnam irgendwann in einem verlassenen Tagebau entdecken, aber dann würde ihn kein Sterblicher mehr wiedererkennen. Nicht mal Gottvater selbst, um ehrlich zu sein.«

»Du bist ein recht zynischer Mann, Jacinto.«

»Ich wurde 1979 verhaftet, in derselben Woche wie Ramon. Ihn verdächtigte man, in seiner Jugend einer Studentenorganisation angehört zu haben, die später aufgelöst wurde. Mich nahm man einfach aufs Geratewohl fest. Zu jener Zeit wurden Hunderte Studenten und Lehrkräfte dieser Bildungseinrichtung abgeholt. Gepanzerte Lastwagen der Armee rollten am helllichten Tag aufs Gelände, und die Hörsäle wurden geräumt, mitten während der Vorlesungen. Es war wie der Abtransport von Schlachtvieh. Die Armee wollte zeigen, dass keiner in Kalmanien daran denken sollte aufzumucken, vor allem nicht an der Universität.«

»Du hast es jedenfalls überlebt.«

»Zuerst wurde ich nach Strich und Faden verprügelt, und zwar im Verhörzentrum, das in einer Fabrik außerhalb der Stadt eingerichtet worden war. In der Fabrikhalle ging es ganz furchtbar zu. Viel fehlte nicht, und man hätte mich totgeschlagen. Mehrere Menschen kamen dort um, ich selbst habe mit eigenen Augen drei Fälle beobachtet. Dann wurde ich ins Gefängnis überführt, wo die Verhöre weitergingen: Elektroschocks an den Genitalien, Tritte in die Leistengegend. Man behauptete, ich hätte die Studenten aufgewiegelt und zu Revolutionären erzogen, was ich nie getan habe, auch wenn das durchaus begründet gewesen wäre. Man behielt mich sechs Monate in Untersuchungshaft. Dann wurde ich zu acht Jahren verurteilt, weiß der Himmel, auf welcher Grundlage. Ich musste noch anderthalb Jahre in einem elenden Gemäuer im Gebirge schmoren, bis hier in Santa Riaza wieder mal ein Putsch stattfand und ich entlassen wurde. Dennoch vergingen noch fast zwei Jahre, ehe ich meinen Arbeitsplatz an der Universität wiederbekam. Sofern man diesen Job als Arbeit bezeichnen kann.«

Während des Gesprächs hatte sich im Park vor dem Hauptgebäude eine Gruppe durchtrainierter junger Leute versammelt, Studenten, die wattierte Kleidung und auf den Köpfen glänzende Kunststoffhelme trugen. Sie hatten einen ovalen Ball dabei, den sie in verschiedene Richtungen zu schleudern begannen. Wahnsinniger Lärm hallte durch den Park, als sie hinter dem Ball herrannten.

»Sie spielen amerikanischen Fußball. Und denen soll man nun etwas beibringen«, seufzte Dozent Cardenas traurig. »Jenes Spiel ist überaus töricht und gewalttätig, genau wie die Spieler.«

Surunen erzählte, dass er gesehen habe, dass dieses Spiel auch in Helsinki gespielt werde. Im Park neben seinem Wohnhaus lärmten erwachsene finnische Männer jedes Wochenende ganz genauso herum wie die Studenten drüben auf dem Platz.

Cardenas sagte, dass er den Amerikanismus nicht mochte, und er meinte damit die Yuppie-Kultur Nordamerikas.

»Aber was soll man von einem Volk erwarten, dessen Geschichte voller Gewalt und Selbstjustiz ist? Bei der Eroberung des Westens wurde einfach nur die Beute verteilt. Es war keineswegs eine friedliche Ausbreitung der Neubewohner auf dem Kontinent. Die dreistesten Charaktere habe sich durchgesetzt, und sie formten Amerika.«

Cardenas zündete sich eine Zigarette an. Er blies den Rauch in Richtung der lärmenden Footballtruppe.

»Die Eroberung Lateinamerikas verlief auch nicht sauberer. Es kamen jene Spanier und Portugiesen übers Meer gesegelt, die am gierigsten und blutrünstigsten waren. Sie siedelten sich hier an, töteten die Indianer und unterwarfen alle anderen, die noch am Leben waren. All diese armen Länder sind aus der Gier nach Gold entstanden, und deshalb baden wir heute immer noch im Blut«, erzählte Dozent Cardenas mit leiser Stimme.

»Vielleicht liegt die Zukunft in der Jugend«, äußerte Surunen.

»Jedenfalls nicht in dieser hier«, sagte Cardenas. Er verriet, dass von den Studenten, die sich an der Universität von Santa Riaza eingeschrieben hatten, höchstens die Hälfte beabsichtige, sich für einen Beruf zu qualifizieren. Der Rest seien Schnüffler verschiedener Art, deren Aufgabe es sei, die anderen Studenten und vor allem die Lehrkräfte zu überwachen. Dasselbe treffe auf die Lehrkräfte zu, auch von ihnen sei die Hälfte Handlanger der Militärjunta.

»Wir müssen für diese Schwachköpfe Tag für Tag Vorlesungen halten, obwohl jeder ganz genau weiß, dass sie kaum lesen können. Man sieht hier täglich dieselben Typen, die angeblich studieren und abends und nachts durch die Slums und die Dörfer ziehen und unschuldige Menschen abschlachten. Auch vom Geheimdienst und von der Militärakademie sind hier Spitzel eingeschleust worden. Alle dasselbe Gesocks.«

»Hört sich nicht sehr demokratisch an.«

»Dieses Wort solltest du hier nicht benutzen. Die Regierung schwadroniert zwar die ganze Zeit von den demokratischen Rechten der Bürger, aber wehe, wenn irgendein Bürger in seiner Naivität in den Chor mit einstimmt, denn das ist sein Ende. Demokratie bedeutet hier dasselbe wie Umsturz. Nur die Regierung darf das Wort nach Gutdünken benutzen. Es ist ein schönes Wort, aber in Wahrheit bedeutet Demokratie für die Militärjunta rein gar nichts.«

Dann sprachen sie über Ramon López.

»Um den armen Ramon steht es nicht gerade gut. Er ist in letzter Zeit häufig krank, und das ist kein Wunder, denn er verbringt seine Haft im Gebirge. Dort herrscht ein raues Klima, und die Bedingungen im Staatsgefängnis La Trivial sind mies. Am Leben dürfte er aber immerhin noch sein.«

Dozent Cardenas gab Surunen die Adresse von Ramons Frau Consuelo. Sie wohnte in Santa Riazas östlichem Slum

Paloma, jenem Gebiet, das Surunen in der Nacht gesehen hatte, als er im Taxi des betrunkenen Indianers vom Flughafen gekommen war. Surunen erkundigte sich, ob er direkt zu ihr gehen könne, oder ob Vorsichtsmaßnahmen nötig seien.

»Schwer zu sagen …, aber ich werde dir ein Schreiben mitgeben, das dich als Sprachforscher ausweist, sowie ein entsprechendes Empfehlungsschreiben. Du hast doch sicher einen Rekorder?«

»Ja, einen ziemlich alten Kasten.«

»Gut, geh damit in den Slum Paloma und nimm auf, wie die Leute reden. Stell ihnen sprachwissenschaftliche und ethnologische Fragen, lass sie nicht über Politik reden. Wenn du erst einmal damit beschäftigt bist, kannst du nebenbei Consuelo treffen, ohne dass es Aufmerksamkeit erregt. Grüß sie von mir, und falls es dir gelingt, Ramon zu treffen, dann grüß auch ihn. Erzähl ihm, dass die Universität von Santa Riaza quasi nicht mehr existiert. Sag ihm, dass sich hier nur noch als Football-Mannschaft getarnte Geheimpolizisten tummeln. Ein Lehrer wie Ramon würde es hier keinen Augenblick aushalten. Vielleicht tröstet ihn diese Nachricht ein wenig.«

Cardenas schrieb für Surunen die versprochenen Papiere aus. Beim Abschied sagte er noch:

»Wenn du ein paar Bänder mit Interviews zusammen hast, lass sie in deinem Hotelzimmer liegen, so dass sie jeder sehen kann. Du kannst sicher sein, dass der Geheimdienst die Bänder sofort abhört, sobald du das Hotel verlässt. Wenn die Bänder nichts als sprachwissenschaftliche Interviews enthalten, wird man dir nach und nach vertrauen. Viel Glück dann, ich muss jetzt zur Vorlesung und aus Leibeskräften überflüssiges Zeug reden.«

Abends im Hotel Americano setzte sich Surunen an den Bartresen, um ein paar Gläser zu kippen. Anwesend waren auch seine Bekannten vom Vortag, die beiden schönen Huren. Sie rümpften die Nase, als sie Surunen sahen. Er erwog, hinzugehen und mit ihnen zu reden, denn ihm schien, dass er allzu schroff reagiert hatte, und das musste korrigiert werden. Es war schon einige Zeit her, seit er zuletzt an der Seite einer Frau geschlafen hatte. Aber die Damen wirkten ungnädig, und so beschloss er, sie in Ruhe zu lassen. Stattdessen fiel sein Blick auf einen betrunkenen Amerikaner, der an einem der kleinen Tische hockte, vor sich ein halb ausgetrunkenes Glas Rum. Der Mann trug einen hellen Anzug, gute Maßarbeit, allerdings inzwischen ziemlich verlottert. Sein Gesicht war zerfurcht, und es war nicht leicht zu erkennen, wie alt er war. Er mochte dreißig sein, möglicherweise aber auch schon in den Sechzigern. Sein ganzes Erscheinungsbild kündete von tiefem Lebensüberdruss. Er hatte bestimmt schon bessere Tage gesehen, schien aber inzwischen alle Hoffnung aufgegeben zu haben.

Surunen beschloss, zu dem Mann zu gehen und mit ihm zu reden. Der war tatsächlich Amerikaner, wie sich herausstellte. Er war Journalist, Kalmanien-Korrespondent einer großen kalifornischen Tageszeitung, und er hieß Tom Haslemore.

Der Reporter freute sich sehr, als er Gesellschaft bekam.

»Schön, auch mal einen weißen Mann zu treffen in diesem schweißigen Erdenwinkel«, sagte er. »Wie läuft es in Finnland? Ihr habt vermutlich Probleme mit den Russen, oder?«

»Wir kommen gut mit den Sowjets aus«, widersprach Surunen.

»Na schön. Keine Ahnung. Ich bin nie in Finnland gewesen,

hat sich irgendwie nicht ergeben. Wird wohl auch dabei bleiben.«

Tom erzählte, dass er zuvor einige Jahre als Korrespondent seiner Zeitung in Haiti gearbeitet hatte. Vor zwei Jahren war er nach Kalmanien abkommandiert worden, und hier saß er nun.

»Hier passiert nie irgendwas Bedeutendes«, klagte er. Surunen warf ein, dass seines Wissens immerhin im Verlaufe der Jahre zahlreiche Militärputsche stattgefunden hatten. Auch jetzt gab es anscheinend im Gebirge Zusammenstöße zwischen der Armee und der Bauernguerilla. Vor zwei Wochen war sogar in der Hauptstadt gekämpft worden.

»Na, das ist doch der übliche Rummel in Lateinamerika. In diesen Ländern gehören Putsche zum gewohnten Wochenprogramm. Die hiesigen Obristen laufen von Zeit zu Zeit heiß. Manchmal entsteht eine Revolution, manchmal nicht. Was spielt es für eine Rolle? Es ist völlig egal, alles läuft weiter wie gehabt, verflucht noch mal. Ich bin schon immer der Meinung gewesen, dass wir Amerikaner dem ganzen Treiben ein für alle Mal ein Ende machen und all diese schweißigen Zwergstaaten besetzen sollten. Aber in Washington drucksen sie bloß herum, das ist eben das Dilemma.«

Surunen gab dem Reporter einen Drink aus, den dieser gern annahm. Der Mann war inzwischen ziemlich stark betrunken. Und man sah ihm an, dass es nicht das erste Mal war. »Als junger Mann glaubte ich noch an die Pressefreiheit und den ganzen anderen Kram. Ich zog als Kriegsreporter durch die Welt …, ich brannte damals für meinen Job. Jetzt fehlt mir die Kraft, und auch das Interesse.«

Ein paar Drinks später bekannte Tom Haslemore, dass er ein hoffnungsloser Alkoholiker war.

»Sie haben mich hier an den Arsch der Welt geschickt, haben sich nicht getraut, mich einfach rauszuschmeißen. In den letzten zwei Jahren habe ich tagtäglich in dieser Bar gehockt. So sieht es aus.«
Tom schlürfte niedergeschlagen seinen Drink.
»Dort in Haiti habe ich mir einen Knacks weggeholt. Mir scheint, ich habe mir als Souvenir AIDS mitgebracht. Ich fühle mich neuerdings immer so müde, so als wäre ich schon siebzig. In Wirklichkeit bin ich erst knapp über vierzig. Ziemlich verrückt, oder?«
Plötzlich lebte er auf.
»Vor zwei Wochen habe ich allerdings für diesen Staat Geschichte geschrieben. Ohne mich wäre der jetzige Präsident, also dieser General Ernesto de Pelegrini, nicht mehr an der Macht. Man hätte ihn ins Exil in die USA geschickt.«
Surunen spendierte einen neuen Drink und bat Haslemore, die ganze Geschichte zu erzählen.
»Also pass auf. Vor ein paar Wochen fingen die Obristen wie üblich an, die Panzer warmlaufen zu lassen. Sie hatten angeblich Kontakt nach Washington und alles war abgesprochen: Der Putsch kann beginnen! Mitten in der Nacht erschienen die Panzer auf Santa Riazas Straßen, es wurde dem Vernehmen nach ziemlich viel geschossen. Ich bekam von alledem nichts mit, denn ich lag hackevoll in meinem Zimmer. Na gut, am Morgen dröhnte es dann aus dem Radio, dass ein Umsturz stattgefunden hatte. Aus Kalifornien meldete sich mein Boss und wollte wissen, was passiert war. Ich war schwer verkatert und hatte absolut keinen Schimmer. Also wusch ich mir das Gesicht, nahm einen Drink und fuhr im Fahrstuhl nach unten. Dort lugte ich raus auf die Straße. Vor dem Hoteleingang stand ein Soldat,

und ich fragte ihn, was los war. Er wusste es auch nicht, forderte mich auf, wieder reinzugehen. Das machte ich und schickte per Telex eine Nachricht rüber, dass hier nichts Nennenswertes passiert war. Ich fügte noch hinzu, dass Präsident de Pelegrini wie bisher in seinem Palast sitzt, dass die Stadt vollkommen ruhig und das Wetter schön ist. Das war die erste Pressemeldung, die nach dem Putsch von hier in die Welt rausging. Bald darauf rief mich unser Botschafter an und fragte, ob es stimmte, dass der Umsturz gescheitert war. Ich sagte ihm, er solle selber aus dem Fenster gucken. Das machte er dann wohl und meldete nach Washington, dass die Sache in die Binsen gegangen war. Meine Pressemeldung verbreitete sich um die Welt, und die Welt glaubte sie. So kam es denn, dass Washington nicht wagte, besagte Obristen offen zu unterstützen, worauf die sich verkrümeln mussten. Die Panzer wurden geordnet in die Stützpunkte zurückgefahren, die Soldaten in die Kasernen kommandiert, und ein paar Majore bekamen Hausarrest. Einige Offiziere niederen Ranges wurden vermutlich an Lichtmasten aufgeknüpft. Der Präsident sprach im Radio und dankte dem kalmanischen Volk und seinen treuen Truppen. Tja …, mir hätte er danken müssen! Mir und dem verdammt hässlichen Kater, das war das ganze Geheimnis. Man kann sagen, dass ich aus Versehen eine Revolution in Grund und Boden gesoffen habe.«

Tom Haslemore hob sein Glas. In seinen Augen blitzte ein listiger Funke auf. »So ist das abgelaufen …, ein Suff, ein Kater, und das Schicksal einer ganzen Nation war besiegelt. Es heißt ja immer, dass die Revolution ihre Kinder frisst. Mag sein. Aber ich habe eine komplette Revolution versoffen.«

6

Am nächsten Morgen beschloss Surunen, Ramons Frau Consuelo aufzusuchen. Aber zunächst machte er einen Morgenspaziergang auf den Markt, der trotz der frühen Stunde bereits erwacht war. Käufer drängten sich zu Hunderten auf dem Platz, es waren hauptsächlich füllige Hausfrauen, die von Stand zu Stand gingen und nach den besten Angeboten an diesem Morgen Ausschau hielten. Die Verkäufer hatten ihre Ware in Buden ausgebreitet, einige besaßen einen eigenen Verkaufskarren, und die ärmsten Händler hatten nur ein Stück Sackleinen, das sie auf der Erde ausgebreitet hatten und auf dem sie ihre Schätze feilboten: Mais, Nüsse, Hackfrüchte und Gewürze. Die Händler priesen ihre Ware lauthals an, sodass die ganze Umgebung widerhallte und niemand ein Wort verstand. Trotzdem florierte das Geschäft, Riisdos und Roisdos wechselten den Besitzer.

Der Lärm war so gewaltig, dass Surunen es für besser hielt, den Marktplatz zu verlassen. Er zog sich in eine Markthalle am Ende des Platzes zurück, die voller kleiner Läden war. Dort wurden Haushaltswaren, Wäsche, Möbel, Elektroherde, Teppiche und Geschirr angeboten. In einem dieser Läden gab es Elektrobohrer, Hämmer, Nägel, kurzum Eisenwaren jeder Art. Surunen fragte den Verkäufer mit schwarzem Schnauzbart, ob er Macheten im Angebot hätte, einheimische Dolchmesser, die man im Dschungel benutzte, um sich den Weg zu bahnen, ähnlich den Laubsicheln in Finnland.

Der Verkäufer holte mehrere martialisch aussehende Exemplare hervor, eines schärfer und größer als das andere. Daraus galt es zu wählen, die Preise schwankten zwischen zweiundzwanzig und sechsunddreißig Riisdos.

Surunen kaufte ein mittelgroßes Messer, das bequem in die Innentasche des Jacketts passte. Für Messer samt Futteral bezahlte er zusammen zweiundzwanzig Riisdos.

»Ha, werter Herr, falls Sie zufällig Bedarf an Schusswaffen haben, könnte ich behilflich sein«, äußerte der Händler, während er seinen schwarzen Schnauzbart zwirbelte.

Surunens Interesse war geweckt. Konnte er sich tatsächlich so problemlos eine Waffe besorgen?

»Notfalls kann ich Ihnen sogar ein Sturmgewehr oder einen leichten Granatwerfer verkaufen. Eine Maschinenpistole kostet zweihundertfünfzig Riisdos. Die Patronen sechzig Roisdos pro Stück, bei Tausenderpackungen fünfundvierzig Roisdos pro Schuss. Günstig, oder?«

Surunen meinte, dass seines Wissens Zivilpersonen in Kalmanien keine Waffen tragen und dass diese auch nicht im Handel angeboten werden durften.

»Nun ja, wie man es nimmt. Horchen Sie mal nächste Nacht auf die Stimmen der Stadt. Was werden Sie wohl hören? Das Miauen von Katzen und das Gebell von Hunden? Nein, werter Herr. Büchsengeknall hören Sie nachts in Santa Riaza, so sieht es aus. Natürlich ballern die Soldaten zum Zeitvertreib herum, aber auch die Zivilisten verstehen sich darauf, Sie müssen nur mal Ihr Fenster öffnen und lauschen.«

Der Händler erklärte, dass die Waffen, die er anbot, amerikanisches Fabrikat waren, ausgezeichnete Qualität. Bei einigen Tagen Lieferfrist könnte er dem ausländischen Herrn sogar eine leichte Feldkanone verkaufen, man müsste sich nur über den Preis einigen.

Surunen dankte für das Angebot und versprach, sich die Sache zu überlegen. Dann steckte er sein Dschungelmesser unter die Jacke und kehrte nachdenklich ins Hotel zurück. Dort versteckte er das Messer unter der Matratze und wünschte sich, dass er es nie brauchen würde.

Eigentlich musste er unbedingt auch den zweiten Auslandspass verstecken. Es würde einen unangenehmen Verdacht erregen, wenn bei einem Ausländer zwei Pässe gefunden würden, und der eine zudem noch Stempel aus Moskau und Havanna enthielt. In seinem Hotelzimmer wollte Surunen den zweiten Pass nicht lassen, er musste einen besseren Ort finden.

Surunen vergewisserte sich, dass der Rekorder funktionierte, und nahm ihn mit, als er sich mit dem Taxi zu Ramons Frau in den Slum Paloma aufmachte. Unterwegs kaufte er als Mitbringsel eine große Tafel Schokolade, schließlich hatte Consuelo, soweit er informiert war, mindestens vier Kinder. Der Tag war inzwischen so weit fortgeschritten, dass die Hitze die Stadt eroberte. Surunen bat den Taxifahrer, schnell nach Paloma zu fahren, damit die Schokolade nicht unterwegs schmolz.

»Das Nest des Lumpenpacks steht auch noch da, wenn wir ganz langsam fahren«, knurrte der Fahrer. »Wenn ich an Ihrer Stelle wäre, werter Herr, würde ich die Huren aus der Innenstadt bevorzugen. Die Schlampen aus Paloma sind verseucht wie räudige Hunde, alle durch die Bank. Aber es ist Ihre Sache, wenn Sie unbedingt Ihr Leben riskieren wollen.«

Magister Surunen war nie zuvor in einem richtigen Slum gewesen. Er kannte Aufnahmen von solchen Orten, er wusste, wie die Armenviertel von São Paulo, Mexico City, Nairobi oder Kalkutta aussahen. Sie waren sich alle auf eine schlimme Weise ähnlich, und das Paloma von Santa Riaza glich ihnen in jeder Hinsicht. Die Gebäude schienen kurz vor dem Einsturz zu stehen, manche waren drei- oder vierstöckig, hauptsächlich handelte es sich jedoch um einfache Hütten, die zwischen die Etagenhäuser gequetscht waren. Sie waren mit rostigen Wellblechstücken gedeckt, die Wände waren aus Abfallziegeln oder bloßem Lehm gemauert, als Türen dienten oftmals nur Kleidungsfetzen. Auf einigen Hütten ragten Fernsehantennen in die Höhe. Keine Behausung sah aus wie die andere, und trotzdem waren sie alle in ihrem Elend gleich. Die Gassen waren schmal und schmutzig. Man konnte ahnen, dass sie sich bei Regen in glitschige Kloaken verwandelten.
Trübsinnige Hunde schlichen überall herum. Sie hatten die zahllosen zottigen Katzen des Slums auf die Dächer und Zäune vertrieben. Von dort betrachteten jene elenden Kreaturen hungrig, faul und verdrießlich das unten pulsierende Leben. Schmutzige Kinder, müde Frauen und arbeitslose Männer drängten sich in Palomas Gassen und auf den kleinen Plätzen. Die Männer spielten Würfel und fluchten lautstark.
Im Slum herrschte ohrenbetäubender Lärm. Überall in den Hütten spielte das Kofferradio mit voller Lautstärke. Die Leute verständigten sich schreiend, niemand sprach mit normaler Stimme, und dabei handelte es sich keineswegs um ständigen Streit. Die Kinder kreischten schrill, sie liefen umher und schlugen mit Stöcken auf rostige Fahrradgerippe oder dröhnende Fassböden ein, hinter den Hüt-

ten krähten aufgeregte Hähne und gackerten nervöse Hühner, und darein mischten sich das hitzige Gezänk der Frauen und das gnadenlose Fluchen der Männer. Irgendwo wurde ein Schwein geschlachtet. Das arme Tier schrie in seiner Todesnot mitleiderregend, bis sein Blut in eine zerbeulte Emaille-Schüssel abgelassen, der Körper überbrüht und anschließend aufgehängt wurde. Aufdringliche Fliegen surrten in riesigen Schwärmen in all diesem Lärm umher und verstopften den Menschen und Tieren Augen und Münder.

Das Foto eines Slums stinkt nicht, aber der Slum stinkt. Der Eigengeruch von Paloma war ekelerregend und wurde durch die Hitze noch verstärkt. Er setzte sich zusammen aus dem Gestank von verstopften Abflusskanälen und verdorbenen Lebensmitteln, dem getrockneten Moder der Gassen, weitere Bestandteile lieferten Urin, die Flöhe und Läuse der räudigen Hunde und Katzen, die Kotze von Betrunkenen und Lungenkranken, die Exkremente der Kinder und faulende Abfallhaufen.

Keine besonders feine Adresse.

Surunen erkundigte sich bei den würfelnden Männern, ob er sie interviewen dürfte. Er zeigte auf seinen Rekorder und sagte, dass er ein finnischer Sprachforscher und nach Kalmanien gekommen sei, um die örtlichen Dialekte zu untersuchen.

Man reagierte misstrauisch. Die Bewohner des Slums waren es nicht gewöhnt, von feinen Leuten etwas Gutes zu erfahren.

»Was hast du dort in dem Päckchen?«, fragte jemand und zeigte auf die eingewickelte Schokoladentafel. Surunen sagte, dass es ein Mitbringsel für Frau Consuelo Espinoza de López sei.

»Kennst du Consuelo?« Und gleich klang die Frage freundlicher.
»Nein, das nicht, aber ich habe ein Anliegen an sie. Ich habe ihrem Mann geschrieben.«
»Aha, Ramon. Der ist nicht hier, aber wir bringen dich zu Consuelo. Folge uns einfach, es ist nicht weit.«
Die lärmende Schar führte Surunen zu Consuelos Behausung. In der Türöffnung stand eine schmale, traurige Frau, die vermutlich einst sehr schön gewesen war, jetzt aber müde, verhärmt und grau aussah.
»Consuelo, wir bringen dir einen Gast, der extra aus Europa gekommen ist!«
Surunen stellte sich vor und überreichte die Schokolade. Consuelo wischte die Hände am Rock ab, begrüßte den Gast und bat ihn in die Hütte. Die Gruppe der Männer harrte draußen vor der Tür aus, zerstreute sich dann aber, als Consuelo noch einmal erschien und fauchte, dass sie sich in Ruhe mit ihrem ausländischen Gast unterhalten wollte. Dann zog sie den Stoffvorhang zu und knipste die Glühlampe an, die in der fensterlosen Hütte an der Decke hing. Sie bat Surunen, auf dem Bett Platz zu nehmen, auf dem bereits zwei hübsche kleine schwarzhaarige Mädchen saßen, vielleicht sieben oder acht Jahre alt. Die beiden streichelten eine schläfrige Katze, die mit halb geschlossenen Augen schnurrte.
Die Hütte bestand aus einem einzigen Raum. In der Ecke standen ein Tisch und ein paar offene Regale. Die Küche bestand aus einer Kochplatte, ein paar Waschschüsseln ersetzten das Bad. An den Wänden des Raumes standen zwei Betten aus Metallrohr. Den Fußboden bedeckten Maismatten, und über den Tisch war eine Kunststoffdecke gebreitet. Und obwohl die Behausung sehr bescheiden, ja, gera-

dezu elend war, war sie dennoch sehr sauber. Die Betten waren gemacht, der Fußboden gefegt, das Geschirr abgewaschen. Die Kleider der Kinder waren abgetragen, aber sauber.

»Hätten Sie mir doch eine Nachricht geschickt, dann wäre ich in die Stadt gekommen, um Sie zu treffen …, ich wohne heutzutage furchtbar ärmlich, so wie alle hier. Ich kann Ihnen nicht mal etwas Ordentliches anbieten, nur Reisbrei.«

»Machen Sie sich bloß keine Gedanken darüber, erzählen Sie mir lieber, wie es Ramon geht.«

Frau de López erzählte mit leiser, resignierter Stimme von ihrem Mann. Um ihn stand es schlecht. Er litt an einer langwierigen inneren Krankheit, aber man ließ ihn nicht zum Arzt. Ramon hatte seinen Lebenswillen verloren, er glaubte nicht mehr daran, freizukommen. Seit sechs Jahren saß er bereits im Gefängnis. Diese Jahre hatten ihn fast vollkommen gebrochen.

»Diese Zeit war für uns alle ganz furchtbar. Ramon hatte vor seiner Verhaftung einen guten Arbeitsplatz an der Universität, wir bekamen vier gesunde Kinder, wir lebten ein glückliches Leben in unserer kleinen Wohnung ganz in der Nähe der Universität. Als unser drittes Kind zur Welt kam, die kleine Concepción hier, machte ich eine Ausbildung zur Krankenschwester. Ich hatte den Kurs noch nicht beendet, als Ramon verhaftet wurde, und ein halbes Jahr später wurde noch eine weitere Tochter geboren, sie ist jetzt fast sechs. Margarita, bedank dich bei dem Onkel für die Schokolade, so wie es sich für ein braves Mädchen gehört. Soldaten kamen zu uns, nachdem Ramon weggebracht worden war, sie zerstörten die ganze Wohnung, schlugen sämtliche Möbel und das Geschirr kurz und klein, zerrissen die

Bücher und warfen die Kleidung aus dem Fenster. Ich war gezwungen, hierher in den Slum zu ziehen. Hier gibt es viele solcher Familien, deren Väter zur Folter abtransportiert oder gleich getötet wurden.«

Consuelo erzählte, dass die beiden ältesten Kinder, ein Junge und ein Mädchen, in der Stadt unterwegs waren, um Müll zu sammeln, den sie dann an Schrotthändler verkaufen konnten. In der Schule wurden die Kinder aus Paloma nicht aufgenommen. Consuelo hatte ihren beiden Ältesten selbst Lesen und Rechnen beigebracht.

»Ich habe versucht, Teppiche zu häkeln …, und manchmal pflege ich hier im Slum kranke Kinder, an denen kein Mangel herrscht. Aber die Leute sind kaum in der Lage, für die Pflege etwas zu bezahlen. Vielen geht es noch schlechter als uns.«

Surunen verriet, dass er sich darum bemühen wollte, bei Präsident Ernesto de Pelegrini vorzusprechen. Er wollte sich persönlich für Ramons Freiheit einsetzen.

»Ramons Mutter und ich haben viele Male versucht, zu hohen Beamten vorzudringen und uns wegen Ramon zu beschweren, aber man hat uns nicht empfangen. Ich glaube nicht, dass Sie das schaffen.«

»Ich will es auf jeden Fall versuchen. Zumindest werde ich zu Ihrem Mann ins Gefängnis fahren. Wo ist er derzeit untergebracht?«

Consuelo erzählte, dass ihr Mann im Gebirge gefangen gehalten wurde, nahe der Kleinstadt La Coruña, die von Santa Riaza aus etwa zweihundertzwanzig Kilometer in nordöstlicher Richtung lag. Es gab keine Flugverbindung dorthin, ja nicht mal eine Bahnstrecke, nur eine schmale und in den Regenmonaten sehr schlecht befahrbare Straße. Aber jetzt im Frühsommer hatte man keine Probleme. Nach La

Coruña fuhren sogar Busse, die allerdings heillos überfüllt waren. Consuelo hatte mit dem Geld, das sie von Surunen erhalten hatte, ihren Mann zuletzt vor zwei Wochen besucht. Der vorige Besuch hatte tatsächlich schon fast vier Monate zurückgelegen, weil sie die Kinder einfach nicht alleinlassen wollte und sich außerdem die Fahrkarte nicht leisten konnte. Zudem war Ramons Mutter letzten Winter gestorben. Ramons Bruder war schon im Jahre 1977 »verschwunden«, die jüngere Schwester war nach Mexiko geflohen und dort verheiratet. Ramon bekam jetzt nur noch von seiner Frau Besuch.

Surunen hatte ursprünglich geplant, einen Geländewagen zu mieten und damit zu Ramon ins Gebirge zu fahren. Jetzt beschloss er, die tausend Riisdos, die der Leihwagen gekostet hätte, Consuelo zu schenken. Er sagte sich, dass er durchaus auch mit dem Linienbus nach La Coruña fahren konnte, Ramons Familie brauchte das Geld dringender als er.

Consuelo brach in Tränen aus, als sie die Geldscheine entgegennahm. Sie stand von ihrem Hocker auf, warf sich Surunen an den Hals und schluchzte lange. Die kleinen Mädchen, die auf dem Bett saßen, machten ernste Mienen, sie drückten sich an ihre Mutter und sagten: »Wein nicht, Mama. Iss Schokolade, hier, nimm.«

Als sie sich beruhigt und ihre Tränen getrocknet hatte, bat Consuelo ihren Gast, er möge Ramon von ihr und den Kindern ganz liebe Grüße ausrichten. Sie suchte eine kleine Handarbeit hervor, einen hübschen Kissenbezug, den sie für ihren Mann gehäkelt hatte. Darauf hatte sie seine Initialen und die wunderschöne Abbildung eines Vogels aufgestickt.

»Ich bitte Sie, den für Ramon mitzunehmen, etwas anderes

habe ich leider nicht. Sagen Sie ihm, er soll den Bezug mit trockenem Gras und mit Kräutern füllen, die sind gesund. Ich erinnere mich, dass er hohe Kopfkissen mochte, er hatte die Angewohnheit, im Bett zu lesen. Dort erlauben sie ihm nicht einmal das.«

Surunen faltete das kleine Stück Textil zusammen und steckte es in die Tasche. Er verabschiedete sich von Consuelo, strich den Kindern über den Scheitel und verließ die Hütte. Er hatte einen Kloß im Hals und musste die Augen niederschlagen, um seine Tränen zu verbergen.

7

Endlich war die Zeit zum Handeln gekommen. Auf dem Rückweg ins Hotel kaufte Surunen jede Menge Lebensmittelkonserven ein: Fisch, Fleisch, Pasteten, getrocknete Früchte und Erdnüsse sowie Maiskolben, alles Dinge, die, wie er annahm, zwei, drei Tage haltbar waren, so lange wie die Reise nach La Coruña ins Staatsgefängnis La Trivial dauern würde. Er informierte sich, wann der nächste Bus fuhr. Leider bestand keine Möglichkeit mehr, am selben Tag nach La Coruña zu gelangen, sondern erst wieder am Abend des folgenden Tages.

Die Zeit, die ihm so blieb, wollte Surunen effektiv nutzen. Er rief in der Kanzlei des Bischofs von Santa Riaza an und bat um eine Audienz, die ihm überraschend problemlos gewährt wurde. Der Vertreter am Telefon sagte ihm, dass er den Bischof noch am selben Abend gegen zehn Uhr in einer bestimmten katholischen Kirche der Stadt, der Kapelle eines ehemaligen Nonnenklosters, treffen könnte.

Surunen beabsichtigte, dem Bischof vorzuschlagen, mit ihm gemeinsam für die inhaftierten und gefolterten Menschen von Kalmanien aktiv zu werden. Die örtlichen Kirchenmänner kamen im Allgemeinen aus dem Volk, und viele von ihnen wünschten sich freiere Verhältnisse.

Der Bischof von Santa Riaza war ein weißhaariger Greis, bestimmt schon über siebzig, ein würdevoller, großer Mann, auf dessen väterlichem, gefurchtem Gesicht ein trauriges Lächeln lag, eine Miene, die Surunen inzwischen bekannt vorkam, sie schien den Intellektuellen von Kalmanien allgemein eigen zu sein.

Bischof Moises Bustamonte geleitete seinen Gast in der kleinen leeren Kapelle zu einer Bank und fragte, wie er dem ausländischen Sprachwissenschaftler helfen konnte.

Surunen bestätigte, dass er eigens aus Finnland angereist war, um Sprachforschung zu betreiben, aber auch aus humanitären Gründen.

»Ich habe hier einen Freund, der schon sechs Jahre lang grundlos gefangen gehalten wird. Hauptziel meiner Reise ist es, ihm endlich zur Freiheit zu verhelfen. Von Ihnen möchte ich Rat einholen, wie das am klügsten zu bewerkstelligen ist. Ich habe gehört, dass die Kirchenmänner in Kalmanien im Allgemeinen auf Seiten des Volkes stehen und gegen die Militärregierung sind.«

Der Bischof schien befremdet von Surunens Offenheit. Dann erzählte er, wie es um seine Position bestellt war. Bischof Bustamonte war schon ein paar Jahre in Pension gewesen, hatte sich bereits an die Altersruhe gewöhnt. Aber im letzten Winter war sein Nachfolger, Bischof Angel Guerrero, ermordet worden. Das war geschehen, kurz nachdem Guerrero die Militärregierung aufgefordert hatte, die politischen Gefangenen frei zu lassen und eine Bodenreform durchzuführen. Nach dem Mord war der Bischofssitz zunächst leer geblieben, denn unter den jüngeren Pfarrern hatte es gerade damals nicht genügend mutige und interessierte Personen gegeben, die Guerreros Arbeit fortführen wollten. Also hatte Bustamonte sein Rentnerdasein aufgegeben und übte nun wieder sein früheres Amt als geistiger Oberhirte der Hauptstadt aus.

»Ich fürchte, dass man ein Auge auf mich hat. Ich stehe nicht gerade in der Gunst des Erzbischofs.«

Surunen erzählte ihm Ramon López' traurige Geschichte. Der Bischof nickte teilnahmsvoll. Solche Schicksale waren durchaus üblich in Kalmanien.

»Seit zehn Jahren haben keine Wahlen mehr stattgefunden. Das Parlament wurde aufgelöst. Im Gebirge wird im Grunde genommen ein nahezu offener Bürgerkrieg geführt. Paramilitärische Einheiten terrorisieren die Gegend und ermorden Menschen im Namen des Militärregimes. Manchmal werden ganze Dörfer niedergebrannt, ihre Bewohner getötet oder verschleppt. In letzter Zeit sind auch Todesschwadronen in der Hauptstadt Santa Riaza unterwegs. Die Gewerkschaftsbewegung wurde im Keim erstickt, seit 1979 ist sie gänzlich verboten. Die Bodenbesitzverhältnisse sind absurd: Der überwiegende Teil der Anbaufläche, nämlich vierundneunzig Prozent, befindet sich in den Händen der Großgrundbesitzer. Die Militärdiktatur bestimmt alles im Land, und eine gesellschaftliche Veränderung ist nicht in Sicht. Sämtliche linksgerichteten Aktivitäten sind streng verboten, und falls jemand ihrer verdächtigt wird, wird er vernichtet, sowie man ihn gefasst hat.«

Der Bischof seufzte. Er behauptete, schon zu alt zu sein, um diese Gräuel zu verhindern. Trotzdem fand er, dass die Kirche die einzige Institution sei, die wenigstens noch eine gewisse Handlungsfreiheit besaß. Doch nach der Ermordung von Bischof Guerrero stand auch sie unter scharfer Beobachtung.

»Die Presse hierzulande wurde schon vor langer Zeit gesäubert. Die liberalen Zeitungen wurden eingestellt, und alle Übrigen sind Sprachrohre des Regimes. Zahlreiche Journalisten wurden verhaftet und ermordet, einigen ist es gelungen, ins Exil zu gehen. Angesichts dieser Situation im Land sehe ich für Ihren Schützling keine großen Chancen, aus La Trivial freizukommen. Ich will dennoch für Ihr Vorhaben beten …, das ist vielleicht nicht viel, aber mehr ist mir nicht möglich.«

Surunen verriet, dass er die Absicht habe, an die Behörden einen Appell zur Freilassung von Ramon López zu richten. Er schlug vor, dass Bischof Bustamonte seine Autorität benutzen solle, um ihm, Surunen, zu einer Audienz bei Präsident de Pelegrini zu verhelfen.

»Leider habe ich keinen Einfluss auf den Präsidenten. Aber wenn Sie ihn sehen möchten, dann gehen Sie morgen Vormittag zu seinem Palast. Er pflegt sich zweimal im Monat dem Volk zu zeigen …, er tritt auf den Balkon, um sich zu spreizen und die Beifallsbekundungen der Massen entgegenzunehmen. Manchmal hält er sogar eine Rede ans Volk.«

Surunen erzählte, dass er zwei Auslandspässe besitze und dass einer davon in Moskau und Havanna abgestempelt worden sei. Er fragte, ob er den Letzteren verstecken solle. Bischof Bustamonte erschrak und bestätigte, dass es tatsächlich unbedacht sei, in Santa Riaza mit einem Pass unterwegs zu sein, der solche Einträge enthalte.

»Geben Sie ihn mir, ich werde ihn so verstecken, dass Sie keinen Ärger damit haben. Sie können ihn bei Bedarf jederzeit zurückbekommen, fragen Sie einfach den Buchhalter dieses Nonnenklosters, falls ich nicht anwesend bin. Ich werde ihn informieren.«

Surunen übergab seinen Pass, der eine heiße Ware geworden war, und der Bischof ließ ihn rasch unter seinem Talar verschwinden.

Es war schon fast Nacht, als Surunen die Kapelle verließ. Er versuchte, ein Taxi zu ergattern, aber der Verkehr war bereits abgeflaut, auch die Fußgänger waren von den Straßen verschwunden. Surunen machte sich zu Fuß auf den Weg ins Hotel, er sog die frische Nachtluft ein und beschloss, an der Hotelbar einen Drink zum Abschluss des ereignisreichen Tages zu nehmen. Bereits nach kurzer Wegstrecke hielten ihn zwei Soldaten in Tarnanzügen an und fragten, wer er sei, woher er komme und wohin er wolle. Sie durchsuchten eingehend seine Taschen, sahen sich seinen Pass ganz genau an. Er dachte mit Entsetzen daran, was hätte geschehen können, wenn man jetzt bei ihm zwei Pässe gefunden hätte.

»Der Herr sollte sich in sein Hotel verfügen, und zwar schleunigst, um diese Zeit treiben sich anständige Menschen nicht auf der Straße herum«, sagte einer der beiden Soldaten. Der andere deutete mit der Hand in Richtung Hotel und machte mit seiner Maschinenpistole eine gereizte Geste. Surunen bedankte sich für den Rat und machte sich rasch auf den Weg in die gewiesene Richtung. Er wagte keinen Blick zurück, denn er hatte das Gefühl, dass die Soldaten womöglich schießen würden.

Surunen kam ein wenig außer Atem an der Hotelbar an, bestellte sich einen doppelten Rum und trank ihn sofort. Dann sah er sich um. Außer ihm selbst und dem Barmann war nur noch Reporter Tom Haslemore anwesend. Surunen wollte mit Tom plaudern, aber der war bereits so betrunken, dass er mit dem Kopf auf dem Tisch lag. Surunen trank einen zweiten doppelten Rum und fuhr dann mit dem Lift zu seinem Zimmer hinauf.

Seinen Rekorder hatte er vor dem Aufbruch auf dem Nachttisch abgelegt und sich die Position genauestens eingeprägt. Das Gerät war bewegt worden, der Abstand zum

Tischrand war ein paar Zentimeter größer als vorher. Surunen schaltete es ein. Jemand hatte sich daran zu schaffen gemacht, das Band war auf den Anfang zurückgespult. Er selbst hatte es an der Stelle gestoppt, an der er die Aufnahme im Slum Paloma beendet hatte.

Die Machete unter der Matratze hatte sich einen halben Meter zum Fußende hin verschoben. Die Zimmerfrau war nicht da gewesen, um Ordnung zu schaffen, das Bett war nicht gemacht, der Aschenbecher nicht geleert, die Handtücher waren nicht gewechselt. Surunen war sicher, dass der Geheimdienst seinem Zimmer einen Besuch abgestattet hatte, als er mit dem Bischof gesprochen hatte.

Eigentlich war es gut zu wissen, dass man ihn jetzt im Blick hatte. Von nun an würde er sich noch mehr vorsehen. Er hatte außerdem die Möglichkeit, dem Geheimdienst über seinen Rekorder Beweise seiner Vertrauenswürdigkeit zu liefern. Jetzt wurde ein Spiel gespielt, in dem Surunens Karten ein wenig besser waren als die des Geheimdienstes.

Der Präsident Kalmaniens wohnte in einem schönen Privatpalast im Zentrum von Santa Riaza. Vor dem Gebäude befand sich ein kleiner freier Platz, auf dem sich zweimal im Monat eine Menschenmenge versammelte, um zu lauschen, was der Präsident dem Volk zu sagen hatte. Auf den Dächern der gegenüberliegenden Häuser standen Soldaten, die mit Maschinenfeuerwaffen ausgerüstet waren. Panzerwagen standen an den Einmündungen der Straßen. Surunen schloss sich um zehn Uhr, dem geplanten Beginn der Veranstaltung, der Menschenmenge an. Soldaten kontrollierten jeden, der auf den Platz kam. Auch Surunen geriet in die Kontrolle, seine Papiere wurden geprüft, seine Hosentaschen abgeklopft.

Die Leute unterhielten sich über alles Mögliche. Jemand

wusste zu berichten, dass ein Erdbeben in der Luft lag. Als die Sonne morgens aufgegangen war, war sie von einem merkwürdigen Ring umgeben gewesen. Das deutete auf ein nahendes Erdbeben hin. Die Theorie fand Unterstützung, aber viele hielten das Ganze auch für Hokuspokus. Ein Indianer behauptete, dass sich Erdbeben vorhersagen ließen. Unter der Erdkruste wurden starke Gase aufgewirbelt, die durch die poröse Oberfläche in die Luft gelangten und sich mit den Wolken vermischten. Die Nase des Menschen vermochte sie nicht zu riechen, wohl aber die empfindlichen Nüstern der Tiere.

»Unser alter Ziegenbock hat das Erdbeben von 1983 eindeutig vorausgeahnt. Er kletterte gleich morgens auf das Dach des Schafstalls und wollte den ganzen Tag nicht wieder runterkommen. Er stand da und blökte, bis das Beben am Nachmittag einsetzte. Ich lief durchs ganze Dorf und warnte jeden Bewohner, dass es ein Erdbeben geben wird, aber niemand glaubte mir, obwohl das Blöken des Tieres weithin zu hören war. Anschließend brachte ich meine Familie in Sicherheit, und abends war unser Haus eingestürzt. In unserem Dorf starben viele Menschen aus purer Sturheit, weil sie eine klare Tatsache nicht anerkennen wollten.«

Die Diskussion über das weltbewegende Thema wäre möglicherweise weitergegangen, wenn nicht vom Balkon des Palastes der feierliche Ruf erschallt wäre: Präsident Ernesto de Pelegrini!

Der Präsident erschien mit seiner Begleitung auf dem mit Kapitellen verzierten Balkon vor der dritten Etage des Palastes. Er war ein kleiner, korpulenter Mann, der in einer Generalsuniform steckte. Auf dem Kopf trug er eine weiße Schirmmütze und in der Hand eine Papierrolle. Er hob majestätisch die Hand wie ein römischer Kaiser. Irgendwo wurde eine Trommel geschlagen. Die Menge unten auf dem Platz verstummte.

Der Präsident reichte dem Offizier im Rang eines Oberst, der neben ihm stand, die Papierrolle. Dann hob er beide Hände, segnete die Menschenmenge und nahm die Hurrarufe des Volkes entgegen. Surunen registrierte, dass die Soldaten in ihren Tarnanzügen diejenigen waren, die am lautesten Hurra riefen.

Der Oberst las von dem Papier, das er empfangen hatte, die im Stil eines Tagesbefehls gestaltete kurze Rede ab. Darin verkündete die Militärregierung die Verlängerung der nächtlichen Ausgangssperre. Das Volk wurde zum Gehorsam aufgerufen, ferner wurden einige Beförderungen, die es in der Armee gegeben hatte, sowie Neuregelungen in der Staatsverwaltung bekannt gegeben. Zum Schluss äußerte die Regierung noch den Wunsch, dass sich die Beziehungen zu den USA weiter festigen mögen.

Anschließend hielt der Präsident selbst eine kurze Rede. Er schwor, dass er seine Untertanen liebe und dass er für das Volk Kalmaniens kämpfe, im Namen der Demokratie und gegen jeden sichtbaren und vor allem auch unsichtbaren Feind bis hin zum endgültigen triumphalen Sieg. Zum Abschluss seiner Rede erkundigte er sich mit betonter Väterlichkeit, ob einer der Untertanen ihm vielleicht eine Frage stellen wolle. Wie könne er den Niedrigsten in seinem Volk ganz konkret helfen?

In Surunens Nähe fasste sich ein ärmlicher Indianer ein Herz und rief zum Balkon hinauf:

»Herr Präsident! Könnte Euer Wohlgeboren die Brücke auf der Landstraße, die zu unserem Dorf führt, reparieren lassen? Die ist vorige Woche eingestürzt. Wir wohnen jetzt ganz isoliert, wir können das Vieh nicht auf die Weide

treiben und die Ernte nicht in der Stadt auf dem Markt verkaufen, wenn die Brücke nicht repariert wird.«
Der Präsident fragte, in welchem Dorf die Brücke eingestürzt und wie das Unglück passiert sei.
»Ich bin aus Acajutla, Herr Präsident! Soldaten kamen vorige Woche in unser Dorf und sprengten die Brücke, niemand weiß, warum.«
Jemand hielt dem Indianer den Mund zu. Durch die Menge ging ein Raunen. Der Präsident hob die Hand, das Volk verstummte.
»Das ist ein bedauerlicher Irrtum. Die Brücke wurde wegen ihrer Gefährlichkeit gesprengt. Ich schicke sofort eine Pionierabteilung, die eine neue Brücke in Ihrem Dorf errichtet.«
Der Indianer war seinen Schalldämpfer losgeworden. Er murmelte, dass ja gerade Pioniere die Brücke zerstört hatten, also würden sie sie wohl kaum neu aufbauen. Dann kamen ein paar Männer in Zivil, packten den Indianer und zerrten ihn vom Platz. Die Leute flüsterten, dass der Geheimdienst den Mann mitgenommen habe.
»Schön dumm, dass er die Soldaten beschuldigt hat. Hätte er das Maul nicht so weit aufgerissen, wäre er nicht geschnappt worden.«
Surunen spürte, wie Zorn in ihm aufstieg. Die Polizei war so frech, einen unschuldigen Mann mitten aus der Menschenmenge heraus festzunehmen, unter den Augen des Präsidenten. Haarsträubende Willkür.
Ein anderer Bewohner eines Elendsviertels erhob die Stimme und bettelte den Präsidenten um ein Muli oder zumindest um einen Esel an, denn sein altes Tier sei krank geworden und gestorben, und er habe zwölf Kinder und …
»Du bekommst deinen Esel, armer Mann, du bekommst

ihn von mir als persönliches Geschenk«, versprach der Präsident gnädig. Plötzlich erhob sich mitten in der Menschenmenge eine helle Frauenstimme, die eine scharfe Frage zum erhabenen Balkon hinaufschleuderte:

»Stimmt es, was Gerüchte besagen, dass es in Kalmanien zwanzigtausend politische Gefangene gibt, die Tag und Nacht gefoltert werden ...«

Unruhe breitete sich aus. Die Ängstlichsten unter den Leuten strebten fort. Die Soldaten bildeten Ketten, um die vom Platz wegführenden Straßen abzusperren. Aber der Präsident hatte die Situation im Griff. Er hob beruhigend die Hand und sagte mit weithin hörbarer Stimme:

»Ich schwöre, dass es in diesem Land keinen einzigen unschuldig inhaftierten Menschen gibt! Wer etwas anderes behauptet, ist ein Volksfeind und Verbreiter von Propaganda und gehört selbst ins Gefängnis. Hat sonst noch jemand eine Frage?«

Die Männer vom Geheimdienst liefen in der Menschenmenge herum und suchten nach der Frau, aber der war es anscheinend gelungen, sich aus dem Staub zu machen.

Surunen war über dieses groteske Schauspiel so fassungslos und wütend, dass er nicht anders konnte, als sich zu Wort zu melden. Er rief zum Präsidenten hinauf, dass es jedenfalls laut seinen Informationen in Kalmanien fünfundzwanzigtausend politische Gefangene gab, die regelmäßig gefoltert wurden.

Lähmendes Schweigen breitete sich aus. Hunderte Menschen lauschten entsetzt, wie Surunen dem verdutzten Präsidenten die Forderungen von Amnesty International entgegenschleuderte.

»Die Isolation von Häftlingen muss eingeschränkt werden! Auf geheime Verhörzentren muss verzichtet werden, die

Verhöre müssen unter Aufsicht durchgeführt, die Folterinstrumente von unabhängigen Gremien geprüft werden! Ohne Gerichtsbeschluss dürfen Menschen nicht gefangen gehalten werden. Die durch Folter erzielten Aussagen dürfen vor Gericht nicht gegen den Angeklagten verwendet werden!«

Surunen holte Luft. Dann fuhr er mit der volltönenden Stimme eines Anklägers fort: »Paramilitärische Terroristenorganisationen sind unverzüglich aufzulösen! Jeder, der im Verdacht steht, ein Folterer zu sein, muss vor Gericht gestellt und für seine abscheulichen Taten zur Verantwortung gezogen werden! Herr Präsident! Alle politischen Gefangenen müssen freigelassen und die Menschenrechte auch in Kalmanien wiederhergestellt werden!«

An dieser Stelle ergriffen die Leute die Flucht. Panikartig versuchten sie den Platz zu verlassen, durch die Polizeiketten hindurch, an den Soldaten mit ihren Schlagstöcken vorbei. Um Surunen herum entstand ein leerer Raum, den bald die Soldaten füllten. Ein Dutzend stämmiger Gorillas in Tarnanzügen umzingelten den Magister, er bekam zahlreiche Schläge auf verschiedene Körperstellen, wurde zu Boden geworfen, aber Surunen brüllte am Boden liegend weiter:

»Präsident Pelegrini, ich appelliere an Sie! Kalmanien muss die internationalen Abkommen ratifizieren, in denen Folter verboten wird …«

Weiter konnte Surunen seine Ideen nicht verkünden, denn er wurde vom Platz geschleift, auf die Ladefläche eines Panzerwagens geworfen, man stülpte ihm eine Kapuze über den Kopf und schlug ihn dann bewusstlos. Der Wagen setzte sich dröhnend in Bewegung, eine blaue Abgaswolke schwebte über dem leeren Platz, von dem die Menschen entsetzt geflüchtet waren und auf dem nur noch Soldaten herumliefen. Die Soldaten nahmen ein paar heruntergekommene Typen fest, die zu langsam waren, um sich rechtzeitig in Sicherheit zu bringen, sie wurden in Autos gepfercht und abtransportiert. Vereinzelt krachten Schüsse von den Dächern der nahen Häuser. Präsident Ernesto de Pelegrini suchte Schutz auf dem Balkon, er und sein ganzer Klüngel lagen einen Augenblick lang dicht am Geländer, bis die Flügeltür nach innen in den Salon geöffnet wurde und der Präsident es wagte, ins schützende Haus zu kriechen. Seine Begleitung kroch hinterher, die Flügeltür wurde zugeschlagen, und der Zwischenfall war vorbei.

Der erschütterte Präsident griff nach einer dicken Zigarre. Zwei ebenso erschrockene Oberste eilten herbei, um sie mit ihren goldenen Feuerzeugen anzuzünden. Der Präsident sog den kräftigen Rauch ein, hustete kurz, wischte sich die Tränen aus den Augen und sagte:

»Undankbar, wahrhaftig ..., und so was wird mir ins Gesicht geschrien ..., wo ich einem der Schmarotzer sogar noch einen Esel schenkte. Herrgott noch mal. Wurde der Aufrührer wenigstens gefasst?«

Man versicherte dem Präsidenten, dass der geisteskranke Provokateur verhaftet und abtransportiert worden war.

»Gut. Das sind doch Irre, die sich da unters friedliche Volk mischen. Widerwärtig! Ich muss mit Oberst Colindres reden, dass er in der Stadt auf eine strengere Disziplin achtet.«

Oberst Jesús Colindres war der Chef des kalmanischen Geheimdienstes. Ein Major ging hinaus, um ihn anzurufen.

Zur gleichen Zeit donnerte der schwere Panzerwagen in einem Höllentempo über die nordöstliche Ausfallstraße der Hauptstadt und hinauf ins Gebirge, an Bord Magister

Surunen und ein Dutzend glückliche Mitglieder der paramilitärischen Todesschwadron. Jeder der Männer besaß weitreichende Erfahrungen im Foltern von Menschen, und jetzt hatten sie wieder Beute gemacht: In ihrem Gewahrsam befand sich ein Provokateur, ein ausländischer Aufrührer, der sich der öffentlichen Schmähung des Präsidenten persönlich schuldig gemacht hatte. Auf eine solche Verhaftung hatte die grausame Truppe gewartet. Wie erhebend würde es sein, den gebrochenen und geständigen Mann dem Präsidenten zu präsentieren, den Verbrecher zu übergeben und dafür Dank zu ernten, womöglich auch Geld. Zuvor musste der Mann jedoch behandelt werden.

8

Nach zwanzig Minuten Fahrt stoppte der Panzerwagen. Surunen wurde mit der Kapuze über dem Kopf heruntergezerrt und in ein Gebäude gestoßen. Aus dem metallischen Dröhnen der Türen ließ sich schließen, dass man keinesfalls eine Villa betreten hatte. Das Gebäude hatte einen Türrahmen aus Eisen und Wände aus Stahlbeton. Als Surunen die Kapuze loswurde, konnte er feststellen, dass man ihn in eine große öde Betonhalle gebracht hatte. An der Wand standen ein paar Stühle und ein Tisch, an dem der Chef der kleinen Bande saß. Insgesamt waren es fünf Männer, alle trugen Tarnanzüge, aber keine militärischen Rangabzeichen, nicht mal der am Tisch sitzende junge Mann mit dem grausamen Blick.

Die Männer waren primitive, wilde Typen, sie rochen nach Schweiß und nach Waffenöl, ihre Gesichter waren aufgedunsen, und wenn sie lachten, sahen sie noch unsympathischer aus als zuvor. Sie waren jung und ungebildet, sprachen nachlässig und mit so lauten Stimmen, dass die leere Betonhalle widerhallte.

Zur Begrüßung bekam Surunen mit beiden Händen einen Schlag auf beide Ohren. Es tat furchtbar weh und klang noch lange in den Ohren nach.

»El telefono«, lachte der Typ, der am Tisch saß.

Surunen bekam einen zweiten Anruf, *el telefono* wurde

wiederholt. Wieder schrillten die Ohren mehrere Minuten lang. Aus einem Ohr begann Blut zu fließen.

Nach den Telefonaten bekam Surunen den Befehl, sich auszuziehen. Als der Vorgang nach Meinung der Folterer zu lange dauerte, halfen sie mit ein paar raschen Schlägen auf seinen Rücken nach.

Surunen hätte am liebsten zurückgeschlagen, aber er wusste, dass das den Beginn einer allgemeinen Prügelorgie bedeutet hätte. Stattdessen fragte er, mit welchem Recht man ihn festgenommen hatte. Bei wem befand er sich?

Die Frage rief ein ödes, dummes Gelächter hervor.

Surunens Pass und seine Geldbörse wurden einer Kontrolle unterzogen. Das Geld, etwa fünfhundert Riisdos, wurde durch fünf geteilt. Auch die Gegenstände aus Surunens Taschen teilten die Männer unter sich auf. Der Kamm, die Nagelschere, das Taschentuch, die Kreditkarte, die Schlüsselkette und das Schießabzeichen der Armee, ein Überbleibsel von früher, alles fand ihren Beifall. Das Schießabzeichen befestigte der Leiter der Gruppe vorn an seinem Tarnanzug, es gefiel ihm, weil darauf so schöne goldene Abbildungen von Gewehren zu sehen waren.

Surunens Pass ging von Hand zu Hand. Die Männer verglichen das Foto mit Surunens traurigem Gesicht. Sie versuchten, zu verstehen, was im Pass geschrieben stand, doch es gelang ihnen nicht. Surunen begriff, dass sie nicht lesen konnten. Diese Erkenntnis erschütterte ihn.

Dann begann das Verhör. Zur Einleitung bekam Surunen mehrere Schläge auf verschiedene Stellen seines nackten Körpers. Von hinten bekam er einen Tritt in den Hintern, von vorn bekam er die Faust auf die Augen. Er trug ein Dutzend riesige blaue Flecke davon, ehe ihm überhaupt die erste Frage gestellt worden war.

»Was führst du im Schilde? Du bist wahrscheinlich ein Kommunist?«

Was immer Surunen auch antwortete, es wurde nicht geglaubt. Als er verneinte, ein Kommunist zu sein, erhielt er weitere Schläge.

»Gestehe: Du hast die Absicht, den Präsidenten zu töten. Wo stecken deine Kumpane? Erzähl uns mal schön, wo sich die stinkenden Stadtguerilleros verkrochen haben.«

Surunen erklärte, dass er ein finnischer Fremdsprachenmagister und auf einer Forschungsreise sei, er besitze entsprechende amtliche Genehmigungen, aus denen seine Identität hervorgehe. Aber Papiere interessierten die Folterer nicht, die mit ihren Fäusten und bohrenden Fragen ihr Opfer in Schach hielten. Surunen verlangte zu erfahren, welcher Organisation er in die Hände gefallen war.

Der Kerl, der am Tisch gesessen hatte, stand auf und näherte sich Surunen drohend, schlug ihm heftig auf die Kinnlade und schob sein stinkendes bärtiges Gesicht ganz dicht vor Surunens.

»Ach so, der Herr Kommunist kennt uns nicht?«

»Nein, ich weiß wirklich nicht, wer Sie sind. Sie müssen mich unverzüglich freilassen.«

»Pass auf, Arschloch. Wir gehören zur Frente Democrático Nationalista, der Demokratischen Volksfront, Freundchen, damit du es weißt. Und jetzt ist genug diskutiert. Heben wir den Kerl mal auf die Stange.«

Die Männer packten Surunen. Er bekam so heftige Tritte in die Kniekehlen, dass er gezwungen war, in die Hocke zu gehen. Dann wurde hinter die Knie eine wadendicke Stange geschoben und Surunen gezwungen, sich darauf zu setzen. Zwei Männer drehten seine Arme gewaltsam nach hinten und unter die Stange, sodass diese zwischen Armen und

Kniekehlen steckte. Die Handgelenke wurden fest zusammengebunden, sodass er sich nicht von der Stange befreien konnte, an der er festklemmte.

Damit begnügten sich die Folterer jedoch nicht. An beiden Enden der Stange stellten sich jeweils zwei Männer auf. Sie riefen Hauruck und hievten ihr nacktes Opfer mitsamt der Stange bis hinauf unter die Decke, wo die Stange in eigens dort angebrachte Ringe eingehängt wurde. Jetzt hing Surunen, an Kniekehlen und Handgelenken befestigt, an der Stange, den Rücken zum Fußboden gewandt, den Kopf schräg nach unten gerichtet.

Entsetzt begriff Surunen, dass er an die berüchtigte Papageienstange, *paua de arara*, gehängt worden war, ein abscheuliches Folterinstrument, das allgemein in Mittel- und Südamerika angewandt wurde, um den Willen von Häftlingen, die Todeskandidaten waren, zu brechen. Surunens Folterer gehörten der FDN an, einer paramilitärischen Räuberbande, deren Methoden kaum ein Opfer lebend überstand.

Das Blut schoss ihm in den Kopf, die Stirnadern schwollen an, die Kniekehlen brannten unerträglich. Die Fußsohlen und Handgelenke waren bald gefühllos. Surunen spürte, dass er an dieser unmenschlichen Stange nicht lange würde hängen können, ohne seinen Qualen zu erliegen.

Grenzenlose Wut und Verachtung erfüllten ihn. Er hatte Lust, auf seine Folterer zu spucken, aber die waren irgendwo weit unten. Surunens Mund wurde trocken, seine Augen quollen aus ihren Höhlen, das Herz hämmerte.

»Du bist ein kubanischer Kommunist, hä? Hat Fidel Castro dich geschickt, den Präsidenten Kalmaniens zu beschimpfen? Gestehe! Keiner sollte versuchen, uns lange hinzuhalten.«

Surunen leugnete alles.
»He, Jungs, wir schicken ihm ein bisschen Strom durch die Eier«, entschied jemand unten auf dem Boden. Surunen hörte Gepolter, dann wurden in seinem Schritt metallisch kalte Klemmen befestigt, und bald fuhr durch seinen leidenden Körper ein furchtbarer Stromschlag. Er verlor sofort das Bewusstsein. So hing der geschundene Körper bewusstlos an der Stange, der Kopf nach unten, die zitternde Zunge war aus dem Mund gerutscht.
»Das Ding hatte wohl zu viel Saft«, meinten die Folterer und ordneten die elektrischen Leitungen an ihrem Schockinstrument.
»Ist der etwa krepiert, verdammt?«, fragte einer besorgt. Die Klemmen wurden von Surunens Körper entfernt. Er kam zu sich, ließ aber die Augen geschlossen und die Zunge aus dem Mund hängen wie bei einem Toten. Er musste Kräfte sammeln.
»Was machen wir, wenn er stirbt? Verflucht noch mal, den Kerl müssen wir für den Präsidenten am Leben halten, die hohen Herren wollen ihn selber hinrichten.«
»Mit diesen Elektrogeräten kann man nie vorsichtig genug sein. Es gab bestimmt einen Kurzschluss, Mist, verfluchter, gleich beim ersten Schub fängt der Typ an zu zucken.«
»Wir bräuchten einen Doktor. Die Jungs von der Armee und vom Sicherheitsdienst kriegen immer einen, aber für uns ist das nicht drin.«
»Hätte uns ein Quacksalber beraten, wäre der Bursche da oben nicht gleich abgenippelt.«
Surunen bekam einen Schlag auf den Hintern. Zwar versuchte er, den Bewusstlosen zu spielen, aber die Reflexe seines Körpers verrieten, dass er wieder zu sich kam.
»Der ist nicht tot, scheint aufzuwachen. Geben wir ihm

erst mal keinen Strom mehr, wenn ein Ohnmächtiger zu viel Strom kriegt, gesteht der Deibel gar nix, sondern stirbt aus purer Gemeinheit.«

Surunen wurde gefragt, ob er jetzt bereit war zu gestehen.

»Wenn ihr mich runterlasst, dann könnte ich euch einen Vorschlag machen«, brachte er mühsam heraus.

»Ach nee, da will einer anfangen zu schachern. Was willst du hier unten, ist es nicht ganz nett oben an der Stange? Gestehe, dass du geschickt worden bist, den Präsidenten zu ermorden, dann kannst du runter.«

»Das Blut staut sich im Kopf, in dieser Haltung kann ich nichts gestehen, und bald werde ich wieder ohnmächtig. Lasst mich einfach runter, ich schwöre, es lohnt sich für euch.«

Ein paar Minuten stritten unten die Bluthunde, ob sie glauben sollten, was das Opfer vorschlug. Surunen überlegte krampfhaft, was er sagen sollte, falls er auf die Beine käme. Ein Geständnis zog er nicht in Betracht, jedenfalls noch nicht, zumal er nichts auf dem Kerbholz hatte. Sein einziges Vergehen war, dass er Mitleid mit unrechtmäßig verhafteten und gefolterten Menschen hatte. In jenen paramilitärischen Kreisen jedoch galt vermutlich auch dieses Mitleid nicht nur als geisteskrank, sondern als schweres Verbrechen.

Schließlich einigte man sich unten. Surunen wurde ruckartig mitsamt seiner Stange heruntergelassen. Er bat darum, dass man ihn von der Stange befreien möge, aber so weit gingen die Gangster nicht. Surunen musste, an die Stange gefesselt, auf dem kalten Betonboden hocken. Immerhin aber konnte jetzt das Blut aus dem Kopf in den Körper zurückströmen, und in die Gliedmaßen kehrte allmählich ein stechendes Gefühl zurück.

»So, lass hören, oder du baumelst gleich wieder oben unter der Decke.«

»Verehrte Herren ... Sie sind Kämpfer einer paramilitärischen Organisation, wie Sie sagten. Nun, ich wiederum bin ein friedlicher finnischer Forscher. Aber trotz alledem kann ich Ihnen möglicherweise Dinge anbieten, die Ihnen bei Ihrer Arbeit helfen.«

»Bei welcher Arbeit? Was quatschst du da, wir sind nirgendwo angestellt. Wir fahren bloß mit dem Auto in der Stadt rum und passen auf, dass sich die Kommunisten nicht breitmachen.«

»Mit Arbeit meinte ich eben gerade Ihren Kampf gegen die erwähnten Kommunisten.«

»Aha. Na gut, unsere Kohle zahlt man uns nach Köpfen. Für dich kriegen wir bestimmt tausend Riisdos *per kapita*, nach allem, was du vor dem Palast gerufen hast. Erst pressen wir aber ein Geständnis aus dir raus. Los, fang an zu singen, oder wir kurbeln dich wieder nach oben.«

Surunen dachte angestrengt nach. Er musste jetzt etwas in den Ring werfen, mit dem er Interesse weckte, etwas, das die Gedanken der Folterer wenigstens für einen Moment vom Verhör ablenkte.

»Ich bin von meinem militärischen Rang her Offizier, Fähnrich, falls es Sie interessiert. Und ich habe einen Vorschlag zu machen. Ich sage Ihnen, wie Sie im Gebirge gegen die Guerilla kämpfen können, und Sie lassen mich gehen.«

»Hör zu, wir kommen im Gebirge auch ohne deine Ratschläge zurecht.«

»Finnland ist Europas kriegerischstes Land, Sie können sich ruhig anhören, was ich Ihnen zu erzählen habe. Finnland hat in unzähligen Kriegen gegen die Sowjetunion

gekämpft, diese Erfahrungen könnten hilfreich für Sie sein.«
Die Folterer bekundeten Interesse. Sie fragten, ob die Finnen sich tatsächlich mit den Russen angelegt hatten. Wie war es ausgegangen? Laut ihren Informationen hatten die Amerikaner, und natürlich die Deutschen und noch einige andere, im Zweiten Weltkrieg Russen getötet. Aber die Finnen ebenfalls, konnte es wahr sein?
Surunen begann zu erzählen. Er erklärte, dass nicht die Amerikaner gegen die Russen gekämpft hatten, sie hatten sich vielmehr in einem Militärbündnis gemeinsam mit der Sowjetunion gegen die Deutschen zusammengeschlossen. Die Finnen hingegen hatten während des Zweiten Weltkrieges gegen die Russen und in der Schlussphase auch gegen die Deutschen gekämpft. Ein finnischer Offizier könnte das eine und andere erzählen, das hilfreich wäre, wenn die Kalmanier ihre Operationen gegen die Guerilleros planten.
»Gut, dann rede. Aber falls du uns Lügen auftischst, baumelst du sofort an der Decke, dass du es weißt.«
Surunen begann mit einem tastenden Vortrag über die Winterkriegsoperationen der finnischen Armee 1939 und 1940 in Suomussalmi und an der Straße nach Raate. Er erzählte, wie die schlecht bewaffneten und zahlenmäßig unterlegenen finnischen Truppen unter harten Bedingungen gekämpft und ganze zwei Divisionen der russischen Angreifer vernichtet hatten. Zur Erläuterung beschrieb er die später berühmt gewordene Einkesselungstaktik der Finnen: Sie waren auf Skiern hinter die Feindkolonnen geglitten und hatten ihnen den Rückweg und die Nachschubverbindungen abgeschnitten, anschließend hatten sie dem Feind auch jede Vorwärtsbewegung versperrt. Diese so

entstandenen Kessel hatten sie dann nach und nach geschlossen und den Feind vernichtet. Sie hatten riesige Mengen an Kriegsbeute gemacht: Gefangene, Gerät, Waffen und Proviant. Surunen regte an, diese Art von Militärbewegung auch im kalmanischen Gebirge anzuwenden, das sich seiner Ansicht nach gut für Kesselkämpfe eignete.

Surunen berichtete weiter, dass die Finnen diese Siege mithilfe eines einzigen Regiments erzielt hatten. In jenem Kriegswinter hatten vierzig Grad Frost geherrscht, dazu war eine Schneedecke von fast zwei Metern gekommen. Daraus könnten auch die Kalmanier noch etwas lernen.

»Wir haben hier keinen Schnee«, sagte der Räuberhauptmann.

»Und wir haben hier auch keine Russen«, ergänzten die anderen. Surunen erwiderte, dass das Fehlen von Schnee und Russen nicht bedeute, dass man jene Lehren nicht trotzdem erfolgreich in der Praxis anwenden könne. Wenn er von der Stange loskäme und frei das Land verlassen könnte, dann würde er seine Befreier zuvor in den genannten Kriegskünsten unterrichten. Ausgerüstet mit diesem Wissen könnten die Männer dann versuchen, in die kalmanische Armee einzutreten, um auf diesem Wege eine wichtige Rolle als Soldaten zu spielen, sodass sie bald zu Korporalen und binnen Kurzem womöglich sogar zu Sergeanten befördert werden würden.

Die Folterer wollten wissen, wie es möglich sei, dass ein ganzes finnisches Regiment mit Slalomskiern in die Feindstellungen einfiel. Kam es bei einem solchen Angriff nicht zu schlimmen Unfällen und einem heillosen Chaos? Soweit sie Slalomwettbewerbe aus dem Fernsehen kannten, konnten sie sich nicht vorstellen, dass ein komplettes Regiment mit Skiern an den Füßen einen geordneten Angriff durchführen konnte.

Surunen erklärte, dass die Finnen im Winterkrieg nicht im Slalom unterwegs gewesen waren, sondern auf Langlaufskiern. In Finnland gab es im Grunde genommen gar keine Berge, nur einige sanft ansteigende Fjälls. Die Militäroperationen, von denen er erzählt hatte, waren im Flachland durchgeführt worden.

»Du quatschst totalen Mist. Denkst du, wir wissen nicht, dass es in Tälern überhaupt keinen Schnee gibt? Der schmilzt dort sofort weg. Schnee gibt es nur im Gebirge, und auch dort nicht immer.«

Einhellig kamen die Schurken zu dem Ergebnis, dass die Finnen verrückt waren. Erstens mal, was machte es überhaupt für einen Sinn, gegen die Russen zu kämpfen? War es nicht klüger, diesen Job den Amerikanern zu überlassen? So verfuhr man in Kalmanien, auf diese Weise blieb mehr Zeit, die eigenen Guerilleros und Kommunisten im Blick zu behalten.

»Und dann die Sache mit den Skiern. Die Dinger in den Krieg mitzunehmen . . ., nie von so was gehört.«

Der Chef der Gruppe fällte eine unumstößliche Entscheidung.

»Wenn du denkst, wir glauben solche Geschichten, dann hast du dich schwer getäuscht. Sorry, aber das zieht bei uns nicht. Los, Jungs, hieven wir den Kerl wieder nach oben, soll er da seine Märchen vom finnischen Winterkrieg faseln.«

So wurde Magister Surunen erneut mit der schrecklichen *paua de arara* nach oben gekurbelt. Wenn er nicht gestehe, so sagte man ihm, würde er erneut Elektroschocks bekommen, und sollte er dann wieder bewusstlos werden, sei das auch nicht weiter schlimm.

»Wir übergeben deine Leiche dem Geheimdienst und sagen, dass du gestanden hast, es aber einen Unfall gegeben habe. Die kapieren das, denen sterben auch manchmal wichtige Gefangene unter den Händen weg.«
»Und bei denen wirst du sowieso aufgehängt, für dich ist es also egal.«

9

Da hing also Magister Viljo Surunen aus Finnland jämmerlich hilflos an der elendigen *paua de arara*, mit dem Kopf nach unten, das Blut im Kopf gestaut, die Gliedmaßen taub, unter sich fünf gefühllose Barbaren, die ihrem Opfer ab und zu Elektroschocks verabreichten, um ihm die gewünschten Aussagen abzupressen.

Es schien sehr wahrscheinlich, dass Magister Surunen demnächst sterben würde. Die Menschheit würde einen ihrer besten Söhne verlieren, der sich allerdings sein elendes Schicksal selbst ausgesucht hatte.

Denn Surunens bald zu erwartender Tod war einzig und allein darauf zurückzuführen, dass er persönlich die Verantwortung für die Grausamkeiten der Welt tragen wollte. Er hatte um die Unterdrückten getrauert, hatte ihnen helfen wollen. Schließlich hatte er einen allerletzten Versuch unternommen, er war nach Übersee gereist, um seinen Schützling Ramon López zu retten, aber hier hing er nun selbst an der Stange. Das Einzige, was er bewirkt hatte, war ein Geldgeschenk von tausend Riisdos an Ramons Familie und ein Aufruhr vor dem Präsidentenpalast. Das war tatsächlich kein großartiges Ergebnis, gemessen am Preis, dem schrecklichen Tod an der Papageienstange.

Surunen war vor Schmerzen so durcheinander, dass er nicht imstande war, seine unglückliche Situation zu analysieren. Nebelhaft dachte er, dass er jetzt sterben würde. Das schemenhafte Bild von Anneli Immonen tauchte vor seinen Augen auf, aber auch das verschwand, als ein neuerlicher Stromstoß durch seinen Körper fuhr.

Wenn er zwischenzeitlich das Bewusstsein wiedererlangte, spuckte er auf seine Folterer und fauchte sie an, aber das hatte lediglich zur Folge, dass sie ihn verprügelten und zurückspuckten. Surunen begann zu hoffen, dass das Ende bald käme. Mit letzter Kraft versuchte er sich die aufgedunsenen Gesichter seiner Folterer einzuprägen für den Fall, dass er irgendwann Gelegenheit bekäme, sich zu rächen. Nach dem Tod und spätestens in der Hölle würde er nacheinander jeden seiner Quälgeister an der Papageienstange hochziehen, ohne Gnade.

Schließlich erschlaffte Surunens Körper, und er hing leblos mit den Kniekehlen an der *paua de arara*. Die Folterer rissen die Elektrokabel von ihm ab und rollten sie auf.

»Der Kerl war ein echtes Arschloch.«

Plötzlich war ein starkes, dumpfes Grollen zu hören, das von tief unten kam. Die Stange unter der Decke begann zu zittern, Surunens bewusstloser Körper schwang hin und her wie ein Uhrpendel.

Ein Erdbeben!

Die Barbaren unten im Raum jaulten. Sie bekamen ungeheure Panik, stürzten in grenzenlosem Entsetzen zur Tür und drängten und schubsten sich gegenseitig ins Freie. Sie hatten es so brandeilig, dass sie sogar ihre Waffen vergaßen. Ihr unglückliches Opfer ließen sie hilflos an der Stange baumelnd zurück.

Allmählich kam Surunen wieder zu sich. Er spürte, dass er schaukelte, die Hofschaukel aus seiner Kindheit fiel ihm ein. Er fühlte sich weich wie in Watte gepackt, ein so angenehmer Zustand, dass er am liebsten gelacht hätte. Dann kehrten die Schmerzen zurück. Surunen stöhnte laut. Seine Ohren waren wie taub von dem schrecklichen Dröhnen, das die öde Betonhalle füllte. Von der Decke rieselte Putz auf seinen nackten Körper. In den Wänden bildeten sich Risse. Die Papageienstange knarrte, während Surunen im Takt der Erdstöße hin und her schwang.

Surunen hatte noch nie ein Erdbeben erlebt, aber angesichts der Wucht dieses Naturereignisses war kein Irrtum möglich. Er stellte fest, dass man ihn allein gelassen hatte, während eines Erdbebens, gefesselt an eine Stange. Die Folterer waren zwar verschwunden, aber irgendwie schien die Situation noch bedrohlicher als zuvor. Die Wände, die Decke und der Fußboden schwankten. Betonstaub wirbelte überall herum. Das furchtbare Gedröhn tat in den Ohren weh, sie begannen wieder zu schrillen, so wie nach *el telefono*.

Die Tür der Halle hatten die Folterer offen gelassen. Surunen hörte, wie draußen ein schweres Geländefahrzeug startete und eine Türe knallte. Mit durchgedrücktem Gaspedal raste das Fahrzeug anscheinend vom Hof.

Surunen war sich sicher, dass die ganze Betonhalle einstürzen und das gefolterte Opfer unter sich begraben würde, wenn das Erdbeben nur einen weiteren Moment anhielte. Die Papageienstange knarrte immer noch unter dem Gewicht. Bald würde sie brechen. Surunen rollte sich in Embryostellung zusammen, damit er nicht zerschmettert würde, wenn die Stange riss. Was würde zuerst eintreten, würde das Gebäude einstürzen oder die Stange brechen? Keine der beiden Alternativen schien wünschenswert.

Die Stange brach. Surunen fiel nach unten auf den schwankenden Fußboden, stieß sich die rechte Schulter schmerzhaft auf dem Beton, aber es gelang ihm, sich von dem abgerissenen Stück Stange zu befreien. Er stand auf, das Gefühl kehrte langsam in die Beine zurück, das Blut floss aus dem Kopf wieder in den Körper zurück. Surunen sah sich um. Durch den Betonstaub hindurch entdeckte er seine Kleidung, die als Bündel auf dem Fußboden lag, die Waffen der Folterer lehnten an der Wand. Seine Geldbörse und der Pass lagen auf dem Tisch, bedeckt von einer Staubschicht. Der Fußboden schwankte wie das Deck eines Schiffes bei Seegang.

Dann erlosch das Licht. Gleichzeitig hörte auch die Erde auf zu beben. Es wurde still, von der Decke fielen ein paar Betonkrümel herunter. Der Fußboden war wieder stabil, ebenso Magister Surunen. Er suchte tastend nach seiner Kleidung, fand auch den Pass und die Geldbörse, griff sich eines der Sturmgewehre und trat wankend aus der staubigen Halle des Schreckens hinaus ins Freie. Heller Sonnenschein blendete seine Augen, aber sonst empfand er nur Erleichterung. Fern aus Richtung der Stadt war gedämpft das Sirenengeheul von Krankenwagen zu hören.

Surunen stellte fest, dass man ihn in einem verlassenen Fabrikgebäude gefoltert hatte. Auf dem Gelände gab es weitere aus Beton gegossene Fabrikhallen, ein staubiges Stück Straße, staubige tropische Sträucher. Man hatte Surunen an einem geheimen Ort gequält, an dem keine Hilfe zu erwarten war. Wie viele solch düsterer Folterhallen mochte es in Kalmanien geben?

Der Panzerwagen war vom Hof verschwunden. Surunen war allein, er stand im hellen Sonnenschein, nackt, das Sturmgewehr unter dem Arm, mit schmerzenden Gliedern. Er war gerettet, wollte sich mit diesem Gedanken aber lieber nicht lange aufhalten. Er zog sich rasch an, kontrollierte die Waffe, entsicherte sie und schlich auf der kurvenreichen Straße vom Gelände. Die ganze Zeit war er darauf gefasst, die Waffe einzusetzen, denn das entsprach seiner jetzigen Stimmung.

Als er etwa hundert Meter geschlichen war, sah er den Panzerwagen, der auf einen umgeknickten Starkstrommast aufgefahren war. Einer von Surunens Folterern saß am Steuer, die vier anderen versuchten, das schwere Fahrzeug anzuschieben, was ihnen nicht gelang. Die Vorderräder hatten sich in der Stahlkonstruktion des Mastes verkeilt. Surunen stieg der Geruch verbrannten Gummis in die Nase. Er hörte aus Richtung des Fahrzeugs Flüche, die Stimmen kannte er nur zu gut.

Surunen prüfte, ob das Magazin des Sturmgewehrs gefüllt war, dann schlich er näher heran. Als er nur noch dreißig Schritte vom Panzerwagen und den Männern entfernt war, legte er die Waffe an und nahm den Fahrer ins Visier. Das Seitenfenster des Wagens war offen, sodass er den Kopf des Mannes anpeilen konnte, und der passte ins Visier wie ein Foto in seinen Rahmen. Surunen schoss eine kurze Salve auf das »Foto«. Der Mann fiel aus der Vordertür, ohne zu begreifen, was ihn getötet hatte.

Die vier Anschieber drehten sich um und blickten entsetzt in die Richtung, aus der die Schüsse gekommen waren. Als sie Surunen erkannten, fielen sie auf die Knie und bettelten um Gnade. Sie weinten und flehten, aber er erschoss sie kalt lächelnd einen nach dem anderen. Bislang hatte er nicht mal eine Ratte getötet, und jetzt erschoss er Menschen, wobei er gefühllos wie ein Stein handelte. Als das Schlachten beendet war, sicherte er die Waffe, entfernte das Magazin und warf das Gewehr weit weg in die Büsche. Dann ging er mit schmerzenden Beinen zu den fünf Toten, drehte sie um, suchte in den Taschen ihrer Tarnanzüge nach seinem Geld und seinen persönlichen Gegenständen, rollte die Leichen schließlich in den Graben und kämmte sich. Jetzt hatte er auch Zeit, seine Krawatte ordentlich zu binden. Dann zündete er sich eine Zigarette an und blickte hinauf ins Gebirge, über dessen schneebedeckten Gipfeln ein einsamer Adler kreiste.

Ohne die im Graben liegenden Toten auch nur eines Blickes zu würdigen, verließ Surunen das Fabrikgelände und machte sich zu Fuß auf den Weg in die Stadt. Er beschloss, in sein Hotel zu gehen und sich zu waschen. Unterwegs dachte er besorgt an Consuelo und ihre Kinder. Hatten sie das Erdbeben überstanden? Und die Freudenmädchen, die das Hotel Americano als ihren Arbeitsplatz betrachteten? Auch um ihre Sicherheit sorgte er sich. Und das Hotel selbst, ob es überhaupt noch stand?

Surunen beeilte sich. Er musste unbedingt den Linienbus erreichen, der ihn nach La Coruña bringen sollte. Ob die Straßen nach dem Erdbeben überhaupt befahrbar waren?

In der Stadt scherte sich kein Mensch um den Magister, obwohl er äußerlich sehr lädiert war. Alle schienen ihre eigenen Probleme zu haben, ein lädierter Ausländer hin oder her, was machte das schon.

Mehrere Krankenwagen waren mit heulenden Sirenen unterwegs. Menschen bevölkerten die Plätze, sie waren geschockt, aber nach und nach zerstreute sich die Menge. Die Geschäfte öffneten ihre Türen, der Verkehr begann wieder zu fließen. Die Häuser standen alle noch, nur einige Fenster waren zerborsten. Die Händler fegten Glassplitter und Staub vor ihren Läden zusammen. Die streunenden Hunde rannten aufgeregt durch die Straßen, für sie waren Erdbeben sicherlich spannende Ereignisse.

Das Hotel Americano stand fest an seinem Platz, so wie immer. Sogar der Fahrstuhl war in Ordnung, wie Surunen feststellte. Er fuhr zu seinem Zimmer hinauf, wusch sich, klebte Pflaster auf einen Großteil seiner Wunden und zog sich um. Dann kehrte er ins Erdgeschoss zurück. Er hatte Lust auf einen Schnaps, nach diesem anstrengenden Morgen.
Der Barmann maß gerade für Reporter Tom Haslemore einen Whisky ab, als Surunen erschien. Surunen setzte sich zu Tom an den Tisch und erkundigte sich, wie man im Hotel das Erdbeben überstanden hatte. Tom Haslemore blickte von seinem Drink auf und fragte ungläubig:
»Was, ein Erdbeben? Es hat also auch ein Erdbeben gegeben?«
Gemeinsam machten Surunen und der Barmann Tom klar, dass vor gut einer Stunde in der Tat ein ziemlich heftiges Erdbeben Santa Riaza erschüttert hatte. Der Barmann hatte in seinem Kofferradio gehört, dass sich das Zentrum des Bebens etwa hundert Kilometer westlich von Santa Riaza im Pazifik befunden hatte. Die Stärke des Bebens hatte 4,5 auf der Richterskala betragen. Das Hotel hatte geschwankt wie ein Zuckerrohr im Wind. Alle Gäste waren nach draußen gerannt, außer Tom Haslemore, der die ganze Zeit massiv betrunken vor seinem Glas gehockt hatte.
»Sieh an, hab ich gar nicht bemerkt. Vielleicht sollte ich das Saufen ein bisschen einschränken«, murmelte Haslemore.
Surunen fragte den Barmann, ob die Gefahr bestand, dass das Hotel bei den Nachbeben einstürzen würde.
»Das weiß der Himmel. Aber selbst wenn Nachbeben kommen, dürfte es hier keine Probleme geben. Das Hotel

wurde von den Amerikanern gebaut, es ist erdbebensicher konstruiert. Wir haben sogar eine eigene Notstromversorgung. In der ganzen Stadt fiel vorhin der Strom aus, aber hier versagte nicht mal die Eismaschine, weil sofort der Generator im Keller ansprang. Solche Systeme gibt es nur ganze drei in der Stadt: im Präsidentenpalast, in der Universitätsklinik und hier bei uns.«

Die beiden hübschen Freudenmädchen, denen Surunen gleich an seinem ersten Tag im Hotel begegnet war, erschienen in der Bar. Sie waren ganz schrecklich aufgeregt und setzten sich zu den beiden Männern an den Tisch, um von ihren Erlebnissen zu berichten. Surunen spendierte ihnen einen Drink. Kaum dass sie einen Schluck genommen hatten, fingen sie an zu erzählen:

»Stellt euch das mal vor! Ich bediene gerade einen schwedischen Kunden, irgendeinen Typ von der Entwicklungshilfe, im elften Stock. Der Kerl ist eben auf den Bock gestiegen, da fängt die ganze Wiege so komisch an zu schaukeln. Ich kapiere sofort, was los ist. Ich will raus aus der Bude, weil ich eine Scheißangst habe, dass das ganze Hotel zusammenkracht, aber der Depp lässt mich nicht weg, macht einfach weiter. Der blanke Horror. Das Geschaukel dauert mindestens anderthalb Minuten. Als endlich Schluss ist, steht der Kerl auf, zieht sich die Hose hoch und sagt doch glatt zu mir, dass ich verdammt gut war. Ob ihr's glaubt oder nicht, er hat von dem Beben überhaupt nichts mitgekriegt.«

»Auch Herr Haslemore hier hat nicht nennenswert darauf reagiert«, erklärte der Barmann. Die Mädchen nahmen erneut einen Schluck. Dann fuhr die andere fort:

»Ich hatte mich schon gefragt, ob ich sterbe. Ich wäre mit dem Kunden in mir drin geradewegs in die Hölle geflogen! Der Teufel hätte nicht schlecht gestaunt, wer da ankommt.«

Die Mädchen kicherten mit Tränen in den Augen. Anschließend boten sie Surunen und Haslemore ihre Dienste zum Freundschaftspreis an, sie waren gerade in der Stimmung, wie sie sagten. Sollte man auf Nachbeben warten oder lieber sofort aufs Zimmer gehen? Das würde ein echter Spaß, oder was meinten die Herren?

Surunen dankte für das Angebot, bezahlte die Rechnung und vertröstete sie auf ein andermal. Er müsse heute noch nach La Coruña fahren. Als die Mädchen wieder an ihre Arbeit gegangen waren, wollte Reporter Haslemore von Surunen wissen:

»Du hast Pflaster im Gesicht. Hast du in der Stadt einen Ziegelstein auf den Kopf gekriegt?«

Surunen schlürfte von seinem Whisky. Dann erzählte er, wie er morgens zum Präsidentenpalast gegangen war.

»Ich konnte nicht anders, musste dem General zurufen, was ich von den hiesigen Methoden halte. Das hätte ich lassen sollen, denn ich wurde verhaftet und mit einer Kapuze über dem Kopf zum Foltern weggeschafft. Fünf Männer hängten mich an die Papageienstange. Daher die Wunden und blauen Flecke.«

»Und du lebst noch?«

»Na ja, das Erdbeben kam dazwischen. Die Kerle flüchteten, und ich konnte mich befreien. Dann kam ich an die Stelle, an der sie mit ihrem Panzerwagen gegen einen umgestürzten Strommast gefahren waren. Ich hatte zufällig eine Waffe in der Hand und erschoss sie allesamt an Ort und Stelle.«

»Aha, also das hast du gemacht. Dann seid ihr ja quitt. Darauf trinken wir.«

Surunen leerte sein Glas. Er schlug Tom Haslemore auf die Schulter, wünschte ihm einen angenehmen Suff und fuhr dann mit dem Lift zu seinem Zimmer hinauf. Dort zog er sich Wanderkleidung an und packte die gekauften Esswaren und alles andere, was er glaubte, auf der Fahrt nach La Coruña zu benötigen, in einen Rucksack mit Tragegestell. Anschließend schaffte er den Rucksack und seinen Koffer nach unten zur Rezeption, gab den Koffer zur Aufbewahrung ab und bezahlte die Rechnung. Der Portier erkundigte sich, wohin Surunen zu fahren beabsichtigte.

»Ich mache einen kleinen Ausflug ins Gebirge, will Sprachforschung betreiben. In ein paar Tagen komme ich zurück, und wenn möglich, würde ich dann gern wieder hier wohnen.«

»Gute Fahrt. Hüten Sie sich vor den Rothäuten dort im Gebirge. Wie es heißt, sind sie allesamt Guerilleros. Am Tag zeigen sie ihr freundliches Gesicht, aber sowie die Sonne untergeht, ziehen sie mit dem Messer in der Hand los, um anständige Leute zu töten. An Ihrer Stelle würde ich hier bleiben, hier wird man älter als im Gebirge.«

»Wie man es nimmt«, murmelte Surunen.

Er spürte die Folgen der Papageienstange noch in jedem Teil seines Körpers.

10

Surunen trabte zum Marktplatz, denn von dort, so hatte er in Erfahrung gebracht, fuhren die meisten Überlandbusse ab. Vom morgendlichen Erdbeben gab es auf der Straße keine sichtbaren Zeichen mehr. In der Stadt pulsierte das Leben, so wie immer, ebenso auf dem Markt. Am Rand des Marktplatzes standen zahlreiche ramponierte Busse, und einer davon würde bald nach La Coruña abfahren, so hieß es. Die genaue Abfahrtzeit vermochte niemand zu nennen. Es würde losgehen, wenn der Bus voll wäre.

»Haben Sie keinen Fahrplan?«, fragte Surunen den Fahrer, als der ihm half, den Rucksack aufs Dach zu hieven.

»Einen Fahrplan? Doch, haben wir. Abends fahren wir los, über Nacht bleiben wir in La Coruña und gegen Morgen kommen wir zurück.«

Das Ticket kostete 20 Riisdos und 50 Roisdos. Eine gewaltige Summe für einen gewöhnlichen Gebirgsbewohner, reichlich ein Wochenlohn. Kein Wunder, dass Consuelo ihren Mann im Gefängnis nicht oft besuchen konnte.

Surunen beklagte, dass er vorab kein Hotelzimmer in La Coruña hatte buchen können. Wegen des Erdbebens am Vormittag waren die Telefonverbindungen gestört.

»Sie finden bestimmt eine Übernachtung, dort kommen ja nie Besucher hin«, klärte ihn der Busfahrer auf.

Ein paar Stunden später hatten die Leute vom Lande ihre

Produkte auf dem Markt endlich verkauft, und so fand auch der Bus nach La Coruña seine Passagiere. Unter fröhlichem Lärmen stiegen die Leute ein, der Bus war bald so voll, dass auch die Stehplätze restlos genutzt werden mussten. Die Leute holten ihre Pfeifen hervor und rauchten einen starken Tabak, sodass bald dicker Qualm den Innenraum füllte. Andere fingen an, ihren Proviant zu essen. Von irgendwo ertönte das Blöken eines aufgeregten Schafes. Das Tier war am Morgen mit ebendiesem Bus zum Markt gebracht worden, hatte aber heute nicht zum erhofften Preis verkauft werden können, und so hatte es sein Leben behalten. Jetzt lag es blökend auf dem Schoß seiner Besitzerin. Sein Schwanz wedelte nervös hin und her, und auf dem Fußboden sammelte sich gleich zu Beginn der Fahrt die Tagesration schwarzer Kötel. Neben Surunen saß eine junge Mutter, die ihr schwarzlockiges dickes Kind stillte. Die Frau war froh gestimmt. Es war ihr gelungen, zwei selbstgehäkelte Decken zu verkaufen, jetzt hatte sie eine ganze Woche lang keine Geldsorgen. Aha, und warum sie ihr Baby auf die Fahrt mitgenommen hatte? Nun, dem Kind tat es gut, etwas von der großen Welt zu sehen. Und wer hätte es zu Hause betreuen sollen, wo doch die größeren Kinder auf dem Feld arbeiteten?

Hinter Surunen saß ein altes Ehepaar, das ein großes braunes Huhn bei sich hatte. Die beiden erzählten, dass sie morgens sieben Nachkommen dieser alten Henne zum Markt mitgebracht hatten. Sämtliche Tiere waren sie bereits am Vormittag losgeworden, nur dieses alte hatte niemand haben wollen. Die Stadtfrauen hatten die Nase gerümpft und gesagt, dass das Fleisch eines so alten und großen Huhns zu zäh sei. Man müsste es einen halben Tag lang kochen, und selbst dann schmeckte es nach nichts.

Die Ehefrau streichelte Kopf und Kamm der Henne.
»So haben sie an dir herumgekrittelt, die vornehmen Damen. Aber dadurch hast du wenigstens dein Leben behalten.«
Ihr Mann erzählte, dass er für die Henne am Nachmittag nur noch fünf Riisdos verlangt hatte, aber selbst diesen Preis hatte die Kundschaft als zu hoch empfunden. Man hatte ihm nur drei Riisdos fünfzig angeboten, aber so billig verkauft ja kein vernünftiger Mensch ein prima Huhn, das noch fleißig Eier legt.
Die Frau ergänzte, dass dieser Stadtausflug schon der dritte für das Huhn war. Beim vorigen Mal hatte man ihnen nur zwei Riisdos als Kaufpreis angeboten. Das war im Winter gewesen, und davor wiederum, vor Weihnachten, war die Henne überhaupt niemandem etwas wert gewesen.
Jetzt waren die Eheleute zu der Überzeugung gelangt, dass es nicht mehr lohnte, das Tier noch ein viertes Mal nach Santa Riaza zu bringen. Sie würden es noch diesen Sommer Eier legen lassen. Irgendwann im Herbst würden sie es dann schlachten und in der eigenen Familie verzehren.
Das Huhn saß ruhig und gelassen auf dem Schoß der Frau. Es lauschte dem Gespräch, wobei es den Kopf zur Seite neigte, sodass der Eindruck entstand, als verstünde es, dass von ihm die Rede war. Ab und zu beteiligte es sich am Gespräch, indem es leise gackerte.
Das Ehepaar bot Surunen braune Eier zum Kauf an. Sie stammten von ebendiesem alten Huhn, waren groß und wohlschmeckend. Zehn Roisdos pro Ei, insgesamt waren es fünf Stück. Surunen kaufte die Eier. Eines davon aß er vor den Augen des Huhns, was ihm freilich ein wenig dreist vorkam, aber er hatte inzwischen Hunger. Das Ei war hart gekocht. Das Huhn bekam die Schalen, und es fraß sie gern.

Surunen beabsichtigte, auch noch ein zweites Ei zu essen, aber da stoppte der Bus. Man befand sich bereits außerhalb des Stadtgebietes, der Bus hatte die erste Straßensperre erreicht, an der Soldaten standen, um Fahrzeug und Passagiere zu kontrollieren. Alle mussten aussteigen und ihre Papiere vorzeigen. Wer keine Papiere hatte, musste anderthalb Riisdos an den kontrollierenden Offizier zahlen, der das Geld in sein Portmonee steckte. Surunen fürchtete, die Soldaten würden die Machete in seinem Rucksack oben auf dem Dach des Busses entdecken, aber die Kontrolle blieb oberflächlich, das Gepäck wurde nicht geöffnet. Die Soldaten erzählten, dass es hier in der Nähe am Morgen einen blutigen Zwischenfall gegeben hatte. Fünf FDN-Kämpfer waren ums Leben gekommen. Guerilleros hatten einen Starkstrommast gefällt, sodass er auf die Straße und genau vor den Panzerwagen der FDN-Leute gekracht war und sie am Weiterfahren gehindert hatte. Anschließend hatten schätzungsweise zwanzig Guerilleros aus dem Hinterhalt die Soldaten angegriffen, hatten sie erschossen und die Toten ausgeraubt. Jetzt war die ganze Hauptstadt durch Straßensperren abgeriegelt. Man war den Guerilleros bereits auf der Spur. Der Busfahrer sollte vorsichtig fahren, hier in der Gegend waren die Kerle unterwegs.

Nach der Straßensperre ging es erstmals steil bergauf. Der schwächliche Motor des Busses keuchte angestrengt, der Wagen fuhr kaum mehr als Schritttempo, aber immerhin kam er vorwärts. Als die Straße nicht mehr so steil war, legte der Fahrer einen höheren Gang ein und beschleunigte. Bisweilen schlängelte sich die Straße nach unten ins Tal, und dann sauste der Bus in einem Höllentempo bergab. Surunen machte sich Gedanken, was passieren würde, falls die Bremsen der alten Schrottkiste versagten.

In dem Falle würde das Fahrzeug von der schmalen Straße abkommen und in die Schlucht stürzen, beladen mit hundert Provinzlern, einem Ausländer sowie einem Schaf und einem Huhn.

Die Landschaft wurde immer wilder, je länger die Fahrt dauerte. Der tropische Dschungel lichtete sich, während der Bus sich ins Hochland hinaufarbeitete. Zugleich ließ die Hitze ein wenig nach.

Hin und wieder stieg ein indianischer Arbeiter oder eine dicke Bäuerin in irgendeinem kleinen Dorf aus oder einfach nur an irgendeiner Stelle am Straßenrand, an der ein Pfad abzweigte. Die Frauen schleppten ihre Kinder und die ländlichen Produkte, die sie nicht hatten verkaufen können, auf dem Rücken. Die Männer dagegen trugen meist in der einen Hand einen Vier-Liter-Blechkanister, in dem der in der Stadt gekaufte Rum plätscherte. In der anderen Hand trugen sie einen eleganten Aktenkoffer, den hier jeder Mann besaß, selbst wenn seine Kleidung nur aus einem Umhang bestand und er nicht mal Sandalen zum Schutz der Füße besaß.

Im Bus wurde hausgemachtes Bier, Pulque, geschlürft, und viele Frauen kauten Betel. Das färbte die Zähne rot und verursachte einen rauschhaften Zustand.

Nach ein paar Stunden Fahrt erreichte der Bus die Fernverkehrsstraße, die Nord- und Südamerika miteinander verbindet. Dieser asphaltierte Highway war schnurgerade, eine zweispurige schnelle Verbindung zwischen zwei Erdteilen. Auf ihm wurden schwere Lasten transportiert, und manchmal sauste ein klimatisierter Touristenbus darauf entlang. Man sah auch Militärfahrzeuge und gelegentlich einen PKW mit US-amerikanischem Kennzeichen. Am Abzweig der Straße nach La Coruña gab es eine kleine Tankstelle und eine Gaststätte. Der Bus, in dem Surunen saß, steuerte die Gaststätte an. An der Tankstelle stand ein Dutzend Laster. Die amerikanischen Fahrer aßen Tortillas und schlürften Bier.

Die Passagiere des Busses nach La Coruña nutzten die Gelegenheit, den Amifahrern Kokain zum Kauf anzubieten. Das Geschäft lief gut. Die Amis bezahlten in Dollar, was das Geschäft noch lohnender machte. Ein paar junge Mädchen vom Lande verkauften auch sich selbst. Der Brauch war allgemein akzeptiert. Zum Abschluss des Markttages konnte sich ein Mädchen so auf der Rückfahrt in einer halben Stunde mehr verdienen als ihre Mutter während des ganzen Tages auf dem heißen Marktplatz von Santa Riaza. Der Bus wartete, bis alle Passagiere ihre Angelegenheiten besorgt hatten und auch das letzte Mädchen wieder saß. Dann fuhr man fröhlich lärmend weiter nach La Coruña.

Als die Dunkelheit hereingebrochen war, sah Surunen in einem entfernten Gebirgstal brennende Lagerfeuer. Er erkundigte sich bei den Mitreisenden, was dort verbrannt wurde und wo man sich derzeit befand. Man nähere sich dem Dorf El Fanatismo, lautete die Auskunft. Als der Bus nahe genug herangekommen war, musste Surunen feststellen, dass dort keine Lagerfeuer brannten, sondern die Häuser des Dorfes. Das Dorf war angezündet worden, es verbrannte in aller Öffentlichkeit. Unmittelbar neben der Straße standen vier oder fünf Gebäude in hellen Flammen, und es war niemand zu sehen, der löschte. Der Busfahrer hielt nicht an, im Gegenteil, er gab Gas und fuhr in vollem Tempo weiter. Erst nach mehreren Kilometern wagte er, den Bus zu stoppen und die Passagiere aussteigen zu lassen, deren Ziel El Fanatismo war.

Auf der schmalen Straße kamen dem Bus mehrfach Militärtransporte entgegen. Zweimal wurde der Bus kontrolliert. Die Brandstifter von El Fanatismo waren unterwegs.

Die Leute erzählten Surunen, dass El Fanatismo bereits zum dritten Mal seit 1970 brannte. Die Dorfbewohner standen im Verdacht, mit der linksgerichteten Guerilla Kontakt zu halten. Die Regierungstruppen hatten es sich zur Gewohnheit gemacht, Strafexpeditionen ins Dorf durchzuführen. El Fanatismo hatte die passende Entfernung zur Hauptstadt, es lag nahe an der Landstraße und brannte weithin sichtbar. Also steckten die Regierungstruppen das Dorf immer dann in Brand, wenn es ihnen gerade einfiel. Im Allgemeinen konnten die Bewohner rechtzeitig fliehen, aber manchmal stellten sich einige den Brandstiftern entgegen. Dann kam es zu Kämpfen, es gab Tote, und die Soldaten verbrannten das Dorf umso gründlicher, je stärker der Widerstand war.

»Unser Dorf wurde 1965 zuletzt angezündet«, prahlte ein Indianer, der in der Nähe von La Coruña wohnte. Die anderen nannten ihn einen Glückspilz. Einige vermuteten, dass in seinem Dorf vielleicht nahe Angehörige von Offizieren wohnten, andernfalls war kaum zu erklären, warum es verschont blieb.

Kurz vor La Coruña schrie auf einmal das Ehepaar, das hinter Surunen saß, der Bus müsse sofort anhalten. Der Fahrer trat auf die Bremse, fuhr an den Straßenrand und fragte, was los sei, ob jemand aussteigen wolle.

»Unser Huhn will ein Ei legen«, rief die Frau. »Das Ei geht kaputt, wenn es im Bus so durchgerüttelt wird.«

Alle gingen hin und sahen zu, wie das alte Huhn sein Ei legte. Es hockte in den Röcken seiner Besitzerin und schloss die Augen, so als hätte es Leibschmerzen. Es nahm die ganze Sache sehr gelassen, schließlich hatte es Erfahrung mit dem Eierlegen. Die Bäuerin redete ihm beruhigend zu, und das Huhn blickte vertrauensvoll zu ihr und dem Bauern auf.

Die Mitreisenden fanden das alles äußerst interessant. Sie tauschten Erinnerungen darüber aus, wie einst in diesem Bus, oder jedenfalls auf dieser Linie, eine junge Mutter auf der Hinfahrt nach Santa Riaza ein Kind geboren hatte. Das Kind war während der Fahrt zur Welt gekommen, die junge Frau war so schüchtern gewesen, dass sie sich nicht getraut hatte zu sagen, was los war. Erst als das Baby seinen Schrei ausstieß, hatten die anderen Reisenden es mitbekommen. Sie hatten das Baby aus den Röcken der Mutter hervorgezogen, der Bus hatte an einem Gebirgsbach gestoppt, sie hatten die Nabelschnur durchtrennt, hatten das Baby im Bach gewaschen und schließlich die Fahrt fortgesetzt. Auf der ganzen Rückfahrt hatten sie sich gegenseitig mit Namensvorschlägen für das Kind überboten. Schließlich waren sie sich einig geworden, dass das kleine Mädchen Conchita Isabel Maria heißen sollte, und so war es tatsächlich geschehen. Conchita war jetzt bereits zwanzig und wohnte in La Coruña. Sie war verheiratet mit dem Sohn des Besitzers der Fahrradwerkstatt, und das Paar hatte bereits drei Kinder, die aber alle an ganz gewöhnlichen Orten zur Welt gekommen waren, wo genau, wusste keiner mehr. Jemand erwähnte, dass der Busfahrer keinen Fahrschein für das Baby verlangt hatte. Anständige Männer, die Busfahrer damals.

Der Fahrer saß am Lenkrad und rauchte. Der außerplanmäßige Halt ärgerte ihn ein wenig.

»Seid ihr dort bald fertig?«, fragte er mehrmals, aber die Leute forderten ihn auf, still zu sein. Man dürfe das Huhn nicht antreiben, es war doch nicht zu viel verlangt, das arme alte Tier wenigstens in Ruhe ein Ei legen zu lassen! Schließlich glitt ein braunes Ei unter dem Leib des Huhns hervor. Alle jubelten, der Fahrer startete den Motor, und die Fahrt ging weiter. Das Huhn war von seiner Leistung so erschöpft, dass es den Kopf unter den Flügel steckte und einschlief. Das Ei wurde abgewischt, dann machte es die Runde im Bus, ging von Hand zu Hand. Als es bei Surunen ankam, schlug der Bauer ihm vor, es zum Freundschaftspreis zu kaufen. Surunen verzichtete jedoch, weil das Ei roh war, und reichte es weiter.

11

Es war bereits dunkel, als der klapperige Bus in der Gebirgsstadt La Coruña einfuhr. Schmutzige Kinder und räudige Hunde empfingen ihn auf dem kleinen zentralen Platz, an dessen Rand das einzige Hotel der Stadt stand, ein vierstöckiger verfallener Ziegelbau. In den Wänden hatten sich im Laufe der Jahre Risse gebildet, eine Folge der wiederholten Erdbeben. Das Gebäude war das höchste der Stadt, wenn man die im spanischen Stil gebaute, verwitterte Kirche nicht mitzählte, die gegenüber auf der anderen Seite des Platzes stand. Aus der Kirche drangen die Geräusche der Abendmesse, gerade als Surunen seinen Rucksack vom Dach des Busses herunterangelte.

Auf dem Weg ins Hotel verteilte Surunen einige Roisdos an die Kinder, die hinter ihm herliefen. Im Hotel befanden sich Rezeption und Restaurant im selben Raum. Ein schläfriges Mädchen saß strickend hinter einem kleinen Tisch. Surunen äußerte seinen Wunsch, im Haus übernachten zu dürfen. Sie reichte ihm einen Schlüssel und erklärte, dass es das Frühstück in diesem Raum geben würde.

»Falls Sie ein Bad wünschen, müssen Sie es mir sagen, ich mache dann Wasser für die Wanne heiß, die in der zweiten Etage steht. Ihr Zimmer befindet sich eine Etage höher.«

Surunen war so müde, dass er erklärte, erst am Morgen baden zu wollen. In dem Zimmer, in dem er untergebracht war, gab es kein Licht. Vielleicht hatte das Erdbeben die Stromzufuhr auch hier unterbrochen? Surunen warf seinen Rucksack ab, zog sich aus und kroch unter die Decke. Er schlief sofort ein.

Irgendwann in den frühen Morgenstunden erwachte Surunen aus einem Alptraum, an den er sich nicht erinnerte, und er versuchte es auch gar nicht, denn das ganze Zimmer schwankte in einem Nachbeben. Von der Decke rieselten Kalk und Staub ins Bett. Surunen erhob sich müde, öffnete das Fenster und blickte hinaus auf den Platz. Im fahlen Licht sah er gegenüber die weißgekalkte Kirche, die zu schwanken schien, und das tat sie wirklich, denn im Turm fingen sämtliche Glocken an zu bimmeln, obwohl der Küster zu Hause schlief und die Kirche auch sonst leer und verwaist war. Das gespenstische Glockengeläut war durch das Grummeln des Erdbebens hindurch gut zu hören. Surunen presste beide Hände auf das Fensterbrett, ihn schwindelte. Er fragte sich, ob er es wagen würde, aus dem dritten Stock nach unten zu springen, falls das Hotel einstürzen würde.

Dann war das Erdbeben plötzlich vorbei. Das Grummeln verstummte, aber die Kirchenglocken hörten nicht auf zu läuten, sie bimmelten und schepperten noch lange, so als wollten sie die Menschenkinder zu einer außerplanmäßigen Morgenmesse rufen, die niemand halten würde. War Gott in der Kirche, oder waren dort nur Geister? Die Stimmung war ganz und gar unwirklich.

Der gestrige Tag kam Surunen in den Sinn, jener Moment, da er durch das Visier des Sturmgewehrs seine um Gnade bettelnden Folterer fixiert hatte. Da hatte er weder ans Leben noch an den Tod gedacht, er hatte einfach kalt den Abzug gedrückt. Jetzt trat ihm das Bild vor Augen, wie die uniformierten Männer einer nach dem anderen, von Kugeln zerfetzt, umfielen und in ihrem Blut dalagen. Surunen realisierte erst jetzt, dass er getötet hatte, dass er jemand war, der Menschen umgebracht hatte.

Die Soldaten, die er erschossen hatte, waren jung gewesen, sie hatten Mütter, Väter, Geschwister, Ehefrauen und Bräute. Heute Nacht trauerten fünf Väter um ihren gefallenen Sohn, fünf Mütter wachten am Leichnam ihres toten Kindes, fünf Bräute und Ehefrauen waren Witwen geworden. Jeder von ihnen stand vor der traurigen Frage: warum?

Die vielen Glocken der kleinen katholischen Kirche von La Coruña hörten endlich auf zu läuten. Es war, als hätte die Messe geendet. Das Erdbeben war vorbei, fünf Folterer waren tot, die Menschheit fuhr mit ihren Missetaten fort.

Am Morgen erwachte Surunen unter Mörtelstaub. Putz war auf den Fußboden gerieselt. An der Decke war kein einziger Gecko zu sehen. Vielleicht hatten die Tiere sich während des nächtlichen Bebens in ihren Höhlen verkrochen, oder aber sie vertrugen das kalte Gebirgsklima nicht.

Zum Frühstück gab es Maisbrei und starken Kaffee. Das Mädchen vom Empfang wärmte Wasser für die einzige Badewanne des Hauses. Sie schäumte es auf und sah neugierig zu, wie Surunens mit blauen Flecken übersäter Körper in den weißen Schaum eintauchte. Sie wollte wissen, ob er einen Autounfall gehabt hatte, da er so schlimm aussah.

»Ich hatte in Santa Riaza ein paar Meinungsverschiedenheiten. Das heilt schon alles wieder. Aber du solltest mal sehen, in welchem Zustand die Gegner sind!«

Sie holte Kampfer und rieb Surunen damit ein. Das Zeug

brannte zuerst auf der Haut, sorgte dann aber für ein kühles, gesundes Gefühl. Das Mädchen bedankte sich nett, als Surunen ihr zehn Roisdos fürs Einreiben bezahlte.

»Wäre aber nicht nötig gewesen, das Zeug gehört meinem Vater, nicht dem Hotel.«

Das Staatsgefängnis La Trivial, in dem Ramon López während der letzten Jahre gefoltert und gefangen gehalten wurde, befand sich neun Kilometer nordwestlich von La Coruña. Es gab keinen Busverkehr dorthin, und keines der beiden Taxis, die zufällig gerade fahrtüchtig waren, wollte eine Tour nach La Trivial übernehmen. Die Fahrer behaupteten, dass sie ausgerechnet heute zahlreiche dringende Fahraufträge und somit keine Zeit hatten, einen Ortsfremden seinem Wunsch entsprechend nach La Trivial zu befördern. Beide Wagen standen allerdings den ganzen Vormittag am Rande des Marktplatzes herum und bewegten sich keinen einzigen Meter von der Stelle. Die Leute, die auf dem Platz herumlungerten, erklärten Surunen, dass beide Fahrer vor einigen Jahren in La Trivial hatten einsitzen müssen, natürlich vollkommen grundlos, und dass sie daher diesen Ort nicht sehen wollten, wenn es sich irgend vermeiden ließ.

Surunen fühlte sich so weit ausgeruht, dass er beschloss, zu Fuß zum Gefängnis zu gehen. Er nahm an, dass er bis zum Mittag dort sein würde, und dann wäre Besuchszeit in der Einrichtung. Also den Rucksack aufgeschnallt und losmarschiert.

Als er ein paar Kilometer in Richtung des berüchtigten Staatsgefängnisses auf der staubigen Landstraße zurückgelegt hatte, hörte er hinter sich Motorengebrumm. Bald überholte ihn ein alter Traktor, an dessen Steuer ein ernster Peon saß. Der Traktor zog einen Anhänger, von dem roter

Saft in den Straßenstaub tropfte. Ein Tropfen hier, ein Tropfen da. Surunen überlegte, ob im Hochland wohl rote Rüben oder Trauben angebaut wurden oder welche Fracht es sonst sein mochte, die da unter einer Plane befördert wurde. Er machte ein paar Laufschritte und lüftete die Plane, er wollte wissen, welche Früchte ihren Saft auf die Straße träufelten.

Auf der Ladefläche lagen die blutigen Körper von fünf oder sechs jungen Männern. Sie trugen Zivilkleidung und waren erschossen worden. Das war erst kürzlich geschehen, denn alte Leichen bluten nicht.

Rasch zog Surunen die Hand von der Plane zurück und ließ den Leichentransport davonfahren. Der Peon am Steuer des Traktors blickte sich um, betrübt schüttelte er den Kopf. Bald war der traurige Transport hinter einer Wegbiegung verschwunden.

Surunen achtete beim Weitergehen darauf, dass er nicht auf die Blutstropfen trat. Er fragte sich, wer die jungen Männer gewesen waren. Wer weiß, vielleicht stammten sie ja aus El Fanatismo und waren am Vortag umgekommen, als das Dorf abgefackelt worden war.

Surunen fand mühelos den Weg nach La Trivial, die in regelmäßigen Abständen auf die Straße gefallenen Blutstropfen wiesen ihm die Richtung. Erst unmittelbar vor dem Tor des Gefängnisses bog die blutige Spur nach links ab, hin zum Friedhof des Gefängnisses, der auf einem Hügel hinter dem Gelände zu sehen war. Dort stand eine kleine Gruppe von Häftlingen mit Spaten in der Hand und wartete auf den Transport. Zwei bewaffnete Wärter hatten die Gruppe ständig im Blick. Surunen konnte beobachten, wie der Traktor rückwärts an den Rand einer großen Grube heranfuhr. Der Fahrer kippte die Ladefläche an, die Leichen

fielen gemeinsam ins Massengrab, das die Häftlinge nach und nach zuschaufelten.
Das Staatsgefängnis La Trivial war vor vielleicht zwanzig Jahren in einem öden Gebirgstal errichtet worden, in dem kein einziger Baum und auch kaum ein Strauch wuchs. Das Gefängnisgelände, das etwa drei oder vier Hektar umfasste, war von einem drei Meter hohen Stacheldrahtzaun umgeben. Die Umzäunung war rechtwinkelig, und in jeder Ecke erhob sich ein kleiner Wachturm aus Holz. In diesen Türmen standen, auf ihre Gewehre gestützt, von der Mittagshitze ermattete Wärter. Linker Hand neben dem Eingangstor des Gefängnisses stand ein zweistöckiges Steingebäude, in dem die oberste Leitung der Einrichtung wohnte. Dahinter standen zwei Baracken mit Blechdach, die Kasernen der Wärter. Rechts neben dem Eingang prangte ein schönes, weißgekalktes Gebäude, das von einem kleinen Garten umgeben war, der einzige grüne Fleck im ganzen Tal. In diesem Haus wohnte der Untersuchungsrichter der Region. Vor dem Tor wehte die kalmanische Staatsflagge, ein weißer Adler auf rotem Grund, der Adler hielt einen grünen Palmenzweig im Schnabel.
Zwischen diesen Gebäuden führte der Weg ins Gefängnis, das aus mehreren einstöckigen barackenähnlichen Ziegelbauten bestand. Zum Teil befanden sich darin vergitterte Zellen, in einem die Kantine. Dann gab es noch die Wärterstube und mehrere Vorratslager. Der Empfangsraum des Gefängnisses befand sich direkt am Tor. Ein Tisch war nach draußen, in den Schatten des Tores, gestellt worden. Fünf Wärter in Khakiuniformen spielten dort Karten. Sie lachten und fluchten lauthals, als Surunen eintraf. Hinter ihnen, auf dem Gefängnisgelände, gingen Häftlinge in kleinen Gruppen umher. Die meisten trugen Zivilkleidung. Es

waren elende Lumpen, und die Häftlinge, die darin steckten, sahen mager und leidend aus. Es war eine Szenerie wie im Konzentrationslager.

Surunen meldete sich bei einem Offizier im Rang eines Leutnants, der widerwillig sein Spiel unterbrach und sich dem fremden Besucher zuwandte. Surunen zeigte ihm seinen Pass und erklärte, er wolle einen Freund besuchen, er habe dem Mann Grüße und Geschenke seiner Familie zu überbringen.

»Sind Sie ein naher Angehöriger dieses Ramon López? Ich wusste gar nicht, dass er sogar in Finnland Verwandte hat.«

Diese Bemerkung amüsierte die Wärter ungemein. Surunens Pass ging am Spieltisch von Hand zu Hand. Auch der sorgte für Gelächter. Schließlich gab der Leutnant den Pass an seinen Besitzer zurück und erklärte barsch, dass der Herr Sprachforscher gut beraten wäre, wenn er sich so schnell wie möglich zum Teufel scheren würde. Im Staatsgefängnis La Trivial war es nicht üblich, ausländischen Intellektuellen Audienzen zu gewähren. Nur Angehörige hatten das Recht, die Häftlinge zu besuchen, und selbst die wurden nur zu genau vorgeschriebenen Zeiten eingelassen.

Surunen gab jedoch nicht auf. Er erklärte, dass seines Wissens in der kalmanischen Verfassung das Recht der Häftlinge, Verwandte und Freunde zu treffen, eigens erwähnt sei. Er sagte, er sei ein Freund von Ramon López. Jetzt sei Mittagsstunde und somit offizielle Besuchszeit. Sollte sich das nicht anders regeln lassen, wolle er den Kommandanten des Lagers sprechen.

Der Leutnant erhob sich und sah Surunen wütend in die Augen. »Sie sind ja ein ganz Schlauer, kommen hierher und halten mir Vorträge über die kalmanische Verfassung. Na schön! Ich bekomme langsam den Eindruck, dass Sie ein Kommunist sind, und für die gilt in diesem Land überhaupt keine Verfassung, damit Sie es wissen. Außerdem bin ich zufällig momentan Kommandant dieses Schuppens. Der Direktor selbst ist auf Dienstreise in Santa Riaza und kommt erst in einigen Tagen zurück.«

Surunen hielt es für das Klügste, die Ansprache zu ändern. Er schwor sich jedoch, dass es dem Leutnant an den Kragen gehen würde, sollten sie sich jemals allein gegenüberstehen. Er setzte seinen Rucksack ab, öffnete ihn und packte Konservendosen aus.

»Ich muss andere Strümpfe anziehen, habe mir die Füße auf dem langen Weg aufgescheuert.«

Als die Wärter sahen, welche Delikatessen der Rucksack enthielt, beendeten sie ihr Spiel und hockten sich im Kreis um Surunen. Freigiebig verteilte er Konservendosen und legte noch für jeden Mann, gleichsam als Zugabe, einen Zehn-Riisdo-Schein obendrauf. Der Leutnant bekam zwanzig Riisdos.

Die Geschenke verschwanden umgehend in den Taschen der Männer. Der Leutnant schlug Surunen derb auf die Schultern, wieherte zufrieden, und dann steckte er zwei schmutzige Finger zwischen die Lippen und stieß einen gellenden Pfiff aus. Bald kamen keuchend zwei alte Vertrauenshäftlinge angerannt und nahmen vor dem Leutnant halbmilitärische Haltung an.

»Fischt mir sofort den Häftling Ramon López raus und schafft ihn in den Besuchsraum sechs, er hat Besuch von weit her.«

Die beiden liefen schlurfend los. An Surunen gewandt äußerte der Leutnant:

»Ich habe das Gefühl, dass wir doch noch ganz gut miteinander auskommen. Falls Sie mit diesem López unter vier Augen reden wollen, lässt sich auch das regeln. Normalerweise ist es nicht …«
Surunen förderte aus den Tiefen seines Rucksacks zwei weitere amerikanische Fleischkonserven zutage. Der Leutnant stopfte sie in seine Feldbluse und gab dann einem Wärter das Zeichen, Surunen ins Innere des Gefängnisses zu führen. Im selben Moment kamen jedoch die beiden Häftlinge von vorhin schwitzend angelaufen und erklärten, dass Magister López keine Gäste empfangen könne. Er sei dafür in zu schlechter Verfassung.
Der Leutnant reagierte gereizt.
»Was ist denn los mit dem Kerl? Ist er so mäkelig, dass ihm nicht mal vornehmer Besuch aus Europa genehm ist?«
»Er kann sich nicht auf den Beinen halten, Herr Leutnant«, erklärten die beiden.
»Dann schafft den Kerl eben auf einer Trage in die Sechs, habt ihr keinen Grips im Kopf?«
Die Vertrauenshäftlinge nahmen wieder die Beine in die Hand. Surunen wurde in den Besuchsraum geführt. Der Raum war klein und wurde anscheinend auch für Verhöre genutzt. Er erinnerte auf schreckliche Weise an jene Halle, in der Surunen gefoltert worden war. Allerdings befand sich hier keine Halterung für die *paua de arara* an der Decke. Dafür gab es an den Wänden in Kopfhöhe mehrere Eisenringe, die so stark waren, dass man ohne Weiteres einen wilden Ochsen von einer Tonne Gewicht daran hätte festbinden können.
Nach einiger Zeit wurde ein ausgemergelter, bärtiger Mann auf einer Trage hereingebracht. Es war der stark gealterte und leidend aussehende Ramon López. Die langen schwe-

ren Jahre in den kalmanischen Gefängnissen hatten sein Äußeres so verändert, dass Surunen ihn auf der Grundlage der Fotos, die Anneli und er von dem Mann besaßen, nur schwer identifizieren konnte.
Die Wärter stellten die Trage ab und entfernten sich. Als sie beide allein waren, hockte Surunen sich zu dem Häufchen Elend nieder, drückte ihm herzlich die Hand und stellte sich vor. Er sagte, er sei Magister Surunen aus Finnland und gekommen, um ihn, Ramon, aus dem Staatsgefängnis La Trivial zu befreien. Grüße von Anneli Immonen und besonders von der Familie, der es soweit ganz gut gehe.
Ein trauriges kalmanisches Lächeln überzog Ramons Gesicht, und in seine leidenden Augen traten Tränen.

12

»Ich habe lange auf dich gewartet«, sagte Ramon López, der ehemalige Lehrer an der humanistischen Fakultät der Universität von Kalmanien, mit müder Stimme zu Magister Surunen. »Ich dachte schon, du kommst nicht mehr.«

Surunen erklärte, dass viele seiner finnischen Freunde ihn für einen naiven Hitzkopf gehalten hatten, weil er nach Kalmanien reisen wollte, um Ramon zu retten, aber hier war er nun endlich, und er gedachte das Land nicht zu verlassen, ehe Ramon López frei wäre.

Er bot Ramon eine Zigarette an, und der rauchte sie gierig.

»Ich weiß deine Opferbereitschaft sehr zu schätzen. So etwas gibt es nicht oft auf der Welt. Schade nur, dass es mir so schlecht geht. Was mich betrifft, kommst du wahrscheinlich zu spät …, ich habe das Gefühl, dass ich bald sterben werde. Ich leide seit Jahren an einer ernsten Nierenerkrankung. Hier gibt es keine richtige ärztliche Behandlung. Ich habe den Nierenschaden bereits 1979 erlitten, als man mir mit Eisenstangen auf den Rücken schlug.«

Surunen holte die restlichen Konservendosen aus seinem Rucksack. Ramon bat ihn, sie auf der Trage unter der Decke zu verstecken.

»Hier herrscht schrecklicher Hunger. Wenn die Kriminellen erfahren, dass ich Konserven habe, klauen sie sie mir sofort, besser, ich halte sie versteckt.«

Ramon erzählte, dass in La Trivial etwa tausendsechshundert Menschen gefangen gehalten würden, die meisten von ihnen seien politische Häftlinge. Von Zeit zu Zeit würden Hunderte neuer Häftlinge eingeliefert, die dann von den neuen Säuberungsaktionen der jeweiligen Regierung berichteten. Manchmal sinke die Zahl der Inhaftierten vorübergehend auf tausend, aber nicht etwa, weil Häftlinge freigelassen würden, sondern weil viele an Hunger und Krankheiten stürben und weil nachts immer wieder Hinrichtungen stattfänden.

Surunen gab ihm den Kissenbezug, den seine Frau Consuelo für ihn angefertigt hatte. Gerührt nahm Ramon die Handarbeit entgegen. Er fragte, ob seine Frau und die Kinder die Erdbeben in jüngster Zeit heil überstanden und ob sie genug zu essen hätten.

Surunen berichtete von seinem Besuch bei Consuelo. Alles sei gut, Consuelo habe jetzt genügend Geld für die notwendigsten Ausgaben, und die Erdbeben hätten den Slum nicht bedroht. Die Kinder seien gesund.

»Du bist ein guter Mensch, Surunen.«

»Ach Unsinn. Können wir frei reden, oder werden wir belauscht?«

Ramon erwiderte darauf, dass La Trivial ein so altes und verrottetes Gefängnis sei, dass keine Gefahr bestehe, abgehört zu werden. Falls seinerzeit Mikrofone in den Wänden versteckt worden seien, so wären sie jetzt nach den zahlreichen Erdbeben garantiert nicht mehr funktionstüchtig.

Surunen erzählte ihm, dass er sich vor dem Palast die Rede von Präsident Ernesto de Pelegrini angehört habe.

»Diesen Mann kann man mit humanitären Appellen kaum erreichen.«

»Das ist klar. Du als Nordländer begreifst vielleicht nicht, dass es in diesem Land sinnlos ist, an die Menschlichkeit zu appellieren. Mit Appellen und Adressen kannst du mir nicht helfen.«
»So völlig blauäugig bin ich nicht mehr. Gestern habe ich fünf FDN-Folterer getötet, direkt nach dem ersten Erdbeben. Ich habe die ganze Bagage mit ihren eigenen Waffen erschossen. Die Schurken hatten mich hochgezogen und an der *paua de arara* hängen lassen und mir außerdem noch Elektroschocks verpasst. Wäre nicht das Erdbeben gekommen, hätten sie mich bestimmt zu Tode gefoltert.«
»Das glaube ich dir.«
Die Tür öffnete sich, und der amtierende Kommandant trat ein. Sein Gesicht strahlte in einem schmeichlerischen Lächeln.
»Ihre Besuchszeit geht zu Ende, Herr Surunen. Leider. Aber wir Gefängnisbeamte sind keineswegs so roh und zynisch, wie in den ausländischen Medien behauptet wird. Wir können natürlich verstockte Verbrecher nicht mit Samthandschuhen behandeln, aber ... auch wir haben Gefühle. Der eine und andere hat zu Hause Frau und Kinder ..., wie gesagt, die Besuchszeit geht zu Ende.«
Surunen entnahm seinem Portmonee einen Zehn-Riisdo-Schein und reichte ihn dem Leutnant. Der faltete ihn zusammen und steckte ihn in die Brusttasche. Dann entfernte er sich pfeifend. In der Tür verkündete er:
»Sie bekommen fünf Minuten Verlängerung, meine Herren.«
Sowie der schmeichlerische Leutnant weg war, erkundigte sich Surunen bei Ramon, ob der einen fertigen Fluchtplan habe, den man jetzt in die Tat umsetzen könne.
»Von hier kann man nicht fliehen«, sagte Ramon.

»Ich finde, das Gefängnis wirkt in dieser Hinsicht unkompliziert. Die Stacheldrahthindernisse dürften leicht zu durchtrennen sein. Dann rennst du im Dunkel der Nacht los, und ich erwarte dich draußen.«

»So könnte man meinen, aber dieses Hochland ist wie Sibirien. Aus dem Gefängnis kommt man vielleicht raus, das ist möglich, aber was nützt es? Draußen kommt man nicht zurecht. Es wimmelt überall von Soldaten. Das Gelände ist schwer zu bewältigen, das Wetter kalt. Jedes Dorf wird beobachtet. Wo soll man hin? Viele sind schon geflohen, aber nachdem sie ein paar Tage in den Bergen umhergeirrt waren, wurden sie entweder gefasst, oder sie starben an Hunger und Kälte.«

Surunen gab nicht auf.

»Ich hole dich auf jeden Fall hier raus. Ich bin nicht umsonst von Finnland hierhergekommen. Ich kehre heute nach Santa Riaza zurück, aber wenn ich wiederkomme, dann ziehen wir die Sache durch«, schwor er. »Bei der Gelegenheit könnte ich gleich mehrere Häftlinge befreien …, du hast sicherlich Freunde, die hier raus wollen?«

Ramon erzählte von einem Mitgefangenen namens Rigoberto Fernandes. Der Mann sei knapp über dreißig, habe eine medizinische Ausbildung, sei ein Linker und wäre bestimmt froh, wenn er mit Surunens Unterstützung aus dem Gefängnis fliehen könnte. Fernandes sei vor ein paar Jahren ins Gefängnis eingeliefert worden. Das Militärgericht habe ihn zu fünfundzwanzig Jahren verurteilt, ohne Recht auf Berufung und auch ohne Hoffnung auf Begnadigung.

Die Zeit lief ab. Von Ramon erfuhr er noch, dass es in La Coruña einen Glöckner gab, dessen Tochter eine Beziehung mit einem Wärter von La Trivial unterhielt. Auf diesem Wege konnte man den Häftlingen Botschaften schicken. Der Glöckner hieß Esteban Idigoras, ein Mann in den Sechzigern, seine schöne Tochter hieß Conchita, und ihr Liebhaber war der Gefängniswärter Jesús Carnicero, ein junger Tölpel, der nicht begriff, dass die Glöcknerstochter ihn zum Narren hielt und von seiner Bude aus Geheimpost versandte.

»Nimm Kontakt mit dem alten Idigoras auf, er kann dir von Nutzen sein«, empfahl Ramon López.

Er erzählte außerdem, dass vor einigen Tagen zwei Männer aus dem Gefängnis geflohen seien, die aus dem nahegelegenen Dorf El Fanatismo stammten. Heute Morgen war über Idigoras' Nachrichtenkanal die Kunde ins Gefängnis gelangt, dass El Fanatismo das Ziel von Racheaktionen der Soldaten geworden war.

Surunen konnte die Information bestätigen. El Fanatismo sei angezündet und fünf Dorfbewohner seien getötet worden. Die Leichen seien vorhin mit dem Traktor auf den Friedhof des Gefängnisses gebracht und in ein Massengrab gekippt worden, er, Surunen, habe alles gesehen.

»Es ist mehr eine Müllkippe als ein Friedhof«, sagte Ramon. Dann gab er Surunen einen mehrfach gefalteten Zettel mit der Bitte, ihn an Amnesty International weiterzuleiten.

Nun musste das Treffen beendet werden, denn der amtierende Kommandant und zwei Wärter betraten den Raum. Surunen reichte Ramon López die Hand. Er bat den Kommandanten, López wegen seines Nierenleidens im Krankenhaus behandeln zu lassen.

»Ja, na klar, sowie hier irgendwann ein Krankenhaus gebaut wird«, erwiderte der Leutnant. Ramon López' Trage wurde weggebracht.

Surunen bekam eine Mitfahrgelegenheit nach La Coruña,

und zwar auf ebenjenem Traktor, auf dem die Leichen der Männer aus El Fanatismo ins Massengrab geschafft worden waren. Der Fahrer streute trockenen Sand auf die Ladefläche, damit sich Surunen nicht seinen Rucksack oder seinen Hintern mit Blut beschmierte. Surunen bezahlte dem Mann fünfzig Roisdos für die Tour. Der Preis war gering, aber die Fahrt war auch traurig genug. Unterwegs las Surunen den Brief, den ihm Ramon für Amnesty International mitgegeben hatte.

Der Inhalt war grauenvoll. Auf dem Zettel waren alle Foltermethoden beschrieben, die in Kalmanien angewandt wurden. Hier einige Auszüge aus Ramons Liste:

Gapucha: Überstülpen einer mit giftigen Chemikalien getränkten Kapuze, die Giftspuren in den Haaren des Opfers hinterlässt.

Garote: Ein primitiver Ring, der um den Hals gelegt und nach Bedarf mittels eines Stockes enger gezogen wird.

›Brauner Liebhaber‹: Einführen eines elektrisch geladenen Schlagstockes in den After. Elektroschocks auf die Genitalien, die Ohren und die Zunge.

Einschließen in einen engen Raum, in dem sich das Opfer weder hinlegen noch hinsetzen kann.

La banera: Ertränken oder Ersticken.

Zwangsweise Verabreichung von Medikamenten, die Schmerzen und Verwirrtheit hervorrufen.

Paua de arara, die Papageienstange: Eine auch Surunen bereits bekannte, ziemlich verbreitete Foltermethode.

La parrilla, der Grill: Das Opfer wird auf einem Metallbett festgeschnallt und mit Stromschlägen behandelt.

El telefono: Schläge mit den Händen auf beide Ohren gleichzeitig.

El guirófano der Operationssaal: Das Opfer wird für eine

lange Zeit flach auf eine Platte gelegt, wobei der Oberkörper ohne Stütze bleibt. Oft werden Ärzte zur Überwachung eingesetzt, die aufpassen, dass das Opfer seinen Folterern nicht in die Ohnmacht »entflieht« oder versehentlich unter ihren Händen stirbt.

Surunen faltete Ramons Zettel zusammen und steckte ihn in die Tasche. Da hätte das nordische Publikum ja einiges zu lesen.

In La Coruña nahm sich Surunen ein Taxi, um nach Santa Riaza zu fahren, denn der Bus war am Morgen zurückgekehrt, und die nächste Tour würde es erst in zwei Tagen geben. Die Autofahrt dauerte nur vier Stunden, sodass Surunen noch am selben Abend wieder im Hotel Americano eintraf. Er bekam sein altes Zimmer und schaffte seinen Rucksack und den Koffer, den er im Hotel zurückgelassen hatte, hinauf. Als er auf dem Zimmer war, wusch er sich und zog sich um. Die blauen Flecke an seinem Körper begannen sich gelb zu färben. Der Hintern seiner Reisehose war rot von Blut, ein Souvenir vom Leichentraktor. Surunen spülte die Hose aus und legte sie zum Trocknen aufs Fensterbrett. Dann fuhr er mit dem Fahrstuhl nach unten ins Restaurant.

Nachdem er gegessen hatte, schrieb er eine kurze Botschaft an Consuelo. Er verließ für eine Weile das Hotel und fand bald einen dienstwilligen Straßenjungen, der für ein paar Münzen bereit war, den Brief zum Empfänger zu bringen. Nach einer Stunde brachte der Junge die Antwort, in der sich Consuelo bei Surunen für die Fahrt ins Gefängnis La Trivial bedankte.

Surunen ging in die Bar, um sich einen Drink zu genehmigen. Er setzte sich zu Reporter Tom Haslemore. Nach einiger Zeit gesellten sich auch die beiden hübschen Freuden-

mädchen des Hotels dazu. Die eine hieß Renata, die andere Lupita.
Tom Haslemore befand sich in seinem Normalzustand, war also ziemlich betrunken. Er hing in seinem Stuhl und beteiligte sich nicht am Gespräch, bestellte aber immerhin für die Mädchen Getränke. Renata und Lupita erzählten Surunen, dass das Hotel während der Nachbeben ganz furchtbar geschwankt hätte. Sie hatten beide diese ständigen Beben unendlich satt, denn die schmälerten ihren Verdienst. Das Hotel war wie ausgestorben, viele Ausländer hatten Kalmanien ganz und gar den Rücken gekehrt. Wenn es weiterhin in so dichter Folge Erdbeben gäbe, würden Renata und Lupita schließlich auf der Straße landen, und dort war es keineswegs leichter: Der Konkurrenzkampf war gnadenlos, die Kunden waren arm und hatten ansteckende Krankheiten, und sie benahmen sich rüder als die Hotelgäste. Die Zukunft der Mädchen schien trostlos. Surunen begann, so etwas wie Bewunderung, gepaart mit Mitleid, für sie zu empfinden. Nach ein paar weiteren Gläsern verstärkte sich dieses Gefühl, und er erhob keine Einwände, als die beiden auf die Idee kamen, ein paar Flaschen kalten Sekt zu kaufen und mit ihnen aufs Zimmer zu gehen, um ein wenig zu feiern. Surunen bat Tom Haslemore, sich ihnen anzuschließen, aber der behauptete, nicht mehr in der Verfassung zu sein, in der man auf Mädchen scharf war. Außerdem befürchtete er, dass er sich in Haiti AIDS eingefangen hatte, und er wollte seine Umgebung nicht damit anstecken. Als der Barmann das hörte, trug er fortan Handschuhe, wenn er Haslemores Gläser spülte.
Es war schon eine Weile her, seit Surunen zuletzt mit einer Frau zusammen gewesen war. In den letzten Tagen hatte er immer wieder an Anneli Immonens liebliches Wesen den-

ken müssen. Die dunkelhaarigen Freudenmädchen Renata und Lupita übernahmen es jetzt, Anneli zu vertreten, und das taten sie professionell, fröhlich und hemmungslos.
Weit nach Mitternacht erwachte Surunen nackt in der Badewanne. Auf dem Wannenrand stand ein Glas mit schal gewordenem Sekt, in der Wanne war duftender Badeschaum. Surunens Kopf schmerzte. Die Nacht war in jeder Hinsicht befriedigend gewesen, daran erinnerte er sich jedenfalls.
Er spülte sich mit klarem Wasser ab, hüllte sich in ein Badetuch und ging ins Zimmer. Gerade wollte er sich aufs Bett werfen, um zu schlafen, als ihn auf einmal ein schrecklicher Verdacht packte. Wenn er sich nun bei den beiden kalmanischen Prostituierten irgendwelche Krankheiten geholt hatte? Er erinnerte sich, dass er keine entsprechenden Maßnahmen ergriffen, sondern sich völlig ungeschützt auf das Spiel eingelassen hatte.
Erschüttert betrachtete er sein traurig hängendes Glied. Oh Jammer! Hatte er sich mit Tripper, Syphilis, Schanker oder AIDS angesteckt? Er blätterte hektisch im Telefonbuch. Jetzt nur rasch einen Arzt her. Nach den nächtlichen Vergnügungen war noch nicht viel Zeit vergangen, er musste schnell handeln und seine Gesundheit retten, sofern das noch möglich war.
Kein einziger Arzt meldete sich um diese Stunde am Telefon. Dann fiel Surunen der Reporter Tom Haslemore ein. Wer, wenn nicht er hatte Erfahrung mit venerischen Krankheiten.
Das Rufzeichen erklang mindestens zehn Mal, ehe der alte Säufer in seinem Zimmer so weit zu sich gekommen war, dass er den Hörer abhob und etwas hineinknurrte.
Aufgeregt erzählte Surunen, wie er die Nacht verbracht

hatte, und er fragte Tom, ob da noch irgendetwas zu retten sei.
Haslemore klagte über seinen Kater, wurde aber allmählich munterer.
»Ruf unten beim Portier an und bitte ihn, aus den Beständen des Barmannes zwei Liter vom besten Rum zu holen, der sich dort findet. Dann soll er die Flaschen zu dir aufs Zimmer schaffen, lass ihn auch gleich noch ein Bowlengefäß mitbringen. Ich steige in meine Hose und mache mich gleich auf den Weg zu dir«, sagte Haslemore und legte auf.
Bald darauf erschien Haslemore. Er sah sich flüchtig Surunens Glied an und sagte dann, dass der Fall aus seiner Sicht nicht hoffnungslos wirke. Inzwischen traf auch der Portier ein, mit einem Bowlengefäß und drei Flaschen Rum. Haslemore bat ihn, zwei Flaschen in das Bowlengefäß zu entleeren. Die dritte öffnete er selbst und goss sich einen tüchtigen Schuss ein, den er sofort austrank. Dann forderte er Surunen auf, seinen Penis so tief es nur irgend ging in das Bowlengefäß zu tauchen. Surunen gehorchte. Der starke Rum brannte unerträglich an dem empfindlichen Organ, aber Haslemore verbot Surunen, es aus dem Gefäß zu nehmen.
»Die Nachdesinfektion ist bei diesen Dingen am wichtigsten. Du musst es gründlich baden, damit der Rum richtig wirken kann.«
»Es brennt so verdammt«, jammerte Surunen.
»Halte durch. Wir Männer müssen das eine und andere für unsere Hygiene tun. Ich habe diese Kur viele Male in meinem Leben gemacht, und immer hat sie gewirkt.«
Surunen bat den Portier, die Rumflaschen mit auf seine Zimmerrechnung zu setzen. Haslemore gab dem Mann

ein paar Münzen, und der entfernte sich unter Verbeugungen.

»Diese Methode wird in internationalen Journalistenkreisen Poulsens Eierkur genannt. Ich habe das Rezept von Marty Poulsen im Jahre 1975 in Beirut erhalten. Das war vor dem Bürgerkrieg im Libanon. Marty hatte auf einer dortigen Vergnügungsmeile, ich glaube, sie hieß Rue de Foenique, rumgesumpft, er war in mindestens fünfzehn Bordellen gewesen. Er war damals Korrespondent der *Newsweek*, soweit ich mich erinnere. Nun, das spielt keine Rolle. Marty fürchtete wie verrückt, sich mit Schanker angesteckt zu haben, und du kannst glauben, nachdem er diese Kur gemacht hatte, konnte man hinterher nicht mal Tripper bei ihm feststellen. Wie fühlt es sich an?«

Surunen gab zu, dass die Kur effektiv zu sein schien, jedenfalls nach dem Brennen zu urteilen.

»Die wirkt ganz bestimmt, sei unbesorgt«, bekräftigte Tom Haslemore und setzte das Rumglas an die Lippen.

Zwei Stunden später wurde die Behandlung beendet. Surunen zog sich an. Tom Haslemore hatte ihm während der ganzen Zeit mit Rum Gesellschaft geleistet, sodass Surunen seinen Helfer in sein Zimmer tragen musste. Als er wieder auf der eigenen Etage ankam, graute bereits der Morgen. Erleichtert zog sich Surunen wieder aus und legte sich ins Bett. Dankbar dachte er an den Reporter Tom Haslemore, der seinem ausländischen Bekannten so selbstlos geholfen hatte. Er hoffte, sich bei dem Mann eines Tages für seine Mühe und Kameradschaft revanchieren zu können.

13

Physisch und moralisch schwer verkatert beschloss Magister Surunen, seiner sündigen und ausschweifenden Lebensweise zu entsagen. Er wollte sich sinnvolleren Tätigkeiten widmen und den Umgang mit Alkohol und Prostituierten meiden. In dieser Absicht rüstete er sich für ein Treffen mit Jacinto Cardenas, dem Dozenten an der Universität von Santa Riaza.

Surunen hatte dem Dozenten viel zu erzählen. Er informierte ihn über seine Verhaftung, die Folter und das Erdbeben, durch das er den Fängen seiner Folterer entkommen war.

»Das waren Banditen des paramilitärischen FDN. Ich habe sie alle erschossen, auf einem verlassenen Industriegelände außerhalb der Stadt. Außerdem habe ich Ramons Familie und auch ihn selbst in La Trivial besucht. Eine wirklich furchtbare Anstalt. Ramon ist sehr krank, hat ein schweres Nierenleiden. Ich habe den Eindruck gewonnen, dass er nicht mehr die Kraft hat, von der Freiheit zu träumen. Er sprach mit mir über seinen Tod.«

Anschließend erklärte Surunen, dass es ihm nicht vernünftig erschien, einen gewaltsamen Angriff auf das Gefängnis zu organisieren. Es musste einen weniger gefährlichen Plan geben.

»Mir ist der Gedanke gekommen, wie es wäre, wenn ich

versuchen würde, die Gunst der hiesigen Oberschicht zu gewinnen. Wenn ich mit hohen Militärs in Kontakt käme, dann könnte ich mit ihrer Hilfe Ramons Sache vorantreiben. Ich könnte diese Beziehungen dann nutzen.«

Cardenas bestätigte, dass in Kalmanien alle wichtigen Dinge ausgekungelt wurden. Aber mit welchen Mitteln glaubte Surunen denn die Gunst der Oberschicht-Banausen gewinnen zu können?

»Diese Leute sind allesamt Emporkömmlinge, Sprachwissenschaft interessiert sie nicht.«

Surunen hatte bereits eine Idee. Er könnte in Santa Riaza Vorträge über Themen halten, die die Frauen aus der Oberschicht interessierten. Mithilfe der Frauen könnte er versuchen, Zugang zur feinen Gesellschaft zu bekommen, und auf diesem Wege vielleicht die einflussreichen Männer Kalmaniens kennenlernen. Er erzählte ein Beispiel aus Finnland. Ein mäßig begabter russischer bildender Künstler namens Ilja Glazunow hatte sich die Gunst reicher finnischer Frauen erschlichen. Der Mann sah aus wie ein wahrer Künstler, das Haar stets geföhnt, die Kleidung gepflegt und das Benehmen Spitzenklasse. In kurzer Zeit hatte Ilja die Porträts der reichsten Finninnen gemalt. Er wurde in die Welt der Superreichen Finnlands eingeführt. Bald war der teuerste Porträtmaler des Landes gebacken, für den es dauernd neue Aufträge regnete. Schließlich durfte er sogar das Porträt des Staatspräsidenten malen. Das Bild war geschmacklos, so wie es alle seine Arbeiten waren. Aber niemand wagte Kritik zu äußern, nicht mal der Präsident selbst, der Modell gestanden hatte, obwohl auch er sah, dass das Porträt geradezu primitiv war.

»Ob solch ein Schwindel auch hier in Kalmanien klappt?«, äußerte Dozent Cardenas zweifelnd. »In meinen Augen waren die Finnen immer ein gebildetes Volk, aber was soll ich nun von dieser Geschichte halten ...«

Surunen behauptete, dass die reichen Frauen überall auf der Welt gleich seien. »Dieses Sprungbrett möchte auch ich nutzen. Aber weil ich noch nicht einmal über die bescheidenen Malkünste eines Ilja Glazunows verfüge, muss ich mir etwas Besseres ausdenken. Interessante wissenschaftliche Vorträge, die dürften für mich infrage kommen.«

Cardenas bestätigte, dass sich die Frauen der Oberschicht in Santa Riaza für die alte europäische Kultur interessierten, nicht um der Sache willen, sondern weil alles Überseeische hier im entlegenen Kalmanien als fein galt.

»Du musst irgendein hochkulturelles europäisches Thema wählen, eines, von dem die Zuhörer nicht viel verstehen, über das sie aber pseudotiefsinnige Gespräche führen können. Außerdem empfiehlt es sich, die Anzahl der Zuhörerinnen so zu begrenzen, dass nur die allervermögendsten und einflussreichsten Frauen Zugang haben. Ich kann dir beim Verschicken der Einladungen helfen, ich kenne die hiesige Oberschicht so gut, dass ich weiß, welche Gattinnen am freudigsten in diese Falle tappen werden.«

Cardenas schlug vor, dass Surunen zu seinen Vorträgen die Frauen der höchsten Militär- und Polizeibeamten, vielleicht auch die einiger Großgrundbesitzer und Vertreter des Beamtenapparates einladen sollte, aber die Universitätskreise sollte er aussparen. Er würde Surunen noch am selben Abend eine Adressenliste ins Hotel schicken.

An Ort und Stelle entwarfen sie die Ankündigung für die Vorträge. Surunen wollte dafür sorgen, dass sie bereits am folgenden Tag in der Zeitung stünde. Gemeinsam erfanden sie für Surunen einen interessant klingenden Universitätstitel: »Theoretischer Professor für hellenische Sprachen und

Kultur«. Zusätzlich entwarfen sie eine kurze Pressemeldung, in der es hieß, dass Professor Surunen ein in Europa außerordentlich geschätzter Hellenist sei, der als einer der Nobelpreisanwärter auf diesem Gebiet galt und dessen Anliegen es bei seinem Besuch in Kalmanien war, einen Vergleich zwischen der alten europäischen Hochkultur und den kulturellen Leistungen Kalmaniens anzustellen. Professor Surunen würde seinen interessanten und wichtigen Vortrag in der Festetage des Hotels Americano halten.

Surunen rechnete aus, dass die Einladungen, die Zeitungsmeldung und die Raummiete etwa dreihundert bis vierhundert Riisdos kosten würden, was nicht viel war, wenn dafür die Gunst der Oberschicht winkte.

»Du solltest dir einen neuen Anzug anschaffen«, schlug Dozent Cardenas vor.

»Dürfte teuer werden«, vermutete Surunen.

»Lass ihn dir im Slum Paloma arbeiten. Dort lasse auch ich meine Kleidung machen. Es gibt dort geschickte Näherinnen, die dir zu einem Spottpreis notfalls sogar einen Frack anfertigen.«

Surunen sagte sich, dass Consuelo ihm bei der Bestellung des neuen Anzugs behilflich sein könnte.

Er bedankte sich beim Dozenten und fuhr ins Hotel. Dort beschloss er, den Reporter Tom Haslemore zu bitten, sich die Pressemeldung durchzulesen, ehe er sie in der Redaktion abgab. Er rief Tom in seinem Zimmer an.

»Wie geht es denn dem Penis unseres Sprachexperten heute?«, fragte Haslemore mit medizinischer Neugier in der Stimme. Surunen teilte ihm mit, dass es in dem Bereich noch ein wenig brenne, dass aber sonst alles in Ordnung zu sein schien. Darauf konstatierte Haslemore: »Wie ich dir gesagt habe, Poulsens Eierkur versagt nie.«

Tom versprach, in die Bar zu kommen und sich Surunens Zeitungsanzeige und Pressemeldung anzusehen.
Nach der Lektüre meinte er, dass alles soweit recht nett klinge, er aber die Einzigartigkeit des Vortrags noch stärker hervorheben würde.
»Vielleicht fügen wir an dieser Stelle noch ein, dass du das erste Mal in Lateinamerika bist, und dass diese Veranstaltung die einzige diesseits des Atlantik ist. Das kommt an bei den hiesigen Leuten.«
Surunen erzählte ihm von seiner Absicht, kostenlose Eintrittskarten an die Damen der Oberschicht zu verschicken.
»In der Zeitungsannonce macht es sich trotzdem gut, wenn du als Eintrittspreis sagen wir hundert Riisdos nennst. Das schließt die Armen aus. Und schreib auch, dass es, zusätzlich zu den eingeladenen Gästen, nur eine begrenzte Anzahl von Plätzen gibt. Dann kriegst du den Saal voll. Wenn du es so machst, dann bestellt sich jede Gattin, die eine Einladung erhalten hat, postwendend ein neues Kleid und kommt garantiert angerauscht.«

Tom Haslemore begleitete Surunen in die Redaktion der Zeitung *La Humanite*. Er war mit sämtlichen Journalisten dort gut bekannt, und so war die Unterbringung der Pressemeldung kein Problem. Die Leute machten sogar ein Foto von Surunen, das zusammen mit dem Text veröffentlicht werden sollte. Die ausführliche Ankündigung des Vortrags hinterließ Surunen im Büro, damit die Redakteure sie auf der Kulturseite der Zeitung platzieren konnten.
Auf dem Rückweg ins Hotel fragte Tom Haslemore, ob Surunen sich in Santa Riaza einen Ruf als populistischer Wissenschaftler erwerben wolle oder ob er darauf aus sei, mit-

hilfe der Weiber aus der Oberschicht an der Universität Fuß zu fassen.

Surunen erklärte, dass er keine so selbstsüchtige Absicht hege. Zwar strebe er in die Hautevolee, aber nur, um Leute aus der obersten sozialen Schicht für seine Forschungen zu interviewen. Er sei mit seinem Rekorder bereits im Slum Paloma und bei den Indianern im Gebirge unterwegs gewesen, jetzt sei die Oberschicht mit ihrer Redeweise an der Reihe. Es würde interessant sein zu hören, wie in den besseren Kreisen gesprochen wurde.

»Ich persönlich würde mich ja nicht hinsetzen und hochtrabende Vorträge für diese Gänse ausarbeiten, nur damit ich mir hinterher anhören kann, wie sie schnattern«, sagte Tom Haslemore zynisch.

Am Abend brachte der Portier einen Brief, den Dozent Cardenas mit einem Straßenjungen geschickt hatte. Es waren die versprochenen Namen und Adressen von dreißig wichtigen Damen der feinen Gesellschaft. Surunen verfasste den Text für die Einladungskarten. Am folgenden Tag ließ er sie drucken, dann steckte er sie in Umschläge, die er mit den Adressen von Cardenas' Liste versehen hatte. Eine der Einladungen sandte er nach Finnland an Anneli Immonen, und die erhielt sie im Herbst, kurz nach Schulbeginn.

Als Surunen mit dem Versand der Einladungen fertig war, fuhr er mit dem Taxi in den Slum Paloma. In Consuelos Hütte fand er diesmal sämtliche Kinder vor. Surunen verteilte an die Kinder Schokolade und überbrachte die Grüße von Ramon. Das Erdbeben hatte im Slum keine größeren Schäden verursacht, einige Hütten waren eingestürzt, zwei, drei Menschen waren umgekommen. Hinter Consuelos Behausung war der kleine, aus Abfallziegeln zusammengebaute Hühnerstall eingestürzt und hatte drei der sechs Hühner der Familie getötet. Für das Geld, das Consuelo von Surunen erhalten hatte, hatte sie einen Elektroherd mit zwei Platten angeschafft, den sie stolz präsentierte. Auf dem Herd hatte sie die toten Hühner gebraten, und er hatte gut funktioniert.

Consuelo hatte Surunens schriftliche Nachricht von seinem Treffen mit Ramon erhalten. Sie bedankte sich noch einmal sehr und erzählte, dass sie ihrerseits Ramon spätestens in einem oder zwei Monaten besuchen wollte, dann, wenn sie für die Kinder eine Betreuung gefunden und den Hühnerstall neu gemauert hätte. Surunen bot ihr Reisegeld an, aber die tapfere Frau sagte, dass sie diesmal keines brauche, vom vorigen Mal sei noch genug übrig. Sie kochte Kaffee und bot dazu knusperige Maiskekse an, die sie in ihrem neuen Herd gebacken hatte.

Surunen erkundigte sich, ob sie eine geschickte Schneiderin kenne, bei der er einen weißen Anzug in Auftrag geben könne. Er sagte, dass es seines Wissens in Paloma Frauen gebe, die von Näharbeiten lebten.

Consuelo beauftragte ihre älteste Tochter, rasch zur besten Schneiderin zu laufen. Bald kehrte das Mädchen zurück, begleitet von einer beleibten, schwarzgelockten Frau, die ziemlich stark keuchte, denn sie war gelaufen, so schnell ihre Füße sie trugen, um den reichen ausländischen Herrn zu treffen. Sie stellte sich vor, ihr Name war Maria Matamoros. Sie rühmte sich, bereits für viele gebildete Herren in Santa Riaza Anzüge genäht zu haben. Rasch holte sie ein Zentimetermaß aus der Schürzentasche und nahm bei Surunen Maß. Consuelos Tochter notierte die Werte. Maria wollte noch wissen, aus welchem Stoff der Anzug genäht werden sollte und wie es mit Schulterpolstern stand, ob Seide oder ein billigeres Futter eingenäht werden, und ob

das Jackett Goldknöpfe bekommen sollte oder ob hautfarbene genügten.
»Ich hatte an einen weißen Anzug gedacht, mit Weste.«
Man einigte sich auf zweihundertfünfzig Riisdos für den kompletten Anzug, samt Weste und hautfarbenen Knöpfen. Maria Matamoros versprach, in drei Tagen damit zur Anprobe ins Hotel Americano zu kommen. Surunen bezahlte hundert Riisdos im Voraus. Die glückliche Näherin umarmte ihn und machte sich dann auf den Weg in die Stadt, um weißen Anzugstoff zu besorgen.
Auch Surunen verließ Consuelo. Er durchquerte den Slum, um auf die Hauptstraße zu gelangen, die ins Zentrum führte, und dort ein freies Taxi anzuhalten. Auf der Straße hatten ein paar Slumbewohner Verkaufstische aufgestellt, auf denen sie allerlei gefundenen Ramsch feilboten. Einer der Verkäufer hatte Hühner gebracht, die an den Füßen zusammengebunden waren und dort mit geschlossenen Augen lagen. Surunen beschloss, drei Hühner zu kaufen, er bezahlte sechs Riisdos pro Stück. Dann kehrte er noch einmal um und brachte die Hühner zu Consuelo. Die Tiere gackerten unterwegs aufgeregt, beruhigten sich aber, als Consuelo sie losband. Consuelo freute sich außerordentlich über ihre neuen Hühner. Jetzt hatten sie und die Kinder wieder so viele wie vor dem Erdbeben.
»Herrlich, von jetzt an bekommen wir wieder jeden Tag frische Eier«, sagte sie.
Surunen ging zur Hauptstraße zurück, nahm ein Taxi und fuhr in die Stadt. Im Hotel sah er sich den großen Salon in der Festetage an, den er für seinen Vortrag reserviert hatte. Ein paar junge Mädchen waren gerade dabei, den Raum herzurichten. Surunen fand, dass zumindest der äußere Rahmen für seine Veranstaltung vornehm genug war.

Am nächsten Tag traf er die letzten Vorbereitungen. Er nahm aus den Händen von Maria Matamoros seinen neuen Anzug entgegen, besprach sich mit einem Fotografen, der am Abend Aufnahmen machen sollte, bestellte im Hotelrestaurant einen Cocktailservice für den Saal und machte sich endlich auch daran, den bewussten Vortrag zu schreiben. Es wurden fünfzehn Seiten Gesülze über die hellenistische Kultur und ihren Einfluss auf das Erblühen der Hochkultur Lateinamerikas. Größtenteils war es reiner Nonsens, was daran lag, dass Surunen keine Ahnung von dem Thema hatte. Aber als er Tom Haslemore den Text vorlegte, war der richtig begeistert:

»Du bist ja ein ganz ausgebuffter Schreiberling! Die Weiber der hiesigen Hautevolee kapieren garantiert nicht die Bohne von dem Gewäsch, und das wiederum verheißt vollen Erfolg. Man wird dich als bedeutenden Kulturbotschafter preisen, da bin ich mir ganz sicher. Ich glaube, ich komme selber auch und sehe mir an, wie die Gänse dich in deinem neuen weißen Anzug anhimmeln.«

Magister Surunen überreichte Reporter Tom Haslemore eine Einladungskarte für den hellenistisch-amerikanischen Kulturabend.

14

Zufrieden betrachtete Surunen im Spiegel des Hotelzimmers seine elegante Erscheinung. Er hatte sich in den weißen Anzug von Slumschneiderin Maria Matamoros geschmissen, hatte die Schuhe blankgeputzt und am Hals eine weiße Fliege befestigt. In der Brusttasche steckte ein schwarzes Spitzentuch. Er hatte die Haare geölt, hatte hier und da ein männlich duftendes Parfüm aufgesprüht, sein Atem roch frisch, und sein Penis schmerzte nicht mehr, dank Marty Poulsens wirksamem Rezept.

Surunen war aufgeregt. Jetzt waren der Tag und der Moment gekommen, da er vor den hohen Damen von Santa Riaza einen Vortrag halten durfte. Würden sie seiner Einladung folgen? Würde er die Chance bekommen, ihre Gunst zu erwerben?

Surunen kontrollierte den Saal in der Festetage. Ledersessel waren ringsum gruppiert. Auf kleinen runden Tischen prangten Blumen. Drei Kellner in Livree standen mit Tabletts voller Cocktailgläser an der Tür. Herein kam Reporter Tom Haslemore, gekleidet in einen zweireihigen hellblauen Anzug. Er war fast nüchtern, obwohl es bereits kurz vor sechs Uhr abends war. In seinem Kielwasser folgten zwei Fotografen und ein Journalist, alle von der örtlichen Presse. Einer der Fotografen war jener, den Surunen für die Veranstaltung engagiert hatte. Der Mann machte gleich in der Tür ein Foto von Surunen, dann nahm er sich einen Cocktail.

Weitere Gäste erschienen nicht. Surunen erkundigte sich nervös bei Tom Haslemore, ob womöglich bei der Organisation etwas schiefgelaufen war. Waren die Einladungen überhaupt angekommen?

»Reg dich nicht unnötig auf. Die Gänse kommen schon noch angeflattert, wenn es so weit ist. Sie finden es vornehm, sich ein wenig zu verspäten.«

Dann tat sich etwas. Surunen beobachtete von der Tür des Saales aus, wie große, glänzende Autos amerikanischer Bauart am Hotel vorfuhren. Chauffeure mit Dienstmütze öffneten die hinteren Türen, um die gnädigen Frauen aussteigen zu lassen. Den Wagen entstiegen geputzte und geschminkte Damen, die in wehenden Abendkleidern in die Hotellobby segelten. Dort empfingen sie der Portier und der Hoteldirektor und wiesen ihnen den Weg zum Saal in der Festetage.

Magister Surunen verbeugte sich an der Tür akademisch schüchtern und geleitete die Damen zu den Sesseln. Die Kellner eilten herbei, um ihnen Cocktails zu servieren. Betäubender Parfümgeruch erfüllte den Raum. Das leise Surren der Belüftungsanlage ging im gedämpften Stimmengewirr unter. Die Fotografen machten sich an die Arbeit, das Blitzlicht zuckte, und die Damen setzten entsprechende Mienen auf. Surunen wurde mit den wichtigsten von ihnen auf ein gemeinsames Foto gebeten. Der Reporter von *La Humanite* stellte Fragen über den Vortrag. Alles in allem startete das Unternehmen würdig und feierlich. Surunen fand, dass er noch nie zuvor an einem so vornehmen Ereignis teilgenommen hatte. Er ließ sich seine Anspannung nicht anmerken. Wenn er eine der höchsten Damen zu

ihrem Platz geleitete, hielt er ihren Arm so leicht und sanft, als wäre es ein Engelsflügel.
Surunen hieß die Gäste willkommen und hob anmutig sein Glas. Im Stillen bedauerte er, dass Anneli Immonen nicht da war und sehen konnte, wie ein finnischer Mann in der Welt Erfolg hatte. Und er bedauerte, dass er nicht daran gedacht hatte, auf seine edle akademische Stirn einen Lorbeerkranz zu setzen. Der hätte seine schlanke, in einen weißen Anzug gehüllte hellenische Gestalt gebührend gekrönt.
Der Vortrag gelang besser als erwartet. Surunen las den Text zu großen Teilen ab, aber von Zeit zu Zeit warf er einen warmen, durchgeistigten Blick auf seine Zuhörerschaft. Die antwortete ihm mit bewundernden und beifälligen Blicken.
Surunen erzählte von der griechischen Kultur der Antike, nannte Beispiele für ihre Großartigkeit, widmete sich dann ihrer Verbreitung in der gesamten gebildeten Welt. Er beschrieb, wie die griechische Tradition mit den Spaniern nach Lateinamerika gelangt war. Surunen bog sich geradezu unter akademischen Eselsbrücken, als er einen langen Satz über den Atlantik nach Kalmanien und in die Neuzeit machte. Seine Stimme hallte männlich wohltönend und warm durch den Saal. Die Damen lauschten dem Vortrag, der fast eine Stunde dauerte, mucksmäuschenstill. Als Surunen endlich fertig war, wusste er, dass er Erfolg gehabt hatte. Das vornehme Publikum erhob sich. Der Beifall dauerte genauso lange wie in einem Sinfoniekonzert. Die Kellner eilten mit vollen Tabletts ins applaudierende Publikum.
Surunen wurde beglückwünscht. Er blickte verwirrt und glücklich drein, empfing sanfte Wangenküsse. Das Blitz-

licht zuckte. Jemand drückte ihm einen Strauß glutroter Rosen in die Hand. Surunen wurde mit vielen einflussreichen Frauen bekannt gemacht. Tom Haslemore, der alle Anwesenden kannte, übernahm das Vorstellen, er flüsterte Surunen jeweils zu, wessen Gattin er vor sich hatte. Anwesend waren unter anderem Frau Graciela de Barleta, die Gattin von General Inocente de Barleta, dem Kommandeur der Bodentruppen Kalmaniens, die Surunen für seinen wirklich interessanten Vortrag in den höchsten Tönen lobte; Frau Laura Antonia de Morales, Gattin von Oscar Morales, dem Direktor der Gefängnisverwaltung, die sich erkundigte, wie es Professor Surunen in Kalmanien gefiel – dass ihn nur ja nicht die lästigen Erdbeben bei seiner wissenschaftlichen Arbeit störten! Frau Isabel Raminez, Lebensgefährtin von Doktor Sergio Raminez, dem Vorsitzenden des Militärgerichts, erklärte ihrerseits, dass sie überrascht war von der Fülle bahnbrechender Informationen des Gastreferenten. Die Gattin des Marinekommandeurs Admiral Francisco Catalana, Frau Rufelia de Catalana, küsste Surunen leicht auf die Wange und bat den Professor, gelegentlich ihre Familie mit seinem Besuch zu beehren …, dasselbe sagte Frau Soledad de Colindres, verheiratet mit Oberst Jesús Colindres, dem Chef des Geheimdienstes. Am weitesten ging Pilar de Martinez, die Gattin des Innenministers, die Surunen gleich für den folgenden Tag zur Gartenparty ihrer Tochter einlud, an der auch Innenminister Enrique Martinez höchstpersönlich teilnehmen würde. Surunen bedankte sich mit einem charmanten Lächeln für die Einladungen. Genau darauf hatte er gehofft, deswegen hatte er den Damen der Hautevolee all diesen Mist erzählt. Frau de Martinez versprach, ihm gleich am nächsten Morgen eine Einladungskarte ins Hotel schicken zu lassen.

»Sie müssen damit rechnen, dass der Küchenchef meiner Tochter Sie um ein original hellenistisches Rezept bitten wird«, flötete sie.

Je länger die herzliche Begegnung andauerte, desto beliebter wurde Surunen. In den Augen der Damen war er ein wortgewandter, aber trotzdem höflicher Gelehrter, ein Akademiemitglied. An solchen Leuten hatte es in letzter Zeit in der besseren Gesellschaft von Santa Riaza gefehlt. Die Universität war zu einer Heimstätte dreckiger Kommunisten verkommen. Von akademischer Kultiviertheit war dort schon lange nichts mehr zu spüren, klärte man Surunen auf. Allerlei politisches Gesocks hatte sich breitgemacht, Söhne von Peonen und dergleichen. Nun, wie auch immer, zum Glück war Professor Surunen aus Finnland gekommen, um mit seiner Anwesenheit das Kulturvakuum auszufüllen, und darüber musste man froh sein.

Eine der Damen aber war bedeutend jünger als die anderen, ein sehr schönes Mädchen. Trotz ihres jugendlichen Alters begegneten ihr alle mit großer Achtung. Tom Haslemore flüsterte Surunen zu, dass es sich um Präsident Ernesto de Pelegrinis Geliebte, Fräulein Maria-Elena Del Prado, handelte. Als sie Surunen ihre Hand zum Kuss reichte, sagte sie:

»Mein Freund, der Präsident, schickt Ihnen seine Grüße und äußert die Hoffnung, dass es Ihnen in Santa Riaza gefällt.«

Surunen fragte sich, wie es wohl wäre, wenn er verriete, dass er derselbe Hallodri war, der dem Präsidenten vor dem Palast wüste Beschimpfungen zugerufen, und der in den Ausläufern des Erdbebens fünf Folterer einer paramilitärischen Räuberbande getötet hatte. Dann würde ihm die reizende Geliebte des Präsidenten wohl kaum die

schöne Hand zum Kuss darbieten. Aber er hielt den Mund, hauchte seinen Kuss darauf und sagte dann mit schiefem Lächeln:
»Sagen Sie seiner Hoheit, dass ich in Kalmanien vorbildlich behandelt worden bin. Meine wissenschaftliche Arbeit ist auf einem guten Weg.«
Nach der Veranstaltung blieben Surunen und Haslemore im Saal zurück, um sich die übriggebliebenen Getränke hinter die Binde zu kippen. Haslemore schäumte über vor Begeisterung: »Ich hätte nie geglaubt, dass du wirklich imstande bist, den reichsten Weibern der Stadt so gründlich den Kopf zu verdrehen! Du bist ein Phänomen, du könntest bei uns in den USA ein vorzüglicher Wanderprediger werden. Wenn ich jünger und religiöser wäre, dann würde ich mit dir losziehen, um die Welt zu bekehren. Wir würden eine eigene Sekte gründen, du würdest predigen, und ich würde das Abendmahl verteilen und die Beichte abnehmen. Die Fundamentalisten würden vor Neid platzen …«
Am folgenden Morgen brachte ein kleiner zehnjähriger Indianerjunge, der in einem roten Pikkolo-Anzug steckte, eine in Goldschrift gedruckte Einladungskarte zu Surunen aufs Zimmer. Professor Surunen war willkommen in der Villa von Innenminister Enrico Martinez' Tochter Juanita. Die Villa befand sich am Ufer des Pazifik, etwa fünfzehn Autominuten vom Stadtzentrum entfernt in nordwestlicher Richtung. Die Party würde um achtzehn Uhr beginnen. Die Karte duftete nach Jasmin.
Am Abend stieg Surunen in seinen frisch gebügelten, von Maria Matamoros genähten weißen Festanzug und fuhr mit dem Taxi zur angegebenen Adresse am Pazifik. Die Party fand in einer zweistöckigen weiß gekalkten Strandvilla statt, die in einem großen tropischen Garten lag. Der

Garten wiederum war von einer zwei Meter hohen Steinmauer umgeben, auf deren Rand scharfkantige Flaschenböden in den Beton gegossen worden waren, damit niemand hinübersteigen konnte.

Die meisten Gäste waren bereits da. Auf der weitläufigen Rasenfläche standen kleine Tischgruppen. Auf den Tischen wurden delikate Häppchen und teure Weine angeboten. Unterhalb der Terrasse mühten sich zwei lockige Köche mit hohen Mützen schwitzend damit ab, einen ganzen jungen Ochsen zu grillen. Der eine drehte den Spieß, während der andere mit einem breiten Pinsel gewürztes Öl auf das garende Fleisch strich. Ein köstlicher Duft stieg auf und vermischte sich mit jenem der Damenparfüms und dem herrlichen Duft der blühenden Blumen.

Endlich hatte Surunen die Gelegenheit, Kalmaniens herrschende Kreise kennenzulernen. Man stellte ihn dem Kommandeur der Bodentruppen vor, ferner dem Direktor der Gefängnisverwaltung, dem Kommandeur der Marine und dem Chef des Geheimdienstes, der ihn beiseitenahm und flüsterte:

»Man hat mir berichtet, dass Sie sich mit Tom Haslemore angefreundet haben. Ich möchte Sie vor diesem Mann warnen. Er ist Alkoholiker, und es besteht der Verdacht, dass er AIDS hat. Aber ich bitte darum, dass diese Information unter uns bleibt.«

Surunen schüttelte auch dem Innenminister sowie dem Botschafter der USA die Hand. Industrielle, Aristokraten sowie Großgrundbesitzer nahmen ebenfalls an der Party teil. Auch Erzbischof Daniel Montecinos hatte man eingeladen, ein kleines, glatzköpfiges Männchen, das in seiner purpurroten Robe auf dem Rasen umherschlurfte, auf dem Gesicht ein besorgt-zuvorkommendes Lächeln und in der

Hand ein Weinglas mit großem Kelch, an dem er von Zeit zu Zeit nippte wie ein kleiner roter Vogel.
Man sprach über das jüngste Erdbeben. Der Innenminister schätzte, dass bei der Naturkatastrophe vielleicht hundert oder zweihundert Menschen ums Leben gekommen waren.
»Die USA haben versprochen, uns wegen des Bebens wirtschaftliche Sonderhilfen zu gewähren. Ich habe erfahren, dass wir fünf Millionen Dollar bekommen sollen. Das ist wahrhaftig nicht viel, zumindest dann nicht, wenn man es mit der Militärhilfe vergleicht, die wir erhalten und die sich wöchentlich eben auf diese Summe beziffert. Für fünf Millionen Dollar lassen sich vielleicht ein paar Gebäude im Zentrum erneuern, mehr nicht«, klagte Innenminister Martinez. Seine Tochter, die Gastgeberin der Party, ein hageres vierzigjähriges spätes Mädchen, legte ihm die Hand auf die Schulter und sagte:
»Aber Vater, wir sollten nicht undankbar sein. Wenn im Zentrum von Santa Riaza ein paar Viertel abgerissen werden, bekommen die armen Leute viele alte Ziegel. Jemand hat mir erzählt, dass in Paloma mindestens hundert Hütten eingestürzt sind.«
General de Barleta, der Kommandeur der Bodentruppen, mischte sich ins Gespräch: »Ausgezeichnet! Ich war schon immer der Meinung, dass dieser dreckige Slum niedergewalzt werden sollte. Ich kann nicht begreifen, was die Leute dorthin zieht. Sie sollten auf dem Lande bleiben oder im Zentrum wohnen, wie anständige Bürger.«
»Aber vielleicht haben sie nicht genug Geld, um in der Innenstadt zu wohnen«, wagte die Frau eines Großgrundbesitzers zu behaupten. Ihr Mann war da allerdings anderer Meinung:

»Unsinn. Die Leute drängen sich einfach zusammen, damit sie leben können wie der Vogel auf dem Feld. Ich könnte schwören, dass sie nicht mal nach einem richtigen Arbeitsplatz suchen. Sie faulenzen und saufen dort in Paloma, oder was weiß ich, was sie sonst anstellen. In solche Viertel wollen nur gesellschaftlich kranke Elemente ziehen. Auf meinem Gut zum Beispiel hätte ich Arbeit für mindestens hundert Peonen, aber glaubt ihr denn, das Gesindel wäre bereit, ehrliche Arbeit zu leisten? Scheiße, von wegen! Vorige Woche sind sechs Arbeiter geflüchtet. Sind direkt vom Feld abgehauen, ohne irgendwas zu sagen. Sie sind immer noch auf freiem Fuß. Ich würde mich überhaupt nicht wundern, wenn sie im Slum Paloma untergekrochen sind, um zu faulenzen.«

Charles A. Rightman, der Botschafter der USA, äußerte darauf, dass er amerikanische Studien über Slumbildung gelesen hatte. Aus ihnen ging eindeutig hervor, dass Menschen, die auf niedrigem sozialem Niveau leben, gern eng beieinander wohnen.

»Der Slum bietet seinen Bewohnern Sicherheit, aber mit wachsendem Wohlstand verringert sich ihr Sicherheitsbedürfnis, wenn also ein Slumbewohner zu Wohlstand gelangt, zieht er im Allgemeinen aus dem Slum fort.«

Oberst Jesús Colindres, der Chef des Geheimdienstes, schloss sich auf seine Weise dem Sicherheitsbegriff des Botschafters an:

»Sicherheit, die suchen sie dort in der Tat, das kann ich bestätigen. Ich kenne Paloma, meine Herren. Einmal täglich bekomme ich einen geheimen Bericht über die Lage dort. Dieser Slum ist ein Asyl für Kriminelle und Kommunisten. Dort wohnen Tausende Gestalten, die sich vor der Polizei verstecken. Aber wie soll man sie in dem Ameisennest aufspüren? Am besten wäre es, den ganzen stinkenden Misthaufen mit Panzern platt zu walzen, dann ist man ihn los.«

Eine der Damen wollte von Surunen wissen, ob es im antiken Griechenland ein so unangenehmes Slumproblem gegeben hatte.

Surunen erzählte, dass Sklaven damals die unterste Gesellschaftsschicht gebildet hatten, jedoch hatten sie in Räumen wohnen dürfen, die ihnen ihre Besitzer zugewiesen hatten, sodass in der Antike kaum Slums von Sklaven entstanden sein dürften.

»Sicher hat es dort auch keine Kommunisten gegeben, so wie bei uns«, äußerte Admiralsgattin Rufelia de Catalana.

Surunen versicherte, dass es im antiken Griechenland keine Kommunisten gegeben hatte. Diese Ideologie hatte erst Ende des neunzehnten Jahrhunderts mit der wachsenden Industrialisierung in Europa Fuß gefasst.

»Ach, wie gern hätte ich damals in Griechenland gelebt, als die hellenische Kultur in ihrer Blüte stand«, seufzte Frau de Catalana.

An dieser Stelle entschieden die Frauen, dass nun genug über Politik geredet worden war. Sie klatschten in die Hände und verkündeten, dass jetzt der geeignete Moment gekommen war, das Glas auf Professor Viljo de Surunen zu erheben.

Nach dem Toast wandte sich das Gespräch der akademischen Welt und damit auch der Universität von Santa Riaza zu. Einhellig konstatierten die hohen Militärs, dass auch die Universität plattgewalzt werden müsste. Neben dem Slum Paloma war sie die zweite Heimstätte der Kommunisten. Schade, dass der ganze Komplex nicht bei den jüngsten Erdbeben eingestürzt war.

»Von mir aus könnten wir die Universität auch schließen. Für Kalmanien würde eine Technische Hochschule völlig genügen, die Ingenieure haben noch nie politischen Ärger gemacht. Die humanistischen Fächer könnte man auf Schulniveau herunterschrauben«, so sah es Admiral de Catalana. »Die höhere Militärausbildung können wir, wie bisher, in den USA durchführen.«
Auch Erzbischof Montecinos war der Meinung, dass die Universität ruhig abgeschafft werden könnte, Hauptsache, die theologische Ausbildung lief weiter wie bisher. Und dafür würde natürlich die katholische Kirche Kalmaniens die Verantwortung übernehmen.
»In deiner Klosterschule mussten wir im letzten Januar vier Kommunisten verhaften, weißt du das nicht mehr? Die Kerle schlichen in den Messen herum, jeder mit Marx' *Kapital* unter seiner Mönchskutte«, erinnerte der Chef des Geheimdienstes den Erzbischof. Der wurde rot und tappte beleidigt fort, über den Rasen und hin zum Weinbüfett. Frau Soledad de Colindres schalt ihren Mann:
»Jesús-Schatz, du solltest nicht immer den armen Erzbischof kritisieren. Er ist so sensibel, lass ihn doch in Ruhe.«
Darauf knurrte Oberst Colindres, dass man dem Erzbischof vielleicht dieselbe Arznei verpassen sollte wie seinem Vorgänger, der ermordet worden war. Die Bemerkung amüsierte den Kommandeur der Bodentruppen.
»Nicht doch, lieber Freund. Wenn wir hier bei uns einen Erzbischof pro Jahr töten, was sagt dann das Ausland? Der Papst war wegen der letzten Sache sehr ungehalten.«
Der Innenminister fasste die Gedanken der Anwesenden in Worte, als er sagte:
»Einen Staat wie Kalmanien zu regieren, ist eine äußerst schwierige Aufgabe. Die europäischen Staatsmänner be-

greifen nicht im Mindesten, mit welchen Herausforderungen wir jeden Tag zu tun haben. In Europa gibt es keine Guerilleros, die das Volk gegen die Regierung aufhetzen. Keine Slums, so wie bei uns. Keine dummen Indianer. An den europäischen Universitäten sitzt die Jugend in den Vorlesungen und politisiert nicht. Und haben Sie jemals von einer einzigen europäischen Kirche gehört, deren Erzbischof so sehr an der Aufwiegelung des Volkes beteiligt war, dass man nicht anders konnte, als ihn ermorden zu lassen? Von uns wird wahrlich Besonderes erwartet, damit es uns überhaupt gelingt, dieses Land zusammenzuhalten. Sie, Professor Surunen, sind der geeignete Mann, von hier aus Grüße in Ihr demokratisches Europa zu überbringen. Erzählen Sie dort mit Ihren ganz eigenen Worten, worum es geht. Wir sitzen in der Scheiße mit diesen Menschen hier, aber wir geben nicht auf.«

Surunen lächelte den Innenminister höflich an.

Dunkelheit hatte sich auf das feiernde Herrenvolk gesenkt. Die Kellner in den weißen Smokings liefen mit gefüllten Tabletts zwischen den Tischen auf dem Rasen herum. Den Erzbischof Montecinos plagte ein Schluckauf, den er zu bekämpfen versuchte, indem er ein volles Glas Rotwein in einem Zug austrank. Anschließend sank er im Patio zu Füßen einer Skulptur der griechischen Göttin Diana nieder und schlief ein.

Der Ochse war inzwischen gar. Die Leute machten sich mit großen Macheten-Messern darüber her und säbelten sich mundgerechte Stück ab. Männer und Frauen waren dort zugange, alle so betrunken, dass die unglücklichen Köche aufpassen mussten, von den im Dunkeln aufblitzenden Dschungelmessern nicht getroffen zu werden. Das Vergnügen erreichte seinen Höhepunkt, als von der Terrasse der Villa Feuerwerksraketen in den Himmel geschossen wurden. Admiral Fransisci Catalana wollte das noch übertrumpfen, er griff zum Telefon, rief auf einem Wachboot an, das vor der Hauptstadt lag, und befahl, von dort zwölf Schuss Ehrensalut abzufeuern.

»In genau einer Minute schießt die Marine einen Ehrensalut auf das Wohl der Gastgeberin und auf unser aller Wohl. Lasst uns darauf trinken!«, schmetterte der Admiral.

Kurz darauf tönten vom dunklen Meer her tatsächlich zwölf dröhnende Schüsse herüber, als das Wachboot aus seinem dicksten Rohr in den dunklen Sternenhimmel über dem Pazifik feuerte. Die Anwesenden schrien so laut Hurra, dass Erzbischof Montecinos, der noch immer zu Füßen der Diana-Skulptur schlief, hochfuhr und freudig überrascht feststellte, dass sich sein Schluckauf verflüchtigt hatte.

15

Kaum hatte sich Surunen von der Gartenparty erholt, als er schon eine neue Einladung erhielt. Jesús Colindres, der Chef des Geheimdienstes, nebst Gattin schickten einen Brief ins Hotel Americano, in dem sie mitteilten, dass sie geschmeichelt wären, wenn Professor Surunen ihre bescheidene abendliche Dinnerparty mit seiner Anwesenheit beehren würde.

Surunen schickte seinen weißen Anzug in die chemische Reinigung und kaufte sich ein neues rosa Seidenhemd und eine farblich dazu passende Fliege.

Der Chef des Geheimdienstes wohnte in einer großen weißen Villa im Nordosten von Santa Riaza, am sonnigen Berghang. Die Aussicht vom Patio der Villa aus war überwältigend schön: zu beiden Seiten erhoben sich die zerklüfteten Berge, vorn im Tal breitete sich die Stadt aus, und dahinter blinkte der blaue Pazifik. Der passende Ort für die Saufgelage von Kalmaniens Oberschicht. Es wurde gemunkelt, dass Oberst Colindres zum Zwecke des Erwerbs dieser Zwölf-Zimmer-Gebirgsfestung Kokain in die USA verkauft hatte.

Das Sicherheitssystem war erstklassig. Eine massive Mauer umgab das Gebäude von beiden Seiten und von vorn. Hinten erhob sich der steile Berg als natürliche Abwehr gegen die neidische Welt. An der Mauer waren im Abstand von zehn Metern grimmig aussehende Rottweiler angekettet, die dafür sorgten, dass kein Sterblicher über die Mauer klettern konnte, ohne dass er mit ihren großen Schnauzen Bekanntschaft geschlossen hätte.

Surunen nahm das neue Tonbandgerät mit, das er sich in der Redaktion von *La Humanite* geliehen hatte. Er erzählte, dass er die Umgangssprache der kalmanischen Oberschicht für seine Forschungen aufzeichnen wolle. Und er verriet, dass er bereits im Slum Paloma die Sprache des einfachen Volks aufgenommen und auch einen Ausflug aufs Land unternommen habe, um die Redeweise der Gebirgsbewohner darauf zu verewigen.

Oberst Colindres stieß ein wissendes Lachen aus.

»Stimmt! Mir sind zahlreiche Berichte über Sie vorgelegt worden, werter Professor. Zuerst habe ich verwundert draufgestarrt und mich gefragt, was das für ein frecher Spion ist: Kommt mit einem Rekorder hierher, um politische Geheimnisse zu erschnüffeln. Aber dann haben wir uns Ihre Kassetten im Hauptquartier vorgenommen und gemerkt, dass der Herr Professor ein echtes Anliegen hat.«

Surunen tat verwundert. Wie konnte der Oberst etwas von seinen Forschungen wissen?

»Die Arbeit des kalmanischen Geheimdienstes wird nicht ohne Grund hier wie auch in den USA hoch geschätzt. Entschuldigen Sie, Professor Surunen, wenn wir Sie ein wenig im Auge behalten haben. Sie verstehen sicherlich, dass sich in diesen Zeiten ein jeder Staat vor ausländischen Eindringlingen schützen muss. Offen gesagt, ich war kurz davor, Sie verhaften zu lassen. Unsere Leute greifen manchmal allzu hart durch, das wäre für Sie eine unnötig schlimme Erfahrung gewesen.«

Oberst Colindres erklärte, dass Professor Surunen aber inzwischen sein vollstes Vertrauen genieße. Er erhob sein Glas auf das Wohl des Gastes.

Übereinstimmend wurde konstatiert, dass Sprachforschung an sich eine wichtige Kulturarbeit war. Schlimm nur, dass sie bislang äußerst einseitig betrieben worden war. Stets wurden nur Proleten, Leute vom Lande und Slumbewohner interviewt, als würden gerade sie die Muttersprache vorbildlich sprechen. Dabei lohnte es doch vor allem, die Ausdrucksweise der oberen Gesellschaftsschichten zu erfassen. Professor Surunen war in einer guten Sache unterwegs. Fast alle Anwesenden erklärten ihre Bereitschaft, sich von ihm interviewen zu lassen.

Surunen interviewte als Erste die Admiralsgattin Rufelia de Catalana, die eifrig eine gute halbe Stunde aufs Band plapperte. Dann bat er für seine Aufnahmen ein paar Gutsbesitzer, eine Gräfin und einen Anwalt in die Bibliothek. Als Letzte war die Gattin von Oberst Colindres an der Reihe.

Zu Beginn des Abends war die Sprache der Leute noch ziemlich kultiviert, aber je mehr Alkohol sie konsumierten, desto mehr ließen sie sich sprachlich gehen. Schon die Gräfin hatte allerlei Zeug im Vulgärstil aufs Band gestammelt, und auch die Rede von Madame de Colindres konnte man nicht mehr als wirklich gehoben bezeichnen. Vielmehr brabbelte sie schlimmstes kalmanisches Küchenspanisch aufs Band, was an sich natürlich farbig und lebendig klang. Als er mit seiner Aufnahme fertig war, fragte Surunen sie nach der Arbeit ihres Mannes. Sie erzählte bereitwillig, dass sie in Jesús' Arbeitszimmer manchmal lange Listen von Personen gesehen habe, die verhaftet werden sollten, ebenso auch erfundene Gerichtsakten und Verzeichnisse von Verschwundenen, die in Wirklichkeit ermordet wor-

den seien. Sie beschwor Surunen, die Informationen für sich zu behalten, sonst könne es passieren, dass ihr Mann sie für viele Tage im Keller des Hauses einschließe. Dagegen hatte Frau de Colindres allerdings gar nichts einzuwenden. Das Ehepaar besaß einen ausgezeichneten Weinkeller, sie pichelte dort gern und sogar ganz freiwillig. Manchmal saß sie von morgens bis abends rittlings auf einem Weinfass und füllte sich den Bauch mit teuren Importweinen.
»Können Sie sich das vorstellen? Ich sitze dort im Dunkeln und schlucke Wein. Ringsum ist es ganz still. Irgendwann am Nachmittag fangen die schrecklichen Köter da draußen an zu bellen. Dann weiß ich, dass die Dienstboten nach Hause gehen und dafür die Wachleute zur Nacht kommen. Sie füttern auch die Hunde.«
Surunen sagte, dass er Lust habe, auch den Slang von Häftlingen auf Band aufzunehmen. Könne Frau de Colindres wohl dahingehend auf ihren Mann einwirken, dass Surunen die Gelegenheit bekäme, Gefängnisse zu besuchen? Der Slang im Staatsgefängnis La Trivial interessiere ihn zum Beispiel ganz besonders.
Frau de Colindres trat schwankend näher. Sie schlang ihre langen Arme um seinen Hals und drückte ihre Hüfte an seine Schenkel.
»Ach, du bist so süß. Wollen wir nicht in den Weinkeller gehen …, nur wir beide? Wir sitzen im Dunkeln und reden …, aber das geht wohl leider nicht, sie würden fragen, wo wir abgeblieben sind. Also gut. Selbstverständlich rede ich mit Jesús, damit du ins Gefängnis kannst. Aber ich gebe dir einen Rat: Nimm dir ein paar Soldaten als Leibwächter mit. Die Wärter und die Häftlinge von La Trivial sind alle durch die Bank ganz unglaubliche Schurken.«
Surunen bat noch eine Baronin zum Gespräch, aber sie war

schon so betrunken, dass sie aufs Band singen wollte, und als sie endlich einwilligte zu reden, war es nur noch ein Lallen. Surunen beschloss, für diesmal die Aufnahmen zu beenden. Er packte das Tonbandgerät in seine Tasche und ging in den Patio, um Santa Riaza zu betrachten, das sich zu seinen Füßen ausbreitete. Es war die Stunde der Dämmerung, die Lichter der Stadt flammten auf, der blaue Ozean wurde dunkler, die Sonne war bereits untergegangen, aber es war sogar draußen im Freien immer noch warm.

Surunen dachte bei sich, dass sein Leben jetzt so nobel war, wie er es sich nur wünschen konnte. Er wurde mit Professor angeredet, er war der Liebling der Frauen, er verkehrte mit den wichtigsten und reichsten Menschen der Nation. Sein weißer Anzug schimmerte stilvoll im blauen Dämmerlicht. Am Gaumen spürte er noch den feurigen Geschmack teuren Weines. Surunen genoss das alles mit Freuden, bis ihm unangenehm bewusst wurde, dass er kein Recht hatte, dieses verlogene Leben zu genießen.

Doch wie leicht gewöhnte sich der Mensch an Glanz und Luxus! So fern schienen ihm jetzt die traurigen Gestalten aus dem Gefängnis La Trivial, fern war der elende Slum Paloma, fern aller Dreck und alle Armut. Surunen setzte das Glas an die Lippen und trank. Er verspürte einen Schauer und wartete auf die nächste Welle des Wohlbehagens.

Aber nein, Surunen war dennoch stark genug. Er ließ sich nicht täuschen, täuschte sich nicht selbst, sondern kehrte aus den hehren Träumen in die raue Wirklichkeit zurück. Er war Gast heimtückischer und widerwärtiger Ausbeuter, er würde niemals imstande sein, die Unterdrückung anderer Menschen zu genießen, und niemals würde das Blut Unschuldiger sein lasterhaftes Schwelgen reinwaschen.

Surunen leerte sein Glas und kehrte zu den betrunkenen

Obristen zurück. Frau Soledad de Colindres klatschte in die Hände und bat um einen Moment Gehör.
»Ich habe Professor Surunen versprochen, dass wir alle unser Möglichstes zur Förderung seiner wissenschaftlichen Arbeit beitragen …, ich habe doch nicht zu viel versprochen?«
Die betrunkene Hautevolee brüllte, dass der Professor jede erdenkliche Unterstützung haben sollte.
»Professor Surunen beabsichtigt, einige politische Verbrecher zu interviewen …, er möchte mit seinem Rekorder das Staatsgefängnis La Trivial besuchen. Frage an meinen lieben Mann und an Oberst Morales: Ihr lasst doch hoffentlich unseren Freund nach La Coruña fahren, oder wo liegt noch mal die Anstalt?«
Oberst Jesús Colindres knurrte ärgerlich vor sich hin. Was, verdammt, hatte ein finnischer Wissenschaftler im Staatsgefängnis von Kalmanien zu suchen? Man wusste ja, was die Peonen dort erzählten. Sie logen die Kassetten voll, wenn man ihnen die Möglichkeit zum Reden gab.
Surunen unterstrich den wissenschaftlichen Ansatz. Damit seine Untersuchung vollständig wäre, müsste er auch die Ausdrucksweise von Häftlingen festhalten. Es würde kein ausreichender Kontrast zu den heutigen Interviews bestehen, wenn er nicht auch die Redeweise der niedrigsten Menschen speichern könne. Oberst Colindres als studierter Mann würde das doch sicher verstehen?
Jetzt verkündete Oberst Morales rasch, dass er als Direktor der Gefängnisverwaltung dem Professor auf der Stelle die Erlaubnis für den Besuch von La Trivial erteilen könnte, vorausgesetzt, Surunen würde keine politischen und rechtlichen Fragen anschneiden. Morales ergänzte, dass er ein großer Freund der sprachwissenschaftlichen Forschung sei

und das Kulturprojekt, Kalmanien betreffend, seine Unterstützung finde.
Damit musste sich der Chef des Geheimdienstes zufriedengeben. Trotzdem erklärte er, dass er Surunen ein paar seiner Männer mitgeben müsste, die aufpassen sollten, dass es keine unliebsamen Zwischenfälle gäbe. Das war seiner Frau wieder Anlass, ihren Mann als Zweifler zu tadeln.
»Vertraust du etwa unserem Freund nicht, lieber Jesús? Es ist ziemlich kränkend, wenn du ihm deine Spitzel zur Seite stellst, ich finde, der Professor ist ein absolut vertrauenswürdiger Forscher.«
Admiral Francisci Catalana, der Marinekommandeur, hatte die Lösung parat:
»Lasst uns nicht sinnlos streiten. Können wir uns darauf einigen, dass ich Professor Surunen vier Unteroffiziere der Marine zur Verfügung stelle? Mehr sind sicherlich nicht erforderlich. Wir haben auch neue Geländewagen, mit denen unser Freund seine Fahrt unternehmen kann.«
Damit war alles geregelt. Surunen hatte Personenschutz, die nötigen Passierscheine und sogar einen Geländewagen. Mehr würde er nicht brauchen, um Ramon aus La Trivial zu befreien. Als das Problem glücklich gelöst war, meldete sich Pilar Martinez, die Frau des Innenministers, zu Wort. Sie erinnerte Professor Surunen an sein Versprechen, ihrem Küchenchef Rezepte für hellenistische Gerichte zu übergeben.
»Wir möchten ebenfalls antike Rezepte haben«, äußerten die anderen Damen. Auch sie fanden, dass es herrlich wäre, historische griechische Gerichte zu speisen, ganz so wie die antiken Götter der Griechen einst in Athen.
Surunen war verwirrt. Er kannte kein einziges griechisches Kochrezept, weder ein modernes noch ein antikes.

Rasch klärte er jedoch die Situation zu seinen Gunsten. Er rekapitulierte in Gedanken die Anleitung für finnische Schweinefleischsoße und beschloss, dieses Rezept als Musterbeispiel griechischer Kochkunst zu präsentieren. Die Gastgeber riefen ihren Koch herbei, damit er sich das großartige Rezept anhörte. Die anderen Gäste wünschten, dass das Rezept noch nicht preisgegeben werden sollte, sie wollten erst noch ihre eigenen Köche herbeirufen. Also stürzten sie ans Telefon, und Surunen hatte Zeit, das Schweinssoßenrezept auf Spanisch niederzuschreiben. Er gab ihm den Namen »Fleischsoße des Kriegsgottes Ares«.

Als die Köche der kalmanischen Hautevolee nach einer reichlichen halben Stunde auf dem Rasen vor der Bergvilla von Oberst Colindres versammelt waren, konnte Surunen die Anleitung für die Soße des Kriegsgottes verkünden. Die Köche notierten sich die Zutaten, es waren folgende:

1 Zwiebel
300 Gramm Schweinerippe
eine halbe Salzgurke
1 Esslöffel Weizenmehl
3 Deziliter Wasser
1 Teelöffel Salz
eine Prise Weißpfeffer

Der Kommandeur der Bodentruppen hatte die Idee, dass dies eine passende Gelegenheit wäre herauszufinden, wer den besten Koch hatte. Er schlug vor, zwischen den Köchen die erste neuzeitliche Kocholympiade zu veranstalten.

Der Direktor der nationalen kalmanischen Auto- und Traktorenwerke versprach, dem besten Koch im Namen

seiner Firma ein nagelneues, in Kalmanien gefertigtes Moped zu schenken.
Die Idee von Oberst Colindres wiederum lautete, dass der Koch, der verlor, für eine Woche ins städtische Gefängnis von Santa Riaza geschickt werden würde, um Batatas zu schälen. Der Kommandeur der Bodentruppen zog eine Pistole aus der Tasche und schoss zweimal in den Himmel. Das war das Startsignal für die Köche, die losstürmten und zusammen mit einigen Kellnern in der Küche der Villa verschwanden. Bald wurde ein junges dickes Schwein gebracht und hinter die Villa geschleppt. Kurz darauf ertönte von dort schrilles Kreischen, als das Schwein durch die Hände von sechs Küchenmeistern sein Leben verlor. Die Köche brühten es in Rekordzeit ab. Die Kellner brachten einen langen Tisch heraus und verteilten darauf Essbestecke. Aus der Küche wehte der leckere Duft der Soße nach draußen. Die Herren Obristen schnupperten und fragten, ob es wirklich stimmte, dass die alten Griechen dieses herrliche Gericht zu Ehren ihres Kriegsgottes Ares zubereitet hatten. Surunen schwor, dass das im Lande der Hellenen zu Zeiten der Götter üblich gewesen war.
Übereinstimmend fanden die Herrschaften, dass Surunens Rezept ausgezeichnet war. Die Fleischsoße verschwand im Eiltempo in den Mündern der betrunkenen Prasser. Nach hitzigen Debatten einigte man sich darauf, dass der Koch des USA-Botschafters die Soße am besten zubereitet hatte, und seine Wangen glühten vor Glück, als man ihm sagte, dass er sich das Moped gleich am folgenden Tag im Lager der Traktorenwerke abholen konnte.
Jetzt war der Sieger prämiert, aber wer war der Verlierer? Darüber wurde noch länger gestritten. Niemand mochte zugeben, dass er einen unfähigen Koch beschäftigte. Um

den Unglücklichen zu ermitteln, wurde das Lieblingsessen des Kriegsgottes ein weiteres Mal gekostet, von halbleeren Teller wurden die Soßenreste geschleckt. Schließlich verkündete Frau Laura Antonia de Morales, dass sie in die Niederlage ihres Koches einwillige. Mit dem Beschluss waren alle anderen Teilnehmer einverstanden. Der Küchenchef der Morales nahm die Beine in die Hand und versuchte zu fliehen, denn er hatte keine Lust, zur Strafe eine Woche lang Bataten im stinkenden Gefängnis zu schälen. Die Kellner hatten jedoch die Konkurrenten im Auge behalten, und der Koch der Morales' wurde rasch gefasst. Man holte Handschellen aus der Villa, fesselte den unglücklichen Koch und brachte ihn in den Keller, wo er bis zum folgenden Morgen darauf warten musste, seine Strafe anzutreten. Als der Mann weggeschafft war, seufzte seine Herrin:

»Das geschah Jaime ganz recht. Ihr glaubt nicht, wie widerborstig er manchmal ist. Er versteht es zwar, hervorragend zu kochen, aber er ist langsam und faul. Dem Burschen tut es wirklich gut, seine Künste mal im Gefängnis zu trainieren.«

Nach dem Soßenwettstreit genoss man Kokain. Das schwere Essen, die vielen Drinks und die Drogen bewirkten, dass die Gesellschaft nicht mehr lange durchhielt. Einer nach dem anderen aus Kalmaniens Oberklasse fiel um und schlief ein, wo er gerade ging oder stand, in Korbsesseln, auf dem Rasen, dem weißen Marmor des Patio. Die Dienstboten trugen das berauschte Partyvolk ins Haus oder in die hinter der Mauer wartenden Autos. Bald senkte sich Stille über den Platz vor dem Haus, nur die hungrigen Rottweiler lauerten längs der Mauer und rasselten mit ihren Ketten.

16

Am Morgen erwachte Surunen von Telefongeläut. Ein Korvettenkapitän aus dem Stab der Marine rief an und teilte ihm mit, dass ein Kommando von vier Marinesoldaten für den Dienst beim Professor bereitstand. Der Korvettenkapitän wollte wissen, wohin die Reise des Professors gehen und wie lange sie dauern würde, damit man die Männer entsprechend ausrüsten könnte.

Surunen erzählte, dass er eine Reise ins Gebirge plane, die nicht länger als zehn Tage dauern solle. Dann erkundigte er sich, wann die Männer für ihn bereitstünden.

»Eigentlich sofort, Herr Professor«, sagte der Korvettenkapitän.

»In dem Falle schicken Sie mir die Leute bitte zu sechzehn Uhr am Nachmittag. Sie sollen mit ihrem Wagen hier zum Hotel kommen.«

Surunens Reisevorbereitungen waren rasch erledigt. Er brauchte nur seinen Koffer und den Rucksack zu packen. Er faltete seinen schönen weißen Anzug zusammen und legte ihn in den Koffer, dabei sagte er sich, dass er ihn das nächste Mal tragen würde, wenn er mit Anneli Immonen den Hochzeitswalzer tanzte. Es sei denn, er würde während der kommenden Tage im Gebirge sein Leben verlieren. Man würde ja sehen.

Surunen frühstückte rasch und fuhr mit dem Taxi zum

Fernmeldeamt. Auch jetzt wurden noch keine Ferngespräche nach Europa durchgestellt, sodass Surunen ein Telegramm an die Musiklehrerin schickte. Darin teilte er ihr mit, dass er für einige Tage aufs Land fahren und sich in ein oder zwei Wochen wieder melden würde.

Anschließend stattete er Bischof Moises Bustamonte einen Besuch ab und bekam bei der Gelegenheit seinen Pass zurück, den der Bischof so lange für ihn versteckt hatte. Surunen schenkte ihm zur Erinnerung an die angenehme Begegnung seinen Magisterring, und der Bischof sagte, er werde die Kostbarkeit bei den Reliquien in der Kapelle des Nonnenklosters aufbewahren.

Direkt im Anschluss fuhr Surunen zu *La Humanite* und gab das Tonbandgerät zurück. Dann fuhr er weiter zur Universität, um sich von Dozent Cardenas zu verabschieden. Wieder einmal saßen die Männer auf der einsamen Bank draußen auf dem Rasen, wo man sich ungestört unterhalten konnte.

Dozent Cardenas betrachtete es als eine fast unglaubliche Leistung von Surunen, sich ein vier Mann starkes Begleitkommando, einen Geländewagen sowie stichhaltige schriftliche Genehmigungen für den Gefängnisbesuch besorgt zu haben.

»Mit Beziehungen scheint hier alles möglich zu sein«, erklärte Surunen. »Man hält mich für ein Akademiemitglied, vielleicht erklärt das die Sache.«

Am Ende des Treffens sagte Cardenas:

»Wir werden uns kaum noch einmal begegnen, aber trotzdem bin ich froh, weil deine Abreise vielleicht bedeutet, dass Ramon López freikommt. Ich wünsche von Herzen, dass du bei deinem tollkühnen Unterfangen Erfolg hast.«

Er überreichte Surunen mehrere Geländekarten vom

Grenzgebiet zwischen Kalmanien und Honduras. Es waren Kopien, die der Dozent im Landkartenarchiv des Geographischen Instituts angefertigt hatte, in den Buchhandlungen wurden Karten dieser Region nicht verkauft.

Zum Schluss verabschiedete sich Surunen von Ramon López' Familie. Frau Consuelo umarmte ihn mit Tränen in den Augen und dankte ihm dafür, wie er sich für Ramon einsetzte. Surunen überließ ihr tausend Riisdos für den Lebensunterhalt. Er nahm an, dass er das Geld nicht benötigen würde, schließlich standen ihm ein kostenloses Transportmittel und der Proviant der Marine zur Verfügung. Als er ging, gab er Consuelo noch den Namen des Glöckners von La Coruña, für den Fall, dass die Flucht misslang und das Gefängnis daraufhin den Angehörigen den Zutritt verwehrte. Der alte Idigoras könnte dann für den Kontakt nach La Trivial sorgen.

Nach seiner Abschiedstour aß Surunen im Hotel zu Mittag. Als er beim Kaffee angelangt war, registrierte er, dass auch Reporter Tom Haslemore schon aufgestanden war, denn der erschien soeben im Restaurant, um den ersten Drink des Tages zu sich zu nehmen. Haslemore kippte sich einen doppelten Rum hinter die Binde und meinte dann zu Surunen:

»Du wirkst recht aufgekratzt. Soll's wieder auf Reisen gehen?« Surunen erzählte, dass er ins Gebirge fahren würde. Ihm war ein Kommando von Marinesoldaten unterstellt, das für seine Sicherheit sorgen sollte.

»Ich muss nach La Trivial und den Slang im dortigen Gefängnis auf Band festhalten.«

»Komischer Kerl. Wenn man mir vier Marines als Leibwächter geben würde, dann würde ich ihnen befehlen, mich umgehend ins Urlaubszentrum der Marine zu bringen. Dort würde ich jeden Tag in der Hängematte am Strand liegen und mich von den Burschen mit kalten Getränken versorgen lassen. Wie spät haben wir es übrigens heute Morgen?«

»Es ist fast sechzehn Uhr.«

»Oh verflucht, schon Abend …, dann muss ich gleich noch einen Doppelten nehmen, damit ich vor dem Dunkelwerden in Fahrt komme.«

Während Haslemore sich seinen zweiten Doppelten hinter die Binde goss, kam ein großer Gelände-LKW zum Hotel gedonnert, aus dem vier Soldaten in Marineuniform heraussprangen. Mit vorgehaltenen Sturmgewehren stiefelten sie zum Empfangstresen, wo der Oberbootsmann, der die Gruppe anführte, mit donnernder Stimme den Portier fragte, in welchem Zimmer seine Hoheit Professor Surunen wohnte. Der Portier erschrak zunächst ein wenig über den harschen Ton, wies ihnen dann jedoch den Weg ins Restaurant und zu Surunens Tisch. Das Kommando marschierte hinein und meldete sich militärisch zackig bei Surunen. Anschließend stellten sich die Männer einzeln vor. Anführer der Gruppe war Oberbootsmann Roberto Gomez, ein Berufssoldat in Surunens Alter. Obermatrose Efraim García war zehn Jahre jünger, und die Matrosen Jorge Bueno und Mario Soto waren in den Zwanzigern und Söldner. Alle waren also Berufssoldaten, wovon ihr militärisch strammes Auftreten Zeugnis ablegte.

Surunen befahl ihnen, sein Gepäck zum Wagen zu tragen, dann bezahlte er die Rechnung und verabschiedete sich von Reporter Haslemore.

»Tom, es war wirklich schön, dich kennenzulernen. Kann sein, dass ich eine Woche oder auch zwei unterwegs bin, aber bei unserem nächsten Treffen trinken wir wieder zusammen Rum. Mach's gut, und falls du mal nach Finnland kommst, melde dich.«

Haslemore stand auf und reichte Surunen die Hand.

»Ich würde dich zum Abschied umarmen, aber du weißt ja, AIDS. Gute Reise jedenfalls, und pass auf deinen Kopf auf, dass sie ihn dir im Gebirge nicht abschneiden.«

Von diesen ermutigenden Abschiedsworten begleitet, stieg Surunen in den robusten Geländewagen und gab den Befehl, zur Straße nach La Coruña zu fahren. Dumpf dröhnend sprang der Motor an, eine blaue Rauchwolke strömte aus dem Auspuff. Los ging es quer durch die quirlige Stadt. Zurück blieben das Hotel Americano und der betrunkene Haslemore, der davor stand und winkte.

Jetzt störten keine Straßensperren die Fahrt. Soldaten kontrollieren keine Militärfahrzeuge. Dicker Staub wirbelte hoch, als sich der Geländewagen ins Gebirge hinaufarbeitete. Weiter ging es über die Autobahn, die beide Erdteile verband, am Abzweig nach La Coruña gab es an der Tankstelle einen Stopp, und die Männer schlürften kaltes Bier, dann fuhren sie weiter. Die Marinesoldaten waren wortkarg, und auch Surunen verspürte kein Bedürfnis, sie näher kennenzulernen. Die Hauptsache war, dass sie sogar die kleinsten Andeutungen zügig befolgten. Surunen fühlte sich als Herr, als einflussreicher Mann. Er hatte Macht über jene vier verschlossenen Burschen, er konnte mit ihnen machen, was er wollte. Und all das war mithilfe von Beziehungen zustande gekommen.

Surunen grübelte darüber nach, wie viel doch die Beziehungen zwischen den Menschen ausmachen konnten. Wenn es gute Beziehungen waren und wenn sie zu einflussreichen Menschen bestanden, bedeutete das Macht, ganz konkrete Macht über andere Menschen. Aber wenn die Beziehungen schlecht waren, bedeutete das auf der höchsten gesellschaftlichen Ebene den Tod. Schlechte Beziehungen zu armen Menschen waren nicht gefährlich, darauf konnte man mit Schimpfen und der nötigen Abwehrhaltung reagieren, aber schlechte Beziehungen zu einem Oberst der Militärregierung musste man mit dem Leben bezahlen. Gute Beziehungen zu ebendiesem Mann machten aus einem Menschen einen Herrn. So war das Leben in der Welt der Beziehungen. Ein ziemlich infames System, das niemand gutheißen konnte, auf das sich aber die Welt stützte.

In der Dämmerung fuhr der Wagen an El Fanatismo vorbei, dem Dorf, das damals angezündet worden war. Dort schienen die Wiederaufbauarbeiten im Gange zu sein. Die Frauen schleppten Lehmziegel in ihren Röcken, und die Männer zimmerten primitive Dachstühle. Als sie das vorbeifahrende Armeefahrzeug sahen, wandten sie sich ab und blickten in eine andere Richtung.

Surunen hatte Lust, das Fahrzeug umkehren, ins Dorf fahren zu lassen und seine Marinesoldaten zur Aufbauhilfe abzukommandieren, aber er wusste, dass er das nicht tun konnte. Die Dorfbewohner hätten kein Vertrauen in seine guten Absichten, und die Marinesoldaten ihrerseits hätten sicherlich kein Verständnis für den plötzlichen Aufbaueinsatz.

Surunen seufzte und befahl, das Gaspedal durchzudrücken.

Es war fast dunkel, als Surunen mit seiner Mannschaft in La Coruña eintraf. Er forderte den Oberbootsmann auf, seine Männer zu verproviantieren, er selbst, Surunen, würde inzwischen einen Bekannten besuchen. Die Soldaten fuhren den Wagen an den Rand des zentralen Platzes und kletterten allesamt auf die Ladefläche, wo sie sich daranmachten, Konservendosen der Armee zu öffnen. Sie aßen den Inhalt direkt aus der Dose, kalt und ohne einen Tisch zu decken. Sie schienen mächtigen Hunger zu haben.

Surunen erkundigte sich bei herumlungernden Einheimischen, ob sie ihm sagen könnten, wo der Glöckner Estebán Idigoras wohnte. Die Leute scheuten ein wenig vor Surunen zurück, vielleicht, weil er mit einem Militärfahrzeug in die Stadt gekommen war. Jemand deutete schließlich lustlos auf eine Nebengasse und sagte, dass der Alte dort wohne, im sechsten Haus auf der linken Straßenseite. Surunen trabte hin und klopfte. Das Haus war klein, aus Lehm gemauert und gekalkt, vor der Tür lungerte ein magerer Hund herum.

Glöckner Idigoras war ein zottiger kleiner Mann in den Fünfzigern. Surunen begrüßte ihn und sagte, dass er Ramon López kenne, nannte sich einen »Freund«.

Der Glöckner war misstrauisch, aber als Surunen ein paar Geheimnisse von sich preisgab, glaubte der Mann dann doch, dass er einen anständigen Menschen vor sich hatte.

Surunen erklärte, dass er über Idigoras' Kontakte nach La Trivial im Bilde sei. Er sagte, er sei auf dem Wege zur Haftanstalt, in Begleitung von Soldaten, die allerdings nichts von seinen wirklichen Absichten wussten, und er bat den Glöckner um Hilfe.

»Es kann sein, dass ich bald einen ortskundigen Führer brauche. Sie kennen diese Berge und Täler, könnten Sie mitkommen, wenn es mir in Kürze gelingen sollte, einige Häftlinge aus La Trivial zu befreien?«

Der Glöckner wurde freundlicher. Er kochte Kaffee und verriet, dass er seinerzeit drei Jahre in La Trivial geschmort hatte. Seine Frau war in der Zwischenzeit ermordet wor-

den ..., und jetzt verkehrte die Tochter mit einem der Wärter. An sich ein recht guter Junge, nur eben Wärter.
»Nehmen Sie doch Kaffee. Oder hätten Sie nach der langen Fahrt Lust auf ein Glas Pulque? Ich kann Sie gewiss durch die Berge führen, meine Ausflüge interessieren in dieser Stadt sowieso niemanden. Aber ich glaube nicht recht daran, dass Sie jemanden dort lebend herausholen.«
Surunen behauptete, seine eigenen Tricks auf Lager zu haben. Er habe neuerdings eine Position in Kalmanien, die ihm von Nutzen sein werde. Er trank die Tasse Kaffee, die ihm der Glöckner angeboten hatte, und kehrte dann auf den Markt zurück. Er war froh zu wissen, dass in La Coruña ein örtlicher Führer bereitstand, der in die Geheimnisse eingeweiht war – für den Fall, dass er ihn brauchte.
Die Marinesoldaten hatten ihre Fischdosen geleert und leckten sich zufrieden die fettigen Lippen. Surunen befahl ihnen, zum Staatsgefängnis La Trivial weiterzufahren. Zuvor aber besuchte er rasch noch das baufällige Hotel am Rande des Marktplatzes, um das Mädchen zu begrüßen, das ihm bei seinem vorigen Aufenthalt den wunden Rücken eingerieben hatte. Sie war nicht da, aber der Mann, der hinter dem Tresen saß, versprach, ihr die Tafel Schokolade zu geben, die Surunen in Santa Riaza gekauft hatte.
In La Trivial kamen sie erst gegen zehn Uhr abends an. Die Wärter am Tor prüften Surunens Passierschein, ohne zu begreifen, was dort geschrieben stand. Sie griffen zum Telefon und riefen im Gefängnis an. Bald erschien am Tor jener amtierende Kommandant, den Surunen bei seinem vorigen Besuch mit amerikanischen Lebensmittelkonserven hatte bestechen müssen. Der Mann schien wohlauf, hatte aber durchaus keine bessere Laune als beim vorigen Mal. Er schnauzte die Marinesoldaten an, wie es die Män-

ner der Bodentruppen zu tun pflegen, wenn sie auf die Vertreter fremder Waffengattungen losgelassen werden.

Surunen mischte sich ein. Er bat den Leutnant, sich den Passierschein anzusehen, den der Direktor der Gefängnisverwaltung, Oberst Morales, und der Chef des Geheimdienstes, Jesús Colindres, unterschrieben hatten. Das Gebrüll des Offiziers endete wie abgeschnitten. Er lächelte schlagartig und süß wie ein Marzipankuchen, machte die Ehrenbezeigung und befahl den Wärtern, die Tore schleunigst weit aufzureißen. Surunen und sein Begleitkommando donnerten in ihrem Fahrzeug aufs Gefängnisgelände. Surunen fragte sich, ob er mit ebensolchem Geleit wieder aus dem gierigen Schlund des Gefängnisses hinausgelangen würde.

Surunen wurde im Haus des obersten Wärters untergebracht. Der Mann selbst musste in die Mannschaftskaserne umziehen, bis Surunen wieder abreisen würde. Der Lagerkommandant, Juan-Antonio Rodriguez, schickte einen jungen Burschen, der Surunen saubere Bettwäsche und ein Handtuch sowie warme belegte Brote zum Abendessen brachte. Beigefügt war auch eine Flasche mit ziemlich passablem Rotwein.

Surunen schlief tief und fest. Erst bei Sonnenaufgang erwachte er von fernem Trommelgedröhn. Er stand auf und reckte sich genießerisch. Dann spähte er aus dem Fenster, um zu erfahren, wo getrommelt wurde.

Fern auf dem Friedhof hinter den Gefängnismauern standen ein Jeep und eine Gruppe Männer. Außerdem waren zwei Galgen errichtet worden. Surunen schärfte den Blick. An einem der Galgen hing ein Körper, der noch pendelte. Am anderen wurde gerade ein Mann aufgeknüpft – er lebte noch.

Surunen stürmte hinaus und gab Alarm. Die Glocken begannen zu bimmeln, ein schreckhafter Wärter schoss ein paarmal in die Luft. Weitere Wärter erschienen und wollten wissen, was der Zivilist da für einen verdammten Lärm veranstaltete.
»Seht ihr Trottel das denn nicht, dort werden Menschen aufgehängt«, brüllte Surunen sie an.
Die Wärter waren verblüfft. Selbstverständlich wurden dort in der Frühe Menschen aufgehängt. Wann sollte man es denn sonst tun, wenn nicht im Morgengrauen?
Kurz darauf kam der Jeep vom Friedhof herüber, ihm entstieg Leutnant Rodriguez, der nach dem Grund für die Schüsse fragte. Die Wärter zeigten auf Surunen, der verlangte, die Hinrichtungen abzubrechen.
Der Leutnant war peinlich berührt. Er versicherte, dass die Männer, die hier hingerichtet werden sollten, am Vortag vom offiziellen Militärgericht zum Tode verurteilt worden waren. Einer sei außerdem bereits aufgehängt worden, und der andere würde längst hängen, wenn nicht auf dem Gefängnisgelände grundlos geschossen worden wäre.
Surunen stellte ein Ultimatum hinsichtlich des noch lebenden Mannes. Er wies auf seine hochrangigen Freunde in Santa Riaza hin.
Leutnant Rodriguez fand es ungerecht, wenn von zwei zum Tode Verurteilten nur einer hingerichtet wurde. Außerdem war der bereits Hingerichtete der kleinere Schurke gewesen.
»Der Kerl, der am Leben bleiben soll, ist ein viel schlimmerer Verbrecher als der, der bereits am Seil baumelt.«
Surunen drohte, Oberst Morales anzurufen, wenn der Leutnant ihm nicht gehorchen würde.
Kommandant Rodriguez wischte sich den Schweiß von

der Stirn. Er war wütend, versuchte aber trotzdem zu lächeln.

»Also gut. Soll der Halunke meinetwegen am Leben bleiben.«

Surunen dankte dem Leutnant und entfernte sich in sein Quartier, wohin ihm der Bursche sein Frühstück brachte: Brote mit Hühnerfleisch und schwarzen Kaffee. Gerade wollte er in eine der saftigen Schnitten beißen, als vom Friedhof wieder das bekannte Trommeln herübertönte. Er stürzte ans Fenster und musste erkennen, dass jetzt auch am zweiten Galgen ein Mann hing. Der Körper zuckte noch, dann pendelte er nur noch sacht hin und her. Surunen war niedergeschlagen. Das Frühstück schmeckte ihm nicht mehr. Er zog sich an und ging hinaus, um mit Leutnant Rodriguez zu sprechen. Der war bereits auf dem Weg zu ihm, begleitet von zwei Soldaten, die ihm eifrig etwas erklärten.

»Diese beiden Tölpel haben es fertiggebracht, auch den zweiten Mann zu hängen, während ich beim Frühstück saß«, sagte der Leutnant.

Die Soldaten verteidigten sich:

»Herr Leutnant, als Sie nicht wieder zurückkamen, dachten wir, wir hängen ihn einfach. Wir dachten, Sie wollten sich nicht extra noch mal den Weg machen.«

Der Leutnant schnauzte sie demonstrativ an:

»Habt ihr Esel nicht kapiert, dass ich nicht zum Spaß weggefahren bin? Ihr hättet warten müssen, bis ich zurück bin, bevor ihr den zweiten Schurken an den Galgen knüpft. Jetzt droht mir dieser Herr mit Oberst Morales, weil ihr dort auf dem Friedhof übereifrig gehandelt habt. Solche Tölpel müsste man aufhängen, verdammt noch mal.«

Die Soldaten breiteten die Hände aus, schauten zu Boden.

Sie hatten genauso gehandelt wie an jedem anderen normalen Hinrichtungsmorgen. Warum jetzt dieses Theater wegen zwei Kerlen, die außerdem sowieso zum Tode verurteilt worden waren?
»Wegtreten!«, schnauzte der Leutnant und trat selber ebenfalls weg.
Stattdessen kam Oberbootsmann Gomez auf den Hof marschiert. Er und seine Männer waren bereit, ihr Tagwerk zu beginnen, zum Schutz Surunens.

17

Surunen marschierte in Begleitung der vier Marinesoldaten los, um die Innenräume des Staatsgefängnisses zu besichtigen. Beim vorigen Mal hatte er nur den öden Besuchsraum gesehen, jetzt war ihm erlaubt, sich frei in jedem Winkel der Anlage zu bewegen.

Nicht umsonst galt La Trivial als eine der unfreundlichsten Haftanstalten im ganzen Land. Die niedrigen, langen, aus Lehm und Abfallziegeln zusammengeklatschten Gebäude waren heruntergekommen und hatten keine Heizung, obwohl die Winter und die Nächte im Gebirge oft eisig kalt waren. In den jeweils für zweihundert Häftlingen vorgesehenen Kasernen gab es nur fünf Abtritte, von denen ein Teil verstopft war. Auf dem ganzen Gelände existierten drei Duschen, von denen keine einzige funktionierte. Die Häftlinge versuchten sich sauber zu halten, indem sie das wenige Wasser, das sich vom Nachttau in den Rinnen der Blechdächer sammelte, auf der Haut verrieben. An heißen Tagen allerdings tranken sie jeden Tropfen.

Die enge Kantine des Gefängnisses war so platziert, dass die Küchenabfälle und die Fäkalien der Aborte zu sehen waren und die Gerüche ungehindert hineinströmten. Die Häftlinge mussten in drei Schichten essen, aber trotzdem gab es nicht für alle einen Sitzplatz am Tisch. Oftmals ging das Essen vorzeitig aus, besonders in der letzten Schicht. Die

Häftlinge bekamen täglich nur eine einzige warme Mahlzeit. Zumeist war es eine dünne Suppe, in der stinkende Maiskörner oder verdorbene Bohnen schwammen. Fleisch oder Fisch gab es selten, vielleicht ein- oder zweimal im Monat. Die Häftlinge hatten die Möglichkeit, bei den Wärtern Lebensmittel zu kaufen, doch die waren unerhört teuer, und nur wenige besaßen das Geld dafür. Es war ein offenes Geheimnis, dass die Lebensmittel aus den Vorratslagern der Haftanstalt stammten, die Wärter stibitzten sie dort und verkauften sie auf eigene Rechnung weiter.

Surunen sprach auf seinem Rundgang mit mehreren Häftlingen, dabei erfuhr er, dass Ramon López schwer erkrankt in der Kaserne Nummer drei lag. Surunen marschierte mit seinen Marinesoldaten dorthin. Die Baracke war in zehn gleich große Zimmer eingeteilt, in einem davon lag der Gesuchte, und außer ihm ein halbes Dutzend weiterer Häftlinge. Alle waren todkrank. Die gesünderen Häftlinge aus den anderen Zimmern hielten sich draußen auf, aber von seinen Mitbewohnern, so erzählte Ramon, war kaum noch einer wirklich bei Bewusstsein.

»In diesem Zimmer liegen alle im Sterben. Vor zwei Tagen starb ein anderer Häftling an Hunger. Gestern Abend wurden zwei Männer zum Tode verurteilt, nur weil sie aus der Wärterstube ein Stück Seife und ein paar Zigaretten stibitzt hatten. Heute Morgen wurden die Unglücklichen dem Vernehmen nach aufgehängt.«

»Ich habe die Hinrichtungen gesehen, konnte aber nicht eingreifen«, erklärte Surunen. Dann schickte er die Marinesoldaten aus dem Zimmer, damit sie beim Interview nicht störten. Jetzt konnte er mit Ramon in aller Ruhe reden, denn die anderen Patienten im Raum waren nicht mehr an irdischen Dingen interessiert.

Surunen erläuterte Ramon seinen Fluchtplan. Der Ablauf war einfach: Man würde mithilfe der vier Marinesoldaten im Geländewagen zum Tor hinausfahren, dann ginge es weiter nach La Coruña, wo der örtliche Glöckner zusteigen würde. Dieser hatte versprochen, im Gebirge als Führer zu dienen. Man würde so weit wie irgend möglich mit dem Geländewagen fahren, dann ginge es per pedes über die Berge nach Honduras.

»Du vergisst, dass ich nicht laufen kann. Ich bin so schwer nierenkrank, dass ich mit Mühe und Not noch imstande bin, mich zu entleeren. Es dürfte am klügsten sein, wenn du mich hier liegen lässt und einen Gesünderen mitnimmst. Bring zum Beispiel Rigoberto Fernandes übers Gebirge, er ist ein junger Arzt, der noch viel zu tun hätte auf dieser Welt.«

Surunen erinnerte Ramon daran, dass er immerhin seinetwegen extra aus Finnland nach La Trivial gekommen war. Sollte er jetzt etwa seinen Schützling im Gefängnis krepieren lassen, wo alles fast fertig vorbereitet war? Auf keinen Fall.

»Wir tragen dich über die Berge, das dürfte nicht übermäßig schwer sein. Wie du gesehen hast, habe ich vier tüchtige Marinesoldaten bei mir. Außerdem können wir ja ein paar gesunde Häftlinge mitnehmen, die gibt es immerhin auch.«

Ramon bezweifelte, dass der Lagerkommandant den Geländewagen einfach so hinauslassen würde. Es würde ein Feuergefecht geben, außerdem würden die Marinesoldaten bestimmt nicht bei der Flucht helfen.

»Ich muss mir einen Vorwand ausdenken, der es uns ermöglicht, ohne Schießerei hinauszugelangen«, beschloss Surunen. »Aber ohne dich gehe ich hier nicht raus, da kannst du sicher sein.«

Oberbootsmann Gomez lugte ins triste Krankenzimmer und fragte, ob alles in Ordnung sei. Surunen beauftragte ihn, auf dem Hof einen Häftling namens Rigoberto Fernandes aufzugabeln.

»Rufen Sie Nummer 312 aus, es ist ein dunkelhaariger Mann, den alle kennen, und bringen Sie ihn her. Sagen Sie ihm, es geht um Sprachforschung.«

Kurz darauf brachte Gomez den Arzt Rigoberto Fernandes herein. Er war ein Mann in Surunens Alter, mager, bärtig, mit glühendem Blick und im Auftreten irgendwie herrisch. Als Gomez weg war, erläuterte Surunen ihm seinen Fluchtplan. Der Arzt erklärte, dass er sofort bereit wäre, mitzukommen. Notfalls könne er seinen Freund Ramon ganz alleine über die Berge in die Freiheit schleppen. Außerdem kannten er und Ramon drei zuverlässige Häftlinge vom Lande, diese Männer waren arme und einfache Indianer, beheimatet in der Grenzregion des Gebirges. Sie waren vor einem Jahr in La Trivial eingeliefert worden, standen im Verdacht, Kontakte über die Grenze zu unterhalten. Der Älteste hieß Primero, der Mittlere Secundo und der Jüngste Tercero. Ihr Nachname lautete Bueno, übersetzt also bedeuteten ihre Name so viel wie der erste, der zweite und der dritte Gute. Da sie ihr Leben lang schwer auf den Maisfeldern geschuftet hatten, waren sie wohl stark genug, das leichte Knochengerippe Ramon notfalls bis in den letzten Winkel der Welt zu tragen.

Gomez holte die Indianerbrüder herbei. Als diese verschlossenen Männer aus dem Volk hörten, worum es ging, waren sie zunächst außerstande, sich zu dem Vorhaben zu äußern. Als der Arzt ihnen erklärte, dass sie, wenn alles gut ginge, frei wären und sich in der Grenzregion von Honduras niederlassen könnten, sahen sie einander bedeu-

tungsvoll an und nickten. Der Älteste, Primero Bueno, meinte:
»Dann müssen wir wohl mitmachen.«
Rigoberto Fernandes wollte wissen:
»Haben wir auch Proviant, Führer, ein Auto, Waffen, Landkarten?«
»Alles geregelt«, erklärte Surunen. Nun gelte es nur noch, einen triftigen Grund zu erfinden, der es ihnen ermögliche, ins Auto zu steigen und wegzufahren.
»Ich glaube, ich weiß bereits einen passenden Vorwand. An einem so lauten, lärmenden Ort kann man schließlich den Häftlingsslang kaum mit dem Tonband aufnehmen. Dauernd klappen Türen, Wärter brüllen und die Kranken jammern. Ich muss sofort mit dem Kommandanten darüber reden. Macht ihr euch inzwischen fertig, es kann sein, dass wir schon bald aufbrechen. Nehmt keine Dinge mit, aus denen sich schließen ließe, dass ihr Fluchtabsichten hegt.«
»Wir besitzen keine Dinge. Nur diese Lumpen, die wir am Leib tragen, und Ramon hat das Kissen von seiner Frau und die Trage, mit der er zum Abort und wieder zurückgebracht wird«, sagte Rigoberto Fernandes.
»Umso besser. Bleibt jetzt beisammen, der Aufbruch erfolgt möglicherweise plötzlich. Und sprecht nicht einmal untereinander über diese Sache.«
Surunen marschierte mit seinen Soldaten ins Büro des Kommandanten. Er trat zielstrebig und fordernd auf:
»Hier auf dem Gefängnisgelände bin ich nicht zu vollgültiger wissenschaftlicher Arbeit in der Lage. Gute Tonbandaufnahmen zu machen, ist unmöglich, hier herrscht einfach zu starker Hintergrundlärm, der Rekorder zeichnet das alles mit auf. Ich bräuchte einen ruhigeren Ort, an dem

ich mich besser auf meine Untersuchung konzentrieren kann.«

»Ich finde nicht, dass hier so besonders starker Lärm herrscht«, widersprach Leutnant Rodriguez. »Oder soll ich Ihnen hier in der Einöde etwa eine Kirche oder ein richtiges Studio zur Verfügung stellen? Im Gefängnis dröhnen eben immer Türen, und Eisen rasselt …, Sie scheinen recht blauäugige Vorstellungen von Haftbedingungen zu haben.«

Surunen gab nicht nach.

»Ich habe geplant, ein paar Häftlinge ins Auto zu laden und mit ihnen an eine Stelle außerhalb des Geländes zu fahren, etwa auf jene Wiese drüben hinter dem Friedhof. Dort ist es ruhig, und es gibt keine Störgeräusche, sofern Sie nicht wieder auf die Idee kommen, Leute aufzuhängen.«

»Dass Sie immer noch auf der Sache von heute Morgen rumreiten …! Aber eines ist mal klar, Häftlinge dürfen nicht ohne Bewachung das Gelände verlassen. Die Mistkerle könnten Ihnen entwischen.«

Surunen deutete auf seine Marinesoldaten, die mit vorgehaltenen Waffen dastanden.

»Hier habe ich vier Berufssoldaten, die garantiert dafür sorgen, dass kein einziger Häftling fliehen kann.«

Der Leutnant musterte Surunens Kriegstruppen.

»Männer der Flotte …, wo haben Sie diesen Haufen überhaupt aufgegabelt?« Oberbootsmann Gomez bohrte seinen Blick in den des Leutnants, sodass dieser sich abwenden musste.

»Herr Leutnant. Wir sind von Admiral Catalana persönlich für diese Fahrt abkommandiert worden«, schmetterte Gomez mit kräftiger Stimme. Das wirkte.

»Na gut …, aber ich übernehme keine Verantwortung für die ganze Sache.«

Surunen erklärte, dass er bereits vorab einige interessante Personen ausgesucht habe, und dass er mit den Interviews sofort beginnen wolle. Nach diesen Worten schickte er die Marinesoldaten mit dem Befehl los, das Auto zu holen und die ausgewählten Häftlinge einzuladen. Als sich die Soldaten entfernt hatten, um den Befehl auszuführen, schaltete Surunen seinen Rekorder ein und führte mit Leutnant Rodriguez ein kurzes Interview durch. Er sagte, dass ihn die Sprechweise des Kommandanten in wissenschaftlichem Sinne interessiere, später würde davon an der Universität Helsinki eine Computeranalyse angefertigt.

»Reden Sie einfach in Ihren eigenen Worten, bitte keine Kommandosprache hier auf dem Band.«

»Anders kann ich aber nicht sprechen«, bedauerte der Kommandant. Es wurde kein sehr tiefgehendes Interview, denn bald schon erschien der Oberbootsmann mit der Information, dass das Auto startklar sei, und die für die Interviews ausgewählten Häftlinge an Bord. Surunen stieg ein, und der ganze Tross fuhr ungehindert durchs Tor. Der Kommandant machte kraftlos die Ehrenbezeigung. Surunen antwortete, indem er mitleidig die Hand schwenkte.

Der Matrose Mario Soto fuhr den Geländewagen auf den flachen Hügel hinter dem Friedhof, wo noch die beiden Galgen standen, die am Morgen zum Einsatz gekommen waren, zwei frisch zugeschaufelte Gräber zeugten ebenfalls vom Geschehen. Vom Gefängnis aus war zu sehen, wie das Fahrzeug bei den Galgen stoppte. Die Häftlinge kletterten von der Ladefläche herunter, die Marinesoldaten bezogen hinter ihnen Posten, und Surunen holte sein Aufnahmegerät hervor. Die Flucht hatte begonnen, das Verlassen des Gefängnisses war reibungslos verlaufen, aber noch befand man sich im Einflussbereich von La Trivial.

Den ganzen Tag lang betrieb Surunen im Schatten der Galgen überflüssige Sprachforschung. Er interviewte die Häftlinge, und die Marinesoldaten machten Essen und sonnten sich. Sie fanden die Gepflogenheiten der Bodentruppen irgendwie abstoßend. Die Bodentruppen unterhielten Gefängnisse und Friedhöfe. Wenn bei der Marine mal ein Matrose aus irgendeinem sonderbaren Grund unbedingt hingerichtet werden musste, wurde das sauber erledigt: Der Mann wurde mit Bleigewichten an den Füßen feierlich über Bord gekippt. Anschließend verlas der diensthabende Offizier zum Gedenken einen passenden Satz aus der Bibel. Hier hingegen wurden die zum Tode Verurteilten aufgehängt und dann in der Erde verscharrt wie Hunde. Nun ja, ansonsten war diese Gebirgstour eine recht lockere Angelegenheit. Der Sommer war heiß, aber hier im Hochland machte einem die Hitze nicht so zu schaffen wie in den Kasernen in Santa Riaza. Es war schön, auf der Wiese zu liegen mit einem Grashalm im Mund, das Sturmgewehr sorglos zu Füßen.

Die Marinesoldaten fragten sich, ob die Sprachstudie wohl innerhalb von zwei Wochen fertig würde. Dann sollte ihr Schiff nämlich zum Flottenbesuch nach Chile auslaufen. Der Oberbootsmann hatte bereits früher einmal an einem ähnlichen Besuch in Valparaiso teilgenommen, und er wusste zu berichten, dass die dortigen Huren um die Hälfte billiger waren als die Mädchen im Heimathafen. Mit dem Tagegeld einer Woche konnte man drei- bis viermal ficken.

Insgesamt waren die Marinesoldaten einhellig der Ansicht, dass der Dienst bei der Flotte um ein Vielfaches ehrenvoller und nobler war als der schwere und gefährliche Dienst bei den Bodentruppen. Man musste nicht mit der Waffe in der

Hand über staubige Übungsplätze robben und auch nicht verbissen gegen heimtückische Partisanen kämpfen. Bei den Bodentruppen nahmen paramilitärische Bauerntölpel Verhaftungen vor, sogar in Santa Riaza. Wenn Elitesoldaten der Marine ins Gebirge abkommandiert wurden, dann handelte es sich um einen Spezialauftrag, bei dem man sich auf internationaler akademischer Ebene bewegte.

Inzwischen traf in La Trivial ein seltsamer Zivilist mit stechendem Blick ein. Oberst Jesús Colindres, der Chef des Geheimdienstes, hatte sich nach der mit Schweinefleischsoße gewürzten Gartenparty wieder aufgerappelt. Verkatert, wie er war, fing er an nachzugrübeln, ob es tatsächlich vernünftig gewesen war, den finnischen Professor mit nur vier Marinesöldnern als Aufsicht ins kalmanische Staatsgefängnis zu schicken. Wenn der Mann nun doch ein Schnüffler war? Was trieb ihn dazu, seine Forschungen ausgerechnet in dem entlegenen Gefängnis zu betreiben? Der Oberst fand, dass man blöden Quatsch auch einfacher aufs Band bekommen konnte, in der Nähe, dafür musste ein honoriger Professor nicht extra mit Militärgeleit bis nach La Trivial fahren.

Diese Überlegungen veranlassten den Obristen, einen gewissen Osvaldo Herrera anzurufen, einen etwa fünfzigjährigen äußerst kompetenten Mitarbeiter des Geheimdienstes, und ihn zu beauftragen, sich schnellstmöglich nach La Trivial zu begeben. Der Oberst erklärte ihm seine Aufgabe genau und beschrieb die Person, die er im Auge behalten sollte. Ausgestattet wurde Osvaldo Herrera mit einem Motorrad mit Beiwagen, einer Militärpistole, Handschellen und Gift sowie vollen Befugnissen.

Dieser fähige Spürhund war also am Zielort angekommen. Er hatte sich den Straßenstaub vom Gesicht gespült, hatte sich beim Kommandanten gemeldet, aber nicht den wahren Grund seines Besuches genannt, und jetzt spazierte er zwischen den Häftlingen herum, mit glühenden Augen wie ein Jesuit. Alle, an die er sich wandte, erschraken vor seinem strengen, kalten Wesen, sowohl die Häftlinge als auch die Wärter. Eine Atmosphäre wie in einem Krähennest, dem der Geier einen Besuch abstattet.

Am Nachmittag kam Surunen vom Friedhofshügel herüber, um zu schauen, was im Gefängnis so los war. Er ging ins Büro des Kommandanten, wo er erfuhr, dass aus Santa Riaza ein Detektiv des Geheimdienstes gekommen war, um die Anstalt zu inspizieren. Leutnant Rodriguez wirkte nervös. Er wusste nicht, in welcher Mission der Mann unterwegs war. Nur eins wusste er genau, die Männer vom Geheimdienst waren nie in Routineangelegenheiten unterwegs.

Surunen dankte dem Kommandanten für seine Flexibilität. Er berichtete, dass die wissenschaftliche Arbeit gut vorangehe. Die Sprache der Häftlinge war in all ihrer Einfachheit ungemein interessant. Zum Schluss erklärte er, dass er die Häftlinge drüben auf dem Hügel bis in den Abend hinein interviewen wolle, der Leutnant brauche sich keine Sorgen um sie zu machen. Für ihre Verpflegung hatten die Marines gesorgt, alles war bestens geregelt. Gegen zehn Uhr abends, so versprach Surunen, würde er mit seinen Interviewpartnern ins Lager zurückkehren. Als Beweis für das ausgezeichnete Material, das er gewonnen hatte, spielte er dem Kommandanten eine lange Passage vom Band vor, auf der die Indianerbrüder in ihrer monotonen Sprache vor sich hin brabbelten.

»Schalten Sie den Kasten sofort aus, ich kriege das Gekrächze dieser Halunken oft genug zu hören«, schimpfte der Kommandant. Er habe es eilig, wolle sich ein Bild von den Aktivitäten des Geheimpolizisten Herrera machen, Surunen halte ihn nur unnötig auf. Surunen schaltete das Gerät ab und bat den Kommandanten, dem Geheimpolizisten seine Grüße auszurichten. Gleichzeitig äußerte er den Wunsch, dass ihm sein Abendessen gleich nach zehn Uhr in seinem Quartier serviert würde. Dann verließ er das Gefängnis und kehrte auf den Galgenhügel zurück, wo man nichts von der neuen Gefahr, dem bleichgesichtigen Detektiv Herrera, ahnte. Surunen erzählte Ramon und Rigoberto von dem Mann. Gemeinsam beschlossen sie, noch am selben Abend unmittelbar nach Einbruch der Dunkelheit die Flucht zu wagen.

Den Marinesoldaten verkündete Surunen in offiziellem Ton, dass es eine Planungsänderung gebe. Er habe vom Gefängniskommandanten die Erlaubnis erhalten, die Untersuchung im Heimatdorf von Primero und seinen Brüdern fortzusetzen, das Dorf liege irgendwo hinter La Coruña. Die akademische Herangehensweise verlange unbedingt, dass er auch die Eltern und Freunde der Brüder höre. Die Marinesoldaten sollten mitkommen, da sie ein Fahrzeug zur Verfügung hatten und außerdem bewaffnet waren. Ihre Pflicht war es, dafür zu sorgen, dass die Häftlinge nicht flohen. Dafür waren sie dem Kommandanten von La Trivial gegenüber verantwortlich. Surunen erkundigte sich, ob es im Fahrzeug genügend Proviant für die ganze Truppe gab.

»Wir haben noch Konserven und Bohnen für mindestens eine Woche, was das betrifft, könnten wir also sofort starten«, erklärte Oberbootsmann Gomez. Surunen sagte, er wolle noch ein paar Stunden arbeiten, da es noch hell sei. Man werde über Nacht in das Dorf fahren, und gleich in der

Frühe werde er mit seinen Aufzeichnungen fortfahren. Die Marinesoldaten könnten dann im Dorf schlafen.
Während der letzten beiden Stunden des Abends interviewte Surunen Ramon und Rigoberto. Die ganze Zeit fürchtete er, Detektiv Herrera könnte auftauchen, um ihn auszuspähen. Für diesen Fall entwarf er verschiedene Pläne, von denen jeder insofern unangenehm für Herrera ausging, als dass er getötet würde.
Herrera blieb jedoch fern. Endlich senkte sich Dunkelheit über den düsteren Friedhof. Surunen befahl, das Auto startklar zu machen. Die Marinesoldaten trugen Ramon hinein, die anderen Häftlinge kletterten auf die Ladefläche, und Matrose Soto setzte sich ans Steuer.
»Lassen Sie uns den Akku schonen und mit Standlicht fahren«, wies Surunen den Matrosen an. Das schwere Fahrzeug schaukelte vom Friedhof und am Gefängnis vorbei auf die Straße nach La Coruña. Als die erreicht war, fragte Matrose Soto, ob der Professor gestatte, dass er ein wenig mehr Gas gebe. Er wolle gern ausprobieren, wie schnell die Maschine eigentlich sei.
»Nur zu, aber achten Sie darauf, dass wir nicht von der Straße abkommen.« Einige Minuten später war La Coruña erreicht, wo Surunen den Matrosen zum Haus des Glöckners führte. Idigoras' Hund veranstaltete einen Höllenlärm, als er sah, dass ein Militärfahrzeug vorfuhr. Er versuchte den Oberbootsmann in die Wade zu beißen, beruhigte sich aber, als Idigoras ihn anschnauzte. Dem Hund erschien die Situation vermutlich schizophren. Im Allgemeinen mochte sein Herrchen keine Armeeautos, jetzt aber stieg er ohne Murren in ein solches ein.
Jetzt ging es nach den Anweisungen des Glöckners aus der Stadt hinaus, auf einer kleinen, schmalen Straße immer

höher hinauf in die Berge. Man fuhr an ein paar kläglichen Dörfern vorbei in Richtung Nordosten. Je weiter das Fahrzeug vorankam, desto schlechter wurde die Straße, und zum Schluss war es nur mehr ein Trampelpfad. Die Gesellschaft war gezwungen, am Rand im Gebüsch anzuhalten.

Surunen beauftragte die Marinesoldaten, als Träger zu fungieren: Proviant für zwei, drei Tage und die Waffen mussten mitgenommen werden. Die Indianerbrüder sollten abwechselnd mit Rigoberto den kranken Ramon López auf seiner Trage schleppen. Idigoras trabte an der Spitze und ließ ab und zu den Lichtstrahl seiner Taschenlampe in der Dunkelheit aufblitzen.

Erst gegen zwei Uhr in der Nacht wurde Halt gemacht. Die Marinesoldaten und die Indianer errichteten ein Lager. Es wurde Kaffee gekocht, leise geredet. Am Himmel stand der Vollmond. Die Marinesoldaten unterhielten sich untereinander darüber, dass sie noch nie zuvor so tief ins Gebirge gelangt waren. Sie sammelten trockenes Reisig fürs Lagerfeuer und blickten ängstlich in die Dunkelheit. Sie zuckten jedes Mal zusammen, wenn im nächtlichen Gelände ein unbekanntes Tier schrie.

Primero Bueno erklärte ihnen, dass es keinen Grund zur Furcht gebe und dass sie sich getrost schlafen legen konnten. Am Morgen würde man ins Dorf gelangen.

»Wir sind nicht müde«, seufzte Obermatrose Garcia. Die anderen waren derselben Meinung. »Wir sind nicht an so was gewöhnt, wir sind eher Männer der Meere.«

Die Marinesoldaten waren misstrauisch und verängstigt. Sie hatten beschlossen, die ganze Nacht zu wachen, denn auf ihnen lastete die Verantwortung für Professor Surunen dem Admiral gegenüber, und nun auch die neue Verantwortung für fünf Häftlinge gegenüber dem Kommandanten von La Trivial. Sie begriffen nicht recht, wieso sie sich in diese verfluchte Einöde hatten locken lassen, und sie sehnten sich sehr nach Hause, nach der sicheren Koje in ihrer Marinekaserne.

18

Glöckner Idigoras und die schläfrigen Marinesoldaten kochten gemeinsam Kaffee, als Surunen erwachte. Er war ein wenig steif nach der nächtlichen Wanderung, ebenso Rigoberto Fernandes und die übrigen Mitglieder der Gruppe. Nur die drei Indianerbrüder waren an dergleichen gewöhnt. Sie wünschten sich nichts sehnlicher, als den Weg fortzusetzen, hin zu den heimischen Bergen in der nordöstlichen Grenzregion. Der starke Kaffee munterte auf, und so startete die Gesellschaft wieder mit frischen Kräften, um immer höher ins Gebirge hinaufzuwandern. Es ging nur langsam voran, denn die Ausrüstung und Ramons Trage drückten auf die Schultern der Wanderer.

Um die Mittagszeit erreichten sie einen Pass, der über die höchste Bergkette des Hochlandes führte. Hier verabschiedete sich Glöckner Idigoras von der Gruppe. Er sagte, dass die Indianerbrüder von nun an die Führung übernehmen könnten. Surunen bot dem freundlichen Mann Geld an, aber er lehnte ab. Er behauptete, mit wenig auszukommen, und er wolle nicht für eine Arbeit bezahlt werden, die eigentlich gar keine Arbeit, sondern die Unterstützung einer guten Sache sei.

Die Marinesoldaten blickten Idigoras sehnsüchtig nach, als er flinken Schrittes im Unterholz verschwand. Man sah, dass sie lieber zu ihrem Geländewagen zurückgekehrt wä-

ren, statt die mühevolle Wanderung immer tiefer hinein in unbewohntes, feindseliges Gelände fortzusetzen.
Den ganzen glühend heißen Tag hindurch trabte die Gruppe, von den Indianerbrüdern geführt, zielstrebig nach Nordosten. Ab und zu wurden Ruhepausen eingelegt. Abends schlugen die Männer ihr Lager in einem Tal auf, durch das ein kleiner Bach mit klarem Wasser floss. Die Marinesoldaten setzten erleichtert Ramons Trage am Bach ab und warfen sich lang auf die Erde. Sie waren nicht einmal mehr imstande, Essen zu machen, sodass Surunen die Indianerbrüder anwies, aus den Proviantvorräten der Soldaten eine warme Mahlzeit zu bereiten. Der Arzt Rigoberto Fernandes untersuchte Ramon und stellte fest, dass die anstrengende Tour auf der schaukelnden Trage den Freund arg geschwächt hatte.
Die Marinesoldaten erkundigten sich bei Surunen, ob er wüsste, wie weit es noch bis zu dem Dorf war, in dem die Aufnahmen von diesem Indianerdialekt gemacht werden sollten. Ihrer Meinung nach war an dieser irrsinnigen Wandertour etwas faul. Von solch mühevoller Gebirgskraxelei hatte man ihnen im Stab der Marine nichts gesagt. War das alles überhaupt legal?
Surunen beruhigte die müden Burschen. Er versicherte ihnen, dass man gleich am Morgen das Dorf erreichen würde, wo sie sich dann richtig ausruhen könnten, während er seine unterbrochene wissenschaftliche Arbeit fortsetzen würde.
»Irgendwie kommt es mir so vor, als wären wir reingelegt worden«, knurrte Oberbootsmann Gomez.
»Und zwar auf übelste Weise«, pflichtete Obermatrose García ihm bei.
»So langsam kotzt es einen echt an«, sagten die Matro-

sen Bueno und Soto und fingerten an ihren Sturmgewehren herum.

Womöglich wäre diese bedrohliche Lage eskaliert, wenn sich nicht längs des Baches eine Horde flinker, pelziger Wesen so groß wie Ferkel genähert hätte. Die Tiere jagten einander spielerisch und kamen bis nah an das Lager heran. Als sie die Männer am Ufer entdeckten, hielten sie verdutzt inne und betrachteten das Treiben jener seltsamen großen Gestalten. Sie hatten sicherlich nie zuvor Menschen gesehen, ein Zeichen dafür, wie tief die Wanderer bereits ins Gebirge eingedrungen waren.

»Das sind Coatis, Nasenbären«, erklärte Primero Bueno, der älteste der Indianerbrüder.

»Es sind mindestens zwanzig«, zählte Secundo innerhalb von Sekunden. »Das ist ein gutes Zeichen«, behauptete Tercero, der Jüngste.

Die Koaten sahen irgendwie witzig aus, was daran lag, dass sie quasi eine weiße Maske hatten: Die Schnauze und die Backenknochen waren von weißem Fell bedeckt, während der übrige Körper braun war. Sie kletterten in die Bäume und Sträucher und warfen Reiser und vorjährige trockene Zapfen herunter. Dabei versuchten sie die Männer zu treffen, und jedes Mal, wenn ein Zapfen in der Nähe des Feuers landete, spektakelten sie begeistert.

Die Marinesoldaten hatten solche Wesen noch nie gesehen. Obermatrose García legte das Gewehr an und nahm einen der kleinen Bären ins Visier. Ehe Surunen es verhindern konnte, feuerte der Obermatrose auf den fröhlichen Nasenbären, traf ihn jedoch nicht. Das Dröhnen des Schusses jagte den Tieren einen tüchtigen Schrecken ein, und sie flitzten weg. Von Weitem, vom Waldrand her, äußerten sie lautstarken Protest gegen das, was geschehen war. Schließlich verschwanden sie spektakelnd. Surunen warf dem Obermatrosen wütende Blicke zu. Der sah ein, dass man nicht einfach so auf Lebewesen schießen sollte, und sicherte beschämt seine Waffe. Dabei murmelte er jedoch zu seiner Verteidigung:

»Sogar die Nasenbären machen sich über uns lustig, verdammt.«

Ramon López, der tapfer und klaglos die vielen Beschwernisse des Tages ertragen hatte, begann mit leiser Stimme zu sprechen. Er richtete sich auf seiner Trage in halb sitzende Stellung auf, sein Blick schweifte zu den schneebedeckten Gipfeln im Südwesten. Hinter jenen Bergen waren Santa Riaza und seine Familie, Consuelo und die Kinder. Dort befand sich auch die Universität und alles, was einst zu seinem Leben gehört hatte, bis zum Jahre 1979, da man ihn illegal verhaftet hatte und er nicht mehr das Leben eines freien Mannes hatte führen dürfen.

»Falls es so kommt, dass ich nicht mehr lebend nach Santa Riaza zurückkehre, dann richtet bitte den Kindern und Consuelo aus, dass ich am Ende frei war. Mehr braucht ihr nicht zu sagen, nur das.«

Dann bat er, man möge ihm aufhelfen, er wolle ein wenig umhergehen. Er sagte, er fühle sich so munter wie schon seit Monaten nicht mehr.

Rigoberto Fernandes warnte ihn davor, sich zu überanstrengen. Ramon bat Surunen, ihn beim Gehen zu stützen, denn um sich allein bewegen zu können, reichte seine Kondition noch nicht.

»Ich möchte auf jenen Hügel dort steigen. Schaffst du es, mich dorthin zu begleiten?«, bat Ramon mit müder Stimme.

Nach einer halben Stunde standen die beiden auf dem Pla-

teau. Ramon lehnte sich an seinen Begleiter, während er in alle Himmelsrichtungen blickte. Er sagte nichts, aber Surunen sah, dass der gequälte Mann den freien Ausblick genoss, ja geradezu gerührt war.
Als sie eine ganze Weile dort verharrt hatten, sagte Ramon schließlich leise:
»Dies ist der erhabenste Moment meines Lebens.«
Für den Rückweg benötigten sie eine ganze Stunde. Als sie schließlich wieder im Lager ankamen, sah Surunen, dass die Marinesoldaten eingeschlafen waren. Die durchwachte Nacht und der Tagesmarsch, bei dem sie ihre Ausrüstung und Ramons Trage über die Berge geschleppt hatten, hatten ihre Kräfte aufgezehrt. Die Soldaten schliefen tief und fest wie vom Spiel erschöpfte Kinder. Die Indianerbrüder und Rigoberto Fernandes hatten ihnen die Waffen abgenommen und besahen interessiert die schweren Sturmgewehre. Primero unterwies seine jüngeren Brüder im Gebrauch der Waffen. Er bat Surunen um die Erlaubnis, zur Probe auf eine leere Konservendose ballern zu dürfen, aber Surunen war dagegen. Die Marinesoldaten sollten endlich einmal richtig ausschlafen können. Die armen Burschen brauchten Ruhe.
Rigoberto hätte die schlafenden Soldaten am liebsten getötet, aber Surunen untersagte das nachdrücklich:
»Nicht sie waren es, die dich verhaftet haben. Ihr Tod würde die Zustände in Kalmanien kein bisschen ändern. Außerdem wäre es undankbar, sie umzubringen, schließlich haben sie brav für uns den Proviant und die Ausrüstung ins Gebirge geschleppt und sogar noch Ramon getragen.«
»Du bist zu sanftmütig«, lautete der Kommentar des Arztes. Surunen teilte die Nachtwachen ein. Falls die Marine-

soldaten aufwachen und Scherereien machen sollten, sollte der betreffende Wächter ihn wecken. Die Schusswaffe sollte nur im äußersten Notfall benutzt werden.

Surunen beugte sich über Ramons Trage und breitete eine Decke über den Kranken, als Schutz gegen die nächtliche Kälte. Ramon schien zu schlafen, und Surunen brachte es nicht über sich, ihn zu wecken, um ihm eine gute Nacht zu wünschen. Im Herzen betete er, dass Ramon López die anstrengende Tour hinüber nach Honduras schaffen möge.

Ein sanfter Nachtwind lullte schließlich auch Magister Surunen in einen wohltuenden Schlaf. Von den fernen Hügeln her war das Plappern der schläfrigen Nasenbären zu hören. Darüber schlief Surunen ein.

Am Morgen erwachte er von einem heftigen Wortgefecht. Die Marinesoldaten waren erwacht und hatten festgestellt, dass ihnen in der Nacht die Waffen abgenommen worden waren. Sie fanden die Behandlung unfair, fürchteten, dass man sie töten wollte, und verlangten von Surunen, die Sache zu klären.

Surunen informierte sie darüber, dass all das von Anfang an geplant war. Er verriet, dass er auf Seiten der Häftlinge stand, dass er im Grunde genommen eigens nach Kalmanien gekommen war, um diese Häftlinge zu befreien, vor allem Ramon López, der sein besonderer Schützling war.

Rigoberto Fernandes drohte, die Marinesoldaten zu erschießen, wenn sie sich nicht dem neuen Kommando unterstellen würden. Die Macht im Lager hatte gewechselt, und damit basta. »Stimmt's, Ramon? Haben wir nicht lange genug in den Folterkammern der Gefängnisse gelitten?«

Ramon antwortete nicht. Rigoberto ging hin, um den Kameraden zu wecken.

»Ramon, wach auf, es ist schon Morgen. Wir müssen weiter.«
Plötzlich hockte er sich zu Ramon nieder, horchte auf dessen Atem, fühlte den Puls. Dann erhob er sich mit weißem Gesicht.
»Ramon ist tot.«
Die Indianerbrüder begannen zu weinen. War Ramon tatsächlich tot? Wie konnte das sein, gestern noch war er auf den Beinen gewesen …
Surunens Herz krampfte sich zusammen. Musste es tatsächlich so kommen? Endete seine lange Reise tatsächlich im allerletzten Moment so unglücklich, mit dem Tod des Mannes, den er retten wollte? Ja, kein Zweifel, Ramon war in der Nacht gestorben. Surunen verspürte tiefe Bitterkeit, aber dafür war jetzt keine Zeit. Es musste entschieden werden, wie es nun weitergehen sollte.
»Wir haben ihn jedenfalls nicht umgebracht, haben die ganze Nacht geschlafen«, schworen die Marinesoldaten. Sie musterten Rigoberto und dessen Sturmgewehr voller Entsetzen. Der Tod des kranken Häftlings konnte auch für sie den Tod bedeuten. Man brauchte sie jetzt nicht mehr fürs Schleppen der Trage. Wozu brauchte man sie überhaupt noch? Sie beteten, dass Professor Surunen ihr Leben verschonen möge. Sie waren anständige Männer, hatten den Häftlingen nichts angetan. Sie wollten nach Hause in die Kaserne und auf ihr Schiff.
Surunen beruhigte sie. Er sagte ihnen, dass sie jetzt wieder ins normale Leben zurückkehren könnten, da sie nicht mehr für den Transport des Kranken gebraucht wurden. Alle anderen Personen würden die Tour fortsetzen, sobald Ramon López' Leichnam bestattet worden sei.
Die Indianerbrüder und die Marinesoldaten hoben im stei-

nigen Boden am Berghang ein Grab für Ramon aus. Das nahm fast zwei Stunden in Anspruch, da keine Spaten zur Verfügung standen, um die Arbeit zu beschleunigen. Als die Gruft endlich tief genug war, wurde die Trage mit Ramons Leichnam hineingesenkt, über den Toten eine Decke gebreitet. Surunen hielt eine kurze Rede, in der er betonte, dass Ramon López am Ende die Freiheit erlangt hatte. Dann schlossen die Männer das Grab und rollten anschließend ein paar große Steine darauf, zum Gedenken an den Toten. Tercero Bueno ritzte mit dem Bajonett Ramons Namen und seinen Todestag in den größten Stein. Weil er nicht schreiben konnte, zeichnete ihm Surunen die Vorlage in den Sand. Zu Namen und Todestag fügte Tercero noch ein kleines Kreuz hinzu. Er fand das durchaus erforderlich, obwohl Ramon laut Rigobertos Aussage Atheist gewesen war.

»Es schadet ja nicht, ist nur zur Sicherheit«, erklärte der trauernde Indianer, als er sein fertiges Kreuz musterte.

Nach Ramons Begräbnis wurde das Lager abgebaut und den Marinesoldaten aus den Beständen Proviant für zwei Tage ausgehändigt. Surunen trennte für sie jenen Teil seiner Landkarte ab, der die Gebirgsregion auf kalmanischer Seite zum Inhalt hatte, und förderte schließlich aus seinem Rucksack auch noch einen Kompass zutage. Würden sie mithilfe des Kompasses zu ihrem Fahrzeug zurückfinden? Die Soldaten erklärten, dass das Navigieren zu ihrer Grundausbildung gehörte, aber mit Geländekarten seien sie bisher noch nie gesegelt. Ihnen seien Seekarten vertrauter.

Surunen gab seinen Soldaten die Hand. Er sagte:

»So ist es jetzt, Männer. Lange Reden dürften überflüssig sein. Wir wandern nach Nordosten, ihr kehrt zum Auto zurück. Wenn ihr es erreicht, euch also nicht verirrt, fahrt ihr auf direktem Wege nach Santa Riaza und meldet euch in eurer Einheit. Sagt, die Aufgabe ist erfüllt, und damit basta. Falls jemand nach mir fragt, sagt einfach, dass ich im Gebirge geblieben bin, um Indianerdialekte aufzunehmen. Alles andere vergesst, falls euch euer Leben lieb ist.«

»Und was sollen wir sagen, wenn wir gefragt werden, wo unsere Waffen sind?«, fragten die Männer unglücklich.

»Jedenfalls nicht die Wahrheit. Klaut euch irgendwo neue. Oder kauft sie euch auf dem Schwarzmarkt, hier habt ihr Geld dafür.«

Still machten sich die Marinesoldaten auf den Rückweg. Von Zeit zu Zeit blieben sie stehen und drehten sich um. Einer von ihnen winkte Surunen traurig zu. Männer, die nicht recht wussten, was sie erwartete. Schließlich trabten sie in südwestlicher Richtung davon, besonders fröhlich waren sie nicht gestimmt. Sie beteten zur Jungfrau Maria, diese möge nicht zulassen, dass sie vors Kriegsgericht kämen. Vielleicht würde die Gottesmutter sie ja wirklich retten, wenn sie recht inbrünstig beteten? Mitten in ihrer traurigen Wanderung knieten die Männer nieder, legten die Handflächen aneinander und blickten flehend zum blauen Himmel über Kalmaniens Bergen. Als sie weitergingen, war ihr Schritt eine Spur leichter. Nach Meinung der Matrosen konnte man auf die Jungfrau Maria vertrauen, aber der Oberbootsmann war sich da nicht so sicher.

Auch die Gruppe um Surunen setzte ihren Weg fort. Die Indianerbrüder und Rigoberto trugen Surunens Koffer und die von den Marinesoldaten hinterlassenen Proviantreserven. Surunen hatte seinen Rucksack aufgeschnallt, so ging es schneller voran als bisher, denn Ramon musste nicht mehr mitgeschleppt werden. Die Gruppe folgte dem Flusslauf, der am Grund des Passes nach Nordosten führte. Die

Indianerbrüder vermuteten, dass man sich schon auf dem Gebiet von Honduras befand, bereits die Wasserscheide und die Landesgrenze überschritten hatte. Ramons Grab befand sich auf dem höchsten Punkt des Gebirges, einem Ort, an dem die Indianerstämme traditionell ihre wichtigsten Häuptlinge bestattet hatten.

Am Nachmittag legte die Gruppe am Ufer eine Ruhepause ein. Aus dem kleinen plätschernden Bach war ein größerer Wasserarm geworden, fast ein Fluss, der schäumend durchs Tal strömte. Die müden Wanderer spülten sich das Gesicht im klaren, kühlen Wasser ab. Surunen legte eine kurze Strecke in Richtung des Unterlaufes zu Fuß zurück, ging bis an eine Stelle, an der sich der Bach zu einem stillen Teich verbreiterte. Er warf seine gesamte Kleidung ab und watete hinein, um zu schwimmen. Das aus dem kalmanischen Gebirge herunterströmende Wasser war herrlich kalt. Surunen schwamm lange, ließ seinen müden Körper treiben, entspannte und genoss sein Dasein. Eine Horde lebhafter Nasenbären plapperte fröhlich am Ufer. Surunen dachte, wie schön es doch wäre, wenn die Menschen ebenso unschuldig leben könnten wie diese verspielten Tiere, die niemandem auf der Welt etwas zuleide taten. Falls die Menschheit je in einem Atomkrieg vernichtet würde, dann sollten wenigstens die Nasenbären überleben, so wünschte er sich, und anschließend sollten sie die Verantwortung für die Welt übernehmen. Eine solche Welt wäre wahrlich ein Paradies.

Als Surunen endlich aus dem Wasser stieg, stellte er fest, dass seine Kleidung stibitzt worden war. Er suchte eine Weile danach und entdeckte schließlich, dass zwei geschäftige Nasenbären gerade seine Hose zerrissen, jeder hatte ein Hosenbein im Maul. Der Jeansstoff riss, und so

war Surunen ohne Hosen. Verflixt aber auch, die Viecher hatten seine sämtlichen Klamotten in der ganzen Gegend verteilt, sie hingen in Fetzen an Bäumen und Sträuchern, und der Rest wurde gerade zerrissen. Ein freches Männchen mit rundem Kugelbauch probierte Surunens Netzunterhemd an, aber da es ihm nicht gelang, seine Arme durch die entsprechenden Öffnungen zu stecken, wurde er wütend und riss rasch das Hemd in kleine Schnipsel, die er Surunen demonstrativ hinterherwarf. Verärgert über die Nasenbären, kehrte Surunen splitternackt ins Lager zurück. Ein paar Tiere folgten ihm sogar und riefen irgendwelche Unverschämtheiten.
Surunen war gezwungen, seinen Koffer zu öffnen und den weißen Anzug anzuziehen, den ihm Slumschneiderin Maria Matamoros genäht hatte. Auch neue Unterwäsche musste her. Er schmiss sich in sein rosa Seidenhemd, eine Notwendigkeit, die Fliege umzubinden, sah er nicht. Die Indianerbrüder hatten nie zuvor so herrliche Kleidungsstücke gesehen. Von nun an behandelten sie Surunen wie einen König, sie siezten ihn und nannten ihn »Hoheit«. Auf Rigoberto Fernandes hatte die neue prächtige Garderobe nicht dieselbe Wirkung. Im Gegenteil, er murmelte, dass der weiße Anzug von der Prunksucht seines Trägers zeugte, und bewies, dass dieser zu viel Wert auf Äußerlichkeiten legte. Surunen machte dem Gemurre ein Ende und wies Rigoberto darauf hin, dass er, gäbe es nicht ebendiesen Anzug, immer noch im Staatsgefängnis La Trivial säße. Er möge also seine Zunge hüten, sonst würde sein Befreier womöglich die Beherrschung verlieren und ihm, neben der Zunge, auch noch die Ohren lang ziehen.
Einige Stunden später, gegen Abend, tauchte am Himmel ein einsamer Militärhubschrauber auf. Die Indianer und

Rigoberto gingen sofort in Deckung, denn sie vermuteten, dass die Maschine von der kalmanischen Luftwaffe ausgesandt worden war. Ihre Häftlingskleidung war unauffällig, und so konnten sie sich alle ohne Weiteres in den Sträuchern am Flussufer verstecken. Anders verhielt es sich mit Surunen. Sein Festanzug wirkte am Gebirgsfluss wie ein Leuchtfeuer. Der Helikopter, der das Kennzeichen der kalmanischen Luftwaffe trug, näherte sich und verharrte etwa fünfzig Meter über Surunen in der Luft. Die Piloten und Soldaten spähten zu dem sonderbaren weißgekleideten Wanderer hinunter. Gefeuert wurde nicht. Surunen sagte sich, dass er keine Chance hätte, falls die Besatzung des Hubschraubers ihn töten wollte.

Surunen warf seinen Rucksack ab und beschloss, im Zickzack um sein Leben zu rennen, falls es von oben Kugeln regnen würde. Wehmütig dachte er an die Musiklehrerin Anneli Immonen. Falls er diese Lebensgefahr heil überstand, würde er Anneli heiraten und nie mehr von zu Hause fortgehen.

Der Ausbruch der Häftlinge, den Surunen organisiert hatte, hatte auf kalmanischer Seite für ungeheuren Wirbel gesorgt. Geheimpolizist Osvaldo Herrera hatte noch in derselben Nacht, in der Surunen mit dem Geländewagen geflüchtet war, Alarm geschlagen. Umfangreiche Suchaktionen wurden eingeleitet, an denen die Luftwaffe und mehrere Einheiten der Bodentruppen beteiligt waren. Fotos der geflüchteten Häftlinge wurden in der Zeitung veröffentlicht. Professor Surunen wurde zur unerwünschten Person erklärt, er sollte verhaftet und vor das Militärgericht gestellt werden. Oberst Jesús Colindres, der Chef des Geheimdienstes, fuhr umgehend nach La Trivial, um die Treibjagd persönlich zu leiten, die jedoch völlig ergebnislos verlief. Nicht einmal die vier Soldaten der Marine, die als Leibwächter für den betrügerischen Professor abkommandiert worden waren, wurden gefunden, auch von ihrem Fahrzeug gab es keine Spur.

Die Jungfrau Maria, Adressatin ihrer Gebete, half den Marinesoldaten nach besten Kräften. Als die Burschen jedoch sahen, dass die ganze Gebirgsregion von der Häftlingsflucht und den Suchaktionen beherrscht war, beschlossen sie, mitsamt ihrem Fahrzeug aus dem Land zu fliehen. Sie vermuteten, dass man sie töten würde, wenn sie sich in ihrer Einheit blicken ließen, also fuhren sie in ihrem Geländewagen, fest auf die Jungfrau Maria vertrauend, über die Autobahn direkt zur Grenze von El Salvador. Für Soldaten war der Grenzübertritt kein Problem, und danach befanden sie sich auch schon in Sicherheit. Sie verkauften ihren Geländewagen und kleideten sich mit der Riesensumme, die sie erhielten, neu ein, danach ging jeder seiner Wege. Sie alle besaßen mehr Geld als je zuvor, und man hörte nie wieder etwas von ihnen.

Endlich, nach tagelanger Jagd, erreichte Oberst Colindres in seiner Kommandozentrale in La Trivial ein Funkspruch. Einer der Suchhubschrauber meldete sich aus der Grenzregion zwischen Kalmanien und Honduras und berichtete, im Gelände einen Mann gesichtet zu haben, den man für einen der Flüchtlinge hielt. Rachedurstig griff Colindres nach den Kopfhörern und erkundigte sich, um welchen Flüchtling es sich handele.

»Na ja, hier ist ein Mann, hat sich mit einem weißen Anzug rausgeputzt. Wir bitten um Erlaubnis, ihn zu erschießen. Wir sind zwar schon zwanzig Meilen auf dem Gebiet von Honduras, aber das macht doch wohl nichts?«

»Dort hält sich also eine einzelne männliche Person auf?

Haben Sie weitere Ausbrecher gefunden?« – »Nein, es sind keine weiteren Personen zu sehen, Herr Oberst. Erschießen wir diesen hier jetzt sicherheitshalber?«

»Bloß keine kriegerischen Akte auf fremdem Staatsgebiet, ihr Angeber! Geht weiter runter und seht euch an, wer das ist. Erzählt mir, wie er aussieht, ich entscheide persönlich über den Mann.«

Kurz darauf ging der Hubschrauber so weit herunter, wie es die steilen Berghänge und die am Bach wachsenden Bäume erlaubten. Der dabei entstehende Luftdruck peitschte Surunen Sand und Staub ins Gesicht.

Surunen bereitete sich auf den Tod vor. Ruhig drehte er sich in den Wind der Rotorblätter und blickte kalt und gelassen zu der hässlichen Mordmaschine hoch. Er versuchte eine spöttische Miene aufzusetzen, was ihm tatsächlich nicht weiter schwer fiel.

»Herr Oberst, es ist ein feiner Herr …, scheint doch kein ausgebrochener Sträfling zu sein. Er trägt einen weißen Anzug, ganz wie die großen Männer auf Fotos …, dazu eine Weste, und das Hemd scheint aus Seide zu sein.«

»Flieht der Mann, oder was macht er?«

»Nein, er flieht überhaupt nicht, guckt uns ganz ruhig an. Aber wir können hier nicht landen, unten ist ein Bach, und die Bergwände sind zu steil. Was machen wir, Herr Oberst, erschießen wir den feinen Pinkel und kommen dann rüber auf unsere Seite?«

»Nein, verflixt noch mal, ihr werdet den Kerl nicht erschießen! Es könnte irgendein vornehmer Mann aus Honduras sein. Begreift ihr Trottel denn nicht, dass man euch ins Gebirge geschickt hat, um nach den flüchtigen Häftlingen zu suchen? Die Kerle tragen Gefängniskleidung, der Professor eine Wanderkluft. Glaubt ihr denn, dass sie inzwischen beim Schneider gewesen sind? Steigt sofort auf und kommt auf kalmanische Seite rüber, ehe ein größerer Heckmeck entsteht. Alles klar? Kommen!«

»Den hier also nicht erschießen?«

»Nicht schießen, und sofort nach Hause, Ende!«

Der Hubschrauber stieg langsam auf, drehte ab und verschwand bald hinter den Bergen. Surunen wischte sich den Schweiß von der Stirn und setzte sich unter einen Strauch. Er beschloss, dass der Rest des Weges bei Nacht zurückgelegt würde. Sein neuer Anzug war zu grell für dieses Unterfangen. Als Rigoberto und die Indianerbrüder aus ihren Sträuchern hervorkrochen, wurde für jeden eine passende Felshöhle gesucht, in der er sich bis zum Einbruch der Nacht aufhalten konnte. Bald ging die Sonne unter, die Dunkelheit kam, und die Gruppe konnte weiterwandern. Es war mehr ein Stolpern, denn Idigoras hatte die Taschenlampe mitgenommen, als er umgekehrt war.

Drei Tage später war Surunens Anzug nicht mehr so strahlend weiß wie zu Beginn, aber auch der schmutzige Anzug minderte nicht die Ehrfurcht, die ihm die Indianerbrüder entgegenbrachten. Endlich erreichte die Gruppe das erste Dorf in der Grenzregion, dort hatten die Brüder ein paar Bekannte. Sie beschlossen, in dem Dorf zu bleiben. Surunen schenkte ihnen seinen Rucksack und seine Machete. Der Abschied war kurz und schmerzlos, die Brüder versprachen, ihren Wohltäter in Erinnerung zu behalten und sich um Ramons Grab zu kümmern. Als Surunen ihnen noch hundert Dollar Bargeld übergab, damit sie sich gemeinsam ein kleines Stück Land kaufen konnten, falteten sie die Hände und blickten mit Tränen in den Augen nach oben. Ihre Lippen bebten, während ein tonloser Dank aus drei geplagten Herzen zu den Göttern aufstieg.

Die vier Sturmgewehre wurden dem örtlichen Dorfpolizisten ausgehändigt, der sie dankbar annahm. Er sagte, dass er sich jetzt besser als je zuvor gegen die Kalmanier, die über die Grenze kamen, zur Wehr setzen konnte. Er besaß nämlich bisher nur zwei verrostete Pumpguns, sodass es sich um eine wirklich bedeutende Aufstockung seines Waffenarsenals handelte. Der Dorfpolizist schrieb für Surunen und Rigoberto Fernandes provisorische Passierscheine aus, die es ihnen erlaubten, in die Hauptstadt zu fahren. Die Fahrt in einem klapperigen Überlandbus dauerte länger als einen Tag, wobei die Männer zwischendurch in einer kleinen Provinzstadt übernachteten. Als sie endlich in Tegucigalpa ankamen, waren sie beide so müde, dass sie es mit knapper Not schafften, sich bei der Polizeibehörde zu melden. Im Polizeipräsidium wunderte man sich über ihr Outfit. Ein Mann trug Häftlingskleidung, der andere einen hervorragend geschnittenen Festanzug, der allerdings recht schmuddelig war.
Auf dem Präsidium behandelte man die Reisenden sachlich. Fernandes beantragte politisches Asyl, Surunen zeigte seinen Pass vor. Beide Männer durften die Behörde frei verlassen und sich im Hotel einquartieren, um auf die Entscheidung über den Asylantrag zu warten. Denn dass dieser positiv ausfiele, galt als sicher.
Im Hotel nahmen Surunen und Fernandes ein Bad, dann aßen sie anständig und kauften sich die Tageszeitung. In der Welt war nichts Besonderes passiert, seit sie das letzte Mal eine Zeitung gelesen hatten. In Kalmanien freilich war der Ausnahmezustand um einen Monat verlängert worden wegen des aufsehenerregenden Häftlingsausbruches. Ein gewisser kommunistischer Terrorist namens Rigoberto Fernandes war in Abwesenheit zu dreißig Jahren Zuchthaus

verurteilt worden, und drei indianische Häftlinge, die mit ihm geflohen waren, zu jeweils fünfzehn Jahren. Der Hauptbeschuldigte, ein gefährlicher Großkrimineller namens Ramon López, war in Abwesenheit zum Tode verurteilt worden, auf seine Ergreifung war eine Belohnung von zehntausend Riisdos ausgesetzt. Für das finnisch-griechische Akademiemitglied, das in die Fluchtpläne der Gruppe verstrickt war, lautete das Urteil Ausweisung und Aberkennung der akademischen Würde. Oberst Jesús Colindres, Chef des Geheimdienstes, hatte seinen Posten verloren. Er war ins Staatsgefängnis La Trivial versetzt worden, wo er den amtierenden Kommandanten, Leutnant Rodriguez, ablöste, der seinerseits auf den Friedhof versetzt worden war.

2. Teil

Kytislawonien

Wer nicht so denkt, wie es das System verlangt,
ist verrückt.
(Redensart aus den östlichen Ländern)

19

Herrlicher Staat Honduras! Die Behörden bewilligten dem Arzt Rigoberto Fernandes politisches Asyl und erteilten ihm kurz darauf die Ausreiseerlaubnis. Surunen kaufte seinem Kameraden neue Kleidung und gab ihm Geld zur persönlichen Verfügung. Auch für sich selbst erwarb er einen Anzug, denn Maria Matamoros' großartiges Produkt war nicht mehr in dem Zustand, dass eine Instandsetzung gelohnt hätte. Nach diesen Anschaffungen zählte Surunen sein restliches Geld und stellte zu seiner Freude fest, dass er noch reichlich Devisen für die Rückreise besaß. Der Lebensstandard in fernen Ländern ist niedriger als in Finnland. Das bedeutete, dass der Lebensstandard der Finnen in fernen Ländern höher ist als in Finnland.

Surunen besorgte sich ein Flugticket nach Moskau über Mexico City. Rigoberto Fernandes wollte gern mitkommen nach Moskau, in die sozialistischste Stadt der Welt. Er hatte in Honduras weder Verwandte noch Freunde, geschweige denn in Mexiko. Genauso gut konnte er sich eine Zukunft auf der anderen Seite des Erdballs vorstellen, Hauptsache, ihm stand die Entscheidung frei.

Die Reisevorkehrungen beanspruchten ein paar Tage. Währenddessen hatte Surunen Zeit, zu den katholischen Kreisen von Tegucigalpa Kontakt aufzunehmen. Er besuchte ihr örtliches Organisationsbüro für internationale Entwick-

lungshilfe, in dem sprachkundige Nonnen auf Schreibmaschinen herumtippten und amerikanische Getreidehilfslieferungen auf die Länder Mittelamerikas verteilten. Als Surunen in dem Büro auftauchte, musterte ihn eine alte weißhaarige Nonne und sagte: »Sieh an, da haben wir ja den richtigen Mann für die medizinische Unterstützung im kalmanischen Erdbebengebiet.« Sie hielt Surunen für einen europäischen Freiwilligen, der gekommen war, um einen Einsatzort zugewiesen zu bekommen. Surunen lehnte es allerdings ab, nochmals nach Kalmanien zu reisen. Außerdem war das dortige Erdbeben nicht sehr stark gewesen, die Schäden hatten keineswegs das Ausmaß, wie man in Honduras vermutete, erklärte er.
»Was suchen Sie dann hier?«, fragte die Nonne verärgert. Surunen erläuterte sein Anliegen. Er hatte in Santa Riaza Bischof Bustamonte kennengelernt, dem er eine Nachricht senden wollte. Könnte nicht vielleicht ein Kirchenmann als Mittler fungieren? Die Kirchen von Honduras und Kalmanien arbeiteten manchmal zusammen, davon hatte er jedenfalls gehört.
»Warum nehmen Sie nicht selbst Kontakt zum Bischof auf?«, fragte die Nonne. Surunen erzählte ihr, dass das nicht möglich sei. Er gelte als unerwünschte Person in Kalmanien, eine Kontaktaufnahme könnte für den Bischof ernste Probleme mit sich bringen.
»Ich komme gerade von dort. Ich musste in Kalmanien mehrere Menschen töten, deshalb bin ich jetzt vorsichtig.«
»Das ändert die Sachlage natürlich«, sagte die Nonne und arrangierte für ihn ein Gespräch mit einem älteren Priester, der in etwa einer Woche nach Kalmanien reisen würde. Surunen traf den Mann und bat ihn, Bischof Bustamonte zu berichten, dass die Flucht aus La Trivial geglückt war,

fünf Häftlinge waren befreit worden. Leider war Surunens Schützling Ramon López unterwegs seiner schweren Krankheit erlegen. Man hatte ihn im Gebirge begraben, in einer Gegend, in der die Indianer seit Tausenden von Jahren ihre Häuptlinge zu bestatten pflegten. Bischof Bustamonte möge so freundlich sein, Ramons Witwe im Slum Paloma die traurige Todesnachricht zu überbringen. Das war alles.
Der Priester versprach, den Auftrag zu erledigen. Er sagte, dass er Bischof Bustamonte außerordentlich schätze, und wenn der mit Surunen bekannt sei, spiele es keine Rolle, dass Surunen politischen Häftlingen bei der Flucht geholfen habe.
Anschließend rief Surunen bei Reporter Haslemore im Hotel Americano an. Erstaunlicherweise wurden Gespräche von Honduras nach Kalmanien durchgestellt, umgekehrt jedoch nicht. Haslemore klagte wie üblich über seinen Kater. Dann erzählte er, dass Surunens Handstreich für ungeheures Aufsehen in Kalmanien gesorgt hatte. Die höhere Offiziersgarde kochte vor Wut. Überall im Land wurde nach Surunen gesucht. Verschwunden waren auch die vier Marinesoldaten, die er als Leibwächter bekommen hatte.
»Und was die feinen Damen aus der Oberschicht angeht, die sind abgetaucht, seit du weg bist. Das gesellschaftliche Leben ist ganz zum Erliegen gekommen. Man munkelt, dass die Obristen ihren Weibern Hausarrest verordnet haben, damit sie sich nicht einen neuen Schwindler suchen. Mir scheint, dass die Feste hier erst mal gefeiert sind. Es gibt ja auch niemanden mehr, der sich der Kenntnis der hellenischen Kultur rühmt.«
»Sehr bedauerlich, aber die griechische Kultur wird diesen Rückschlag verkraften«, sagte Surunen und legte auf.
Nach zwei Tagen Aufenthalt in Honduras bestiegen Suru-

nen und Rigoberto Fernandes ein Flugzeug, das sie nach Mexiko brachte. Von dort ging es mit einer anderen Maschine nach Havanna, und dort schließlich stiegen sie in eine großräumige russische Aeroflot-Maschine um, mit der sie über den Atlantik nach Moskau flogen. In der Kabine liefen fünf stramme Russinnen in Uniform herum, die missmutig süße Pralinen an die Passagiere verteilten. Rigoberto, der am Gang saß, war voller Bewunderung für diese sozialistischen Stewardessen. Seiner Meinung nach atmete ihr ganzes Wesen gesellschaftliche Gerechtigkeit. Wenn diese Frauen in einer amerikanischen Maschine der Pan Am fliegen müssten, unter dem kapitalistischen Sklavenjoch, dann wären sie mager und zickig wie alle Stewardessen von Pan Am, so philosophierte Rigoberto. Aber diese glücklichen Frauen hatten eine gleichberechtigte sozialistische Bildung genossen und besaßen eine gesunde Lebensanschauung, deshalb standen sie gut im Fleisch und waren in ihrem Verhalten robust.

Surunen wandte ein, dass die Stewardessen keinen sehr diensteifrigen Eindruck machten.

»Ich finde die Frauen eher mürrisch, beispielsweise die dort hinter dem Vorhang, die eine Zigarette pafft.«

»Die Miene kündet nicht von einem mürrischen Charakter, sondern von revolutionärer Entschlossenheit. Diese Frauen sind Elitebürgerinnen, die die innere Stärke haben, den nichtigen Verlockungen der westlichen Kultur zu widerstehen. Die sozialistische Jugend muss meiner Meinung nach hart sein, um sich hier im imperialistisch geprägten Luftraum durchzusetzen«, erklärte Rigoberto.

Rigoberto fand nicht nur die Stewardessen, sondern auch die Aeroflot-Maschine unvergleichlich. Seiner Meinung nach war die russische Flugzeugtechnik überwältigend, und außerdem menschenfreundlich. Das Geräusch der Motoren war gedämpfter als in den westlichen Maschinen, und sie verbrauchten sicherlich nicht halb so viel Treibstoff wie die amerikanischen Maschinen. Ohnehin ging der Westen mit den schwindenden Energiereserven der Welt so sorglos um, als würden sie ewig reichen. Als Surunen sich nicht sonderlich überzeugt zeigte vom günstigen Energiehaushalt russischer Flugzeuge, fragte Rigoberto verdutzt:

»Ja, bist du denn gar kein Kommunist? Warum hast du mich dann aus La Trivial befreit, wenn du kein Kommunist bist?«

»Es waren allgemein menschliche Gründe, die mich bewogen haben, dich mitzunehmen«, antwortete Surunen seinem erstaunten Gefährten. Er erklärte, dass Menschen seiner Meinung nach nicht wegen ihrer politischen Gesinnung eingesperrt werden durften, welche Ideologie sie auch immer vertraten. Menschen durften unter keinen Umständen gefoltert oder getötet werden. Er fügte hinzu, dass auch die Indianerbrüder Bueno vermutlich keine Kommunisten waren, aber trotzdem hatte er sie aus dem Gefängnis herausgeholt, weil sie dort ohne Gerichtsverfahren und auf der Grundlage bloßer Verdächtigungen einsaßen.

Rigoberto dachte über Surunens Worte nach. Schließlich äußerte er:

»Du bist schon ein merkwürdiger Mensch. Befreist einen Kommunisten, obwohl du selber kein Kommunist bist. So was habe ich noch nie gehört.«

»Dann hast du ja für den Rest der Fahrt genügend Stoff zum Nachdenken«, murmelte Surunen.

Auf dem Flughafen Wnukowo in Moskau stimmte Rigoberto Fernandes regelrechte Lobeshymnen an: Er pries die Architektur des Terminals und das ehrliche Aussehen der Russen, die dort herumliefen. Überall sah er nur Planmäßigkeit, Lebensfreude, Arbeit und zukunftsorientiertes Handeln. Die Fragen der Einreisebeamten hielt er für Willkommensgrüße, und das Ausfüllen der Visaformulare war für ihn eine geradezu angenehme Beschäftigung. Ohne zu murren, stellte er sich vor den Büros der einzelnen Behörden an und bewunderte die Papiere, die sich bei ihm ansammelten. Er buchstabierte die kyrillischen Texte der Stempel, und fast schien es, als wollte er sie küssen. Vertrauensvoll unterschrieb er sämtliche Dokumente, die man ihm vorlegte und wirkte dabei so glücklich, als hätte er den Hauptgewinn von einer Million Riisdos im kalmanischen Fußballtoto quittiert.

In dem Hotel, das die Grenzbeamten empfohlen hatten, nahm er sich kaum Zeit zum Duschen, so sehr brannte er darauf, Moskau kennenzulernen, das er eine Weltstadt der Arbeiter, der Künstler und der Medizin nannte.

Am nächsten Tag führte Surunen seinen Begleiter in die Allunionsausstellung. Dort wäre der revolutionäre Arzt fast vor Stolz geplatzt, als er sah, wie hoch entwickelt der Riesenstaat war. Die Männer verweilten ganze vier Stunden auf dem riesigen Ausstellungsgelände, blickten in jede Abteilung hinein, und sämtliche Exponate ernteten Rigobertos uneingeschränktes Lob. Besonders überwältigt zeigte er sich in der Halle der Weltraumtechnik, wo er beim Anblick einer kompletten Weltraumstation, an der der rote Stern der Revolution funkelte, wortreiche Lobeshymnen anstimmte. Rigoberto kaufte in der Ausstellung Unmengen von Abzeichen, deren Motive die rote Fahne, Hammer und Sichel, die Kornmiete, der Amboss, das Zahnrad, der rote Stern und vor allem die Porträts von Lenin und Marx waren.

Als sie endlich wieder im Hotel angelangt waren, beschloss Surunen, seinen Freund, den Pinguinexperten Sergei Lebkov, anzurufen, den er mit Rigoberto bekannt machen wollte. Zugleich würde er die Gelegenheit nutzen, sich bei Mavra Lebkova zu bedanken, die letztens ein so großartiges Fest veranstaltet hatte.

»Surunen! Aus Moskau rufst du an? Du musst sofort herkommen, wir plaudern und trinken ein wenig!«

Sergei Lebkov lud auch den Arzt Fernandes zu sich ein. Je mehr Gäste, desto besser, behauptete er. Mavra war wieder zänkisch geworden. Sergei wollte gern, dass die Gäste noch am selben Abend zu Besuch kämen. Er versprach, Ess- und Trinkbares zu besorgen. Hätten die beiden Freunde vielleicht Wodka? Falls ja, dann sollten sie ihn bitte mitbringen. In Moskau Wodka zu beschaffen, war neuerdings schwierig, vor allem wenn man dringenden Bedarf hatte. Die Preise waren schwindelerregend und die Schlangen vor den Geschäften länger als einst in Zeiten der Krise vor der Brotfabrik von Chabarowsk. Als Surunen und Fernandes gegen Abend bei den Lebkovs eintrafen, registrierte Surunen mit Bedauern, dass die Stimmung zwischen Sergei und Mavra tatsächlich deutlich angespannter war als beim letzten Mal. Bald erfuhr er den Grund. Sergei führte ihn ins Schlafzimmer und zeigte auf den prächtigen Adler, der auf dem Bettgestell thronte. Der Vogel saß dort mit starrem Blick, die Schwingen kühn ausgebreitet, aber völlig reglos.

»Sieh nur, Surunen, was Mavra mit dem Adler gemacht hat«, sagte der Hausherr ernst.

Surunen erkannte, dass der Adler, der vor seiner Kalmanien-Reise so lebhaft auf alles reagiert hatte, tot wie ein Stein war. Er war ausgestopft und auf dem Pfosten des Ehebettes platziert worden.

»Mein Beileid«, sagte Surunen.
»Mavra hat ihn getötet«, klagte Sergei.
»Im Ernst?«, äußerte Surunen zweifelnd.
»Sie hat ihn mit Unmengen von Blinis gefüttert, er hat genauso viele verzehrt wie sie selber. Und damit noch nicht genug, sie hat das arme Vieh mit Sauerkraut, Liebuska, Smetana vollgestopft, alles deftige russische Gerichte, und das hat sein Magen schließlich nicht mehr vertragen, der Vogel ist einfach gestorben. Mavra wurde fetter, der Adler gab den Geist auf. Wir hatten viel Zoff deswegen. Mavra hat den Vogel von einem Konservator ausstopfen lassen, aber wie kann ein toter Adler einen lebenden ersetzen!«
Sergei hatte sich über den Tod des Adlers so sehr gegrämt, dass er sich wieder für den Dienst im Ausland gemeldet hatte. In Den Haag hatte man ihn nicht mehr haben wollen, aber schließlich hatte er sich eine gute Stelle beim RGW, dem gemeinsamen Wirtschaftsrat der sozialistischen Länder, in Kytislawoniens Hauptstadt Slawogrod sichern können. Er würde bei der dortigen Balkan-Zentrale des Rates für Gegenseitige Wirtschaftshilfe als wissenschaftlicher Mitarbeiter in der Abteilung für die wirtschaftliche Nutzung von Wildvögeln tätig sein. Bereits in zwei Tagen beginne der Einsatz und Sergei wolle bereits am nächsten Tag mit dem Zug nach Kytislawonien reisen, erzählte er.
»Solange der brave Adler am Leben war, hatten Mavra und ich es recht nett zusammen. Ich hatte an dem Vogel Gesellschaft. Er war stubenrein, und er hat mich nie kritisiert. Aber als er starb, beschloss ich, ins Ausland zu gehen, egal wohin, Hauptsache weg von hier.«
Als sie wieder bei den anderen in der Küche saßen, schlug Sergei vor, dass Rigoberto Fernandes, der ein überzeugter

Kommunist und ein lediger Mann ohne Familie war, mit ihm nach Kytislawonien gehen solle. Er riet ihm:

»Bleib nicht hier in Moskau, guter Mann. Hier herrscht harte Konkurrenz, in Moskau gibt es mehr Ärzte, als du ahnst. In Kytislawonien aber braucht man anständige Kommunisten wie dich – komm mit mir. Und dir, Surunen, macht es vielleicht Spaß, deinen Kameraden zu begleiten und das Land zu besuchen.«

Der Gedanke an eine Reise nach Kytislawonien war gar nicht übel. Das Land lag – so viel wusste Surunen noch aus dem Schulunterricht – in Osteuropa, es grenzte im Norden an die Tschechoslowakei, im Nordosten an die Sowjetunion, im Osten und im Süden an Ungarn und im Westen an Österreich. Kytislawonien hatte sechzehn Millionen Einwohner, es bestand aus Gebirge und Steppe, durchzogen von einigen großen Flüssen. In den Adern der Bewohner floss, neben dem slawischen, auch ein Schuss türkisches Blut. Das Volk war, wie Sergei zu berichten wusste, gutmütig, reagierte jedoch jähzornig, wenn man es reizte. Die Landessprache war Slawonisch und die Religion griechisch-katholisch. In den letzten Wirren des Zweiten Weltkriegs war das Land durch die Rote Armee befreit worden und gehörte seitdem zum Ostblock. Außer im RGW war es auch Mitglied im Warschauer Pakt. Eifrig pries Sergei Lebkov die Chancen, die sich dort einem jungen, fähigen Arzt und Kommunisten eröffneten, einem Mann mit einer im Gefängnis gestählten Gesinnung.

Surunen rief Anneli Immonen in Finnland an und erzählte ihr, dass er jetzt in Moskau sei, aber bereits am nächsten Tag zu einem Besuch nach Kytislawonien aufbrechen wolle. Die Reise nach Kalmanien habe an sich gut geklappt, allerdings sei Ramon López gestorben. Außer Ramon habe er,

Surunen, vier weitere Häftlinge befreit. In seiner Begleitung befinde sich jetzt noch ein verwegener Arzt und Kommunist, der gemeinsam mit einem russischen Pinguinexperten nach Kytislawonien gehen und sich dort ansiedeln wolle. Surunen erklärte, dass es für ihn eine günstige Gelegenheit sei, seine Slawonisch-Kenntnisse aufzufrischen, und deshalb werde er die beiden für ein paar Tage begleiten.

Anneli Immonen bedauerte Ramons Tod, freute sich aber für die vier anderen Häftlinge. Sie äußerte die Hoffnung, dass sich Surunen in Kytislawonien nicht in Schwierigkeiten bringen würde, und schickte heiße Küsse durch den Telefondraht nach Moskau.

Mavra goss Wodka in die Gläser und murrte:

»Ihr jungen Burschen könnt reisen, wohin es euch zieht, aber über den Sergei wundere ich mich. Schon ein alter Kerl, aber immer mit einem Fuß in der Tür. Erst all die Jahre in Den Haag, kaum dass er mal einen Brief nach Hause geschickt hat. Und jetzt will er nach Kytislawonien, um sich angeblich um Probleme des Jagdwildes zu kümmern. Ich begreife es nicht. Die russischen Hasen reichen dem Kerl wohl nicht.«

Je weiter der Abend voranschritt, desto lustiger wurden alle. Auch Mavra wurde zugänglicher und versprach, ihren Mann gelegentlich in Slawogrod zu besuchen, schließlich kam man dort mit Russisch zurecht. Erst weit nach Mitternacht fuhren Surunen und Fernandes mit dem Taxi ins Hotel. Am Morgen brachte Sergei ihnen die Fahrkarten, die er besorgt hatte, und am Abend saßen alle drei bereits im Zug, der durch die dunkelnde ukrainische Ebene der heldenhaften, sozialistischen Arbeiterdemokratie Kytislawoniens entgegeneilte.

20

Der Schnellzug aus Moskau erreichte die Grenze. Streng dreinblickende kytislawonische Grenzbeamte stiegen ein, Milizionäre und Zöllner, die das Gepäck der Reisenden durchwühlten und ihre Einreisegründe erfragten. Die Leute mussten Visafragebögen ausfüllen und genaue Angaben zu ihrer Reise machen. Die Kontrolle an der Grenze dauerte fast zwei Stunden. Sergei Lebkov und seine Gefährten hatten die Zollformalitäten im Handumdrehen erledigt: Sergei zeigte den Milizionären seinen russischen Diplomatenpass und versicherte, dass Magister Surunen und der Arzt Fernandes zu seiner Begleitung gehörten. Der Offizier führte die Hand an die Dienstmütze und schlug die Hacken zusammen. Er setzte ein vertrauliches Grinsen auf, gleichsam von Genosse zu Genosse, und eilte weiter.

Als der Zug endlich anruckte, holte Sergei eine Wodkaflasche aus dem Koffer und ließ sie kreisen. Hier auf kytislawonischer Seite durfte man wohl ein wenig bechern, wie er meinte. Anders war es im Vaterland, das er soeben hinter sich gelassen hatte, dort war die lange Tradition des Saufens auf Bahnreisen gleich nach Gorbatschows Machtantritt gnadenlos beendet worden. An sich eine vorzügliche Maßnahme im Sinne der Volksgesundheit, nur leider konnte so mancher Saufbold im weiten Russland ihren Wert noch nicht richtig erkennen.

Den östlichen Bahnhof der Hauptstadt Slawogrod erreichte der Schnellzug am nächsten Morgen. Dort trennten sich die Männer. Sergei hinterließ Surunen seine Adresse, sowohl die Kontaktdaten über die sowjetische Botschaft wie auch über die Balkan-Zentrale des RGW, und er forderte die Männer auf, ihn sofort zu benachrichtigen, falls einer von ihnen oder alle beide seine Hilfe benötigten. Er versprach, Rigoberto für eines der Forschungsstipendien der sowjetischen Regierung vorzuschlagen, die in freundlich gesinnten Staaten, wie es zum Beispiel auch Kytislawonien war, zur Verfügung standen. Sergei sagte den beiden, dass sie sich zuallererst bei der Miliz von Slawogrod melden sollten, dort würde Fernandes eine provisorische Aufenthaltsgenehmigung bekommen. Mit dieser sollte er dann zum Außenministerium gehen, dort würde man ihm sagen, welche Ämter er als Nächstes aufsuchen musste. Sergei stieg in ein Taxi und verschwand winkend im Slawogroder Straßengewühl.

»Hier werden die Leute ja sehr genau registriert«, äußerte sich Surunen, als die beiden im Polizeipräsidium zwecks Anmeldung in der Schlange standen. Bei der Miliz wusste man bereits, dass ein Finne und ein Kalmanier eingereist waren.

»Ordnung ist nur von Vorteil. Vor allem in den sozialistischen Staaten müssen Listen über die Menschen geführt werden, damit Falschdenkende keine Konterrevolution anzetteln können«, fand Rigoberto und nannte dem Milizionär bereitwillig seine persönlichen Daten.

Vom Polizeipräsidium aus marschierten beide Männer zum Außenministerium, das sich im Verwaltungszentrum der Stadt befand. Das Ministerium war ein massives sechsstöckiges Gebäude, errichtet wahrscheinlich in den

1950er Jahren. In der obersten Etage befand sich die Ausländerabteilung, in der sich Rigoberto melden sollte. Da Rigoberto noch kein Wort Slawonisch sprach, fungierte Surunen als Sprachmittler zwischen Spanisch und Slawonisch. Als die Beamten mitbekamen, dass Surunen leidlich Slawonisch sprach, wollten sie wissen, wo er die Sprache gelernt hatte und in welcher Angelegenheit er im Land unterwegs war. Länger als eine Stunde verging, bis sie seine Erklärungen glaubten und man zur eigentlichen Sache, der Entscheidung über das Schicksal des kalmanischen Arztes Rigoberto Fernandes, kommen konnte.

Rigoberto musste erneut zahlreiche Dokumente unterschreiben. Ein Passfoto wurde angefertigt und seine Fingerabdrücke wurden genommen. Er musste seine Herkunft erklären, von Kolumbus' Zeiten angefangen bis hin zum heutigen Tag. Inzwischen war es Abend geworden, aber der eifrige Beamte fuhr fort, Papiere auszufüllen und Rigoberto auszufragen. Erst um achtzehn Uhr war ein Stand erreicht, der es erlaubte, Rigoberto einen provisorischen Personalausweis auszuhändigen. Außerdem erhielt er ein Formular, mit dem er beantragen konnte, bei der Ausländerabteilung im Gesundheitsamt vorgelassen zu werden, um eine Arbeitserlaubnis zu beantragen. Erschöpft verließen Surunen und Fernandes das Amt.

Am nächsten Morgen wechselte Surunen bei der kytislawonischen Staatsbank Geld. Die Währungseinheit war der Ronški, der sich in hundert Rillucka aufteilte. Für einen Dollar bekam man zwei Ronški. Jetzt bekam Surunen einen Eindruck vom örtlichen Lebensstandard im Vergleich mit den finnischen Verhältnissen. Im Laden kostete ein Kilo Schweinefleisch sechzehn Ronški und 50 Rillucka, also fast fünfzig Finnmark. Ein Herrenanzug kostete

480 Ronški (etwa 1450 Finnmark), ein Mittagessen samt Wein in einem durchschnittlichen Restaurant 3 Ronški und 50 Rillucka (aus finnischer Sicht sagenhaft billig, nur zehn Mark!) und ein Kleinwagen aus russischer Produktion 40 000 Ronški (120 000 Finnmark). Der hohe Preis der Autos erklärte, warum es nicht mal auf den Hauptstraßen von Slawogrod Staus gab, obwohl die Hauptstadt immerhin 1,2 Millionen Einwohner hatte.

Kameradschaftlich übergab Surunen Rigoberto 1000 Ronškis für den persönlichen Bedarf. Rigoberto versprach, seine Schulden zurückzuzahlen, sowie er eine Stelle als Arzt hätte und eigene Ronškis verdiente. Allerdings war er sich nicht sicher, ob es gestattet war, aus Kytislawonien Devisen in kapitalistische Staaten wie Finnland zu schicken.

»Mach dir um das Geld keine Sorgen, ich habe in Finnland einen recht gut bezahlten Job«, erklärte Surunen großzügig. Er fand, dass man dem Mann in seinem neuen Heimatland den Start erleichtern musste, davon ließ er sich nicht abbringen. Der arme Rigoberto war in Kalmanien lange genug politisch verfolgt gewesen, deshalb musste man ihn jetzt in jeder Weise fördern und unterstützen.

Rigoberto ließ die neuen Münzen in seiner Hand klimpern, musterte sie und pries ihre Qualität:

»Da haben wir mal Geld, das sich auch wie Geld anfühlt, verglichen mit den kalmanischen Riisdos und Roisdos …, Mannomann, was für hübsche Münzen …, ich habe das Gefühl, dass ich mich in diesem Land wohlfühlen werde. Sieh dir diese Stadt an, Surunen, ist Slawogrod nicht zig mal schöner als Santa Riaza? Bei uns zu Hause hat man es nie geschafft, so breite und gerade Straßen zu bauen. Und überall sieht man hohe Fabrikschornsteine, aus denen dicker Rauch quillt …, hier erkennt man an allem, dass die

Menschen eine gute Arbeit und ein Auskommen haben. Dies ist ein Staat mit einer guten Führung, in dem die Menschen ein gutes Leben haben. Auch die Frauen sind hinreißend! Das konnte man von Kalmanien nicht behaupten.«
Surunen musste zugeben, dass Slawogrods Hauptstraßen breit und gerade waren. Vielerorts hatten sie sogar sechs Fahrspuren. Manche der Hauptstraßen waren bepflanzt und zu Boulevards gestaltet worden. Massive sechsstöckige Gebäude säumten auf vielen Kilometern die Straßen. Es ließ sich schwer sagen, ob sie in den 1920er Jahren oder später gebaut worden waren, sie hatten nichts, was sie voneinander unterschieden hätte. Rigoberto hielt das für einen Sieg der zentral gelenkten Planwirtschaft, obwohl auch er zugeben musste, dass das Ergebnis ein wenig langweilig war.
Die Frauen fand auch Surunen schmuck und hinreißend. Sie trugen Röcke in leuchtenden Farben, und alle liefen in Riemchensandalen mit hohen Absätzen herum. Strumpfhosen trug kaum eine, denn es war heiße Sommerzeit. Surunen registrierte, dass sie behaarte Waden hatten, die Knie waren massiv und die Schenkel strotzten vor verborgener Kraft. Surunen musste an die nackte Musiklehrerin Anneli Immonen denken. Dann erinnerte er sich an Poulsens Eierkur und wandte den Blick von den behaarten Waden der Frauen ab.
Die einheimischen Männer waren dunkelhaarig, sie hatten buschige schwarze Augenbrauen, ein kräftiges Kinn und einen Nacken, so dick wie ein Betonrohr. Sie waren klein und untersetzt, trugen eine trotzige Miene zur Schau und bevorzugten schwarzglänzende Lederjacken. Surunen ahnte, dass man sich mit diesen Genossen besser nicht anlegte, nicht mal zum Spaß.

Das Gesundheitsamt von Kytislawonien befand sich in der Nähe des Außenministeriums und war diesem auch äußerlich ähnlich. Die Leute im Amt waren freundlich, doch abermals musste Rigoberto zahllose Papiere ausfüllen. Ein wenig ermüdet von dem ausufernden Papierkrieg, sagte er seufzend zu Surunen:

»Ich habe meinen Namen bisher unter mindestens hundert verschiedene Papiere gesetzt. Wann hat das ein Ende? Falls hier von allen Bürger so viele Papiere verlangt werden wie von mir, muss es in diesem Land Archive geben, die Tausende Regalkilometer umfassen.«

»Scheint wirklich ziemlich bürokratisch zu sein«, bestätigte Surunen, aber Rigoberto machte einen Rückzieher.

»Vielleicht übertreibe ich. Selbstverständlich werden Ausländern so falsche Vorstellungen genommen, und mit einer Papierflut geht das am saubersten. Ein sozialistischer Staat muss sich natürlich gegen Provokateure von außen wehren, ich könnte ja beispielsweise ein Spion sein.«

»Ja, woher soll man es wissen«, bestätigte Surunen.

Rigoberto warf seinem Kameraden einen schiefen Blick zu.

Das Büro für ausländisches medizinisches Personal im Gesundheitsamt, das befugt war, ein Arbeitsgesuch zu befürworten oder abzulehnen, reagierte wohlwollend auf den Fall des Arztes Fernandes. Wie sich zeigte, hatte man seinen Hintergrund sorgfältig geprüft, und so konnte man ihm eine provisorische schriftliche Genehmigung aushändigen, die ihn berechtigte, mit dem leitenden Büro der Universitätsklinik Kontakt aufzunehmen, wo man sein Anliegen unverzüglich bearbeiten würde.

»Normalerweise durchlaufen Anträge von Ausländern ein Verfahren, das bis zu einem halben Jahr dauern kann, aber wir haben hier eine telefonische Nachricht aus der sowjetischen Botschaft bekommen, die besagt, dass Sie einen russischen Fürsprecher in der Balkan-Zentrale des RGW haben. Der Name Ihres Fürsprechers lautet Sergei Lebkov. Wo haben Sie ihn kennengelernt?«

Rigoberto musste nun seine Kontakte zu Sergei offenlegen. Nicht nur seine Beziehung zu Sergei kam zur Sprache, sondern auch die zwischen Sergei und Mavra einschließlich ihrer zerrütteten Ehe. Vom gesamten Gespräch wurde ein genaues Protokoll angefertigt. Vergessen wurde auch nicht der Adler, der in Moskau an übermäßigem Bliniverzehr gestorben war und nun ausgestopft auf dem Pfosten des geräuschvollen Ehebettes des Pinguinexperten und seiner zänkischen Ehefrau hockte.

Als er den Bericht unterschrieben hatte, konnte Rigoberto endlich das Amt verlassen. Er wirkte erschöpft und sagte, dass er gern ein wenig Bier oder Wein trinken würde, seine Kehle sei völlig ausgedörrt nach all dem, was er erlebt habe.

Surunen und Fernandes landeten in einem geräuschvollen Weinkeller, in dem es Wein vom Fass und Sauerkraut sowie für all jene, die Stärkeres bevorzugten, einen scharfen Pflaumenschnaps gab. Kellner mit buschigen Augenbrauen gossen dunkelroten, vollmundig schmeckenden Wein in die Gläser. Ihre Jacken waren so beschmiert mit Weinflecken und Essensresten, dass die Männer eher an Schlachter als an Kellner erinnerten. Das Essen, das sie auf den Tisch knallten, war fett und schmeckte, zumindest vom Standpunkt eines Hungrigen aus, akzeptabel. – Es wurden keine Rechnungen geschrieben, die Kellner kritzelten die Preise der Speisen und Getränke einfach mit Kreide auf die steinerne Tischplatte, und wenn sie ihre Ronškis und Rilluckas erhalten hatten, wischten sie mit dem Ärmel alles ab, auch die Speisereste und den verkleckerten Wein. Die Stimmung in der Kneipe war unverstellt slawisch. Ein Zigeunerorchester spielte in der Ecke des Raumes wehmütige, russisch angehauchte Melodien. Rigoberto war von der Kneipenstimmung fast zu Tränen gerührt. Er pries den Wein als göttlich. Ab und zu umarmte er Surunen aus Dankbarkeit dafür, dass dieser edelmütige Finne ihn aus dem Staatsgefängnis La Trivial gerettet hatte und dass er jetzt als freier Mann die besten Ergebnisse der Rebenproduktion eines sozialistischen Staates genießen durfte.

Im Verlaufe des Abends tauchten ein paar einheimische Zecher am Tisch der beiden auf und erkundigten sich, aus welcher Ecke der Welt sie stammten, da sie untereinander eine so seltsame Sprache benutzten.

»Aha, aus Finnland und Kalmanien also … Mannerheim und Kekkonen, die kennen wir aus Finnland, aber wer ist der Präsident von Kalmanien?«

Rigoberto spie den Namen des verhassten Generals Ernesto de Pelegrini regelrecht aus.

»Wenn es nach mir ginge, würde man die Bestie umgehend an die Papageienstange hängen«, zischte er. Surunen klärte die Einheimischen darüber auf, was *paua de arara* bedeutete. Er berichtete, dass in Kalmanien politische Gefangene gefoltert würden, indem man sie mit Händen und Füßen an einer Stange befestigte und so hängen ließ.

Rigoberto erzählte seine persönliche Geschichte. Er fühle sich seit seiner Jugend dem Fortschritt verpflichtet. Er habe sich in einer illegalen linken Organisation engagiert und sich später einer sozialistischen Studentengruppe angeschlossen, habe an Demonstrationen teilgenommen und sei schließlich vom Geheimdienst festgenommen und gefoltert worden, so wie Tausende andere seiner Art. Am Ende habe er mithilfe von Magister Surunen aus dem berüchtigten Foltergefängnis La Trivial fliehen können, und hier sei er nun, am Ende ein freier Mann in einer gerechten Gesellschaft, bereit, seinen Beitrag zum Aufbau des Sozialismus in der Welt zu leisten.

»So grausam foltern sie also bei euch die politischen Häftlinge!«, bedauerten die Slawonen. »Bei uns bekommen Falschdenkende eine viel sanftere Behandlung. Man lässt sie nicht an der Stange baumeln, sondern schickt sie ins Umerziehungslager.«

Alle stießen gemeinsam auf Rigobertos Freiheit an. Dann meinte einer der Slawonen: »Ich weiß nicht recht, ob die Freiheit hierzulande wirklich so groß ist. Wenn du nicht die Meinung von Regierung und Partei teilst, darfst du dich schämen. Aber das ist wohl überall auf der Welt so«, sagte er und starrte betrübt in sein Weinglas.

Ein anderer blickte sich nach allen Seiten um, als wollte er sich überzeugen, dass niemand lauschte, dann erklärte er mit leiser Stimme:

»Wir sind ja im Prinzip alle für das hiesige System, das ist klar ..., aber denk dir mal eine Situation, Genosse Doktor, in der du trotzdem Lust hast, ein bisschen Kritik zu üben. Das ist hier auf gar keinen Fall erlaubt. So sieht es aus.«

Rigoberto bemerkte darauf, dass aus seiner Sicht nur wirklich dumme Menschen ein System kritisierten, das in jeder Hinsicht äußerst gerecht war. Man musste zwischen konstruktiver Kritik und unsachlicher Verurteilung unterscheiden. Letztere stellte eine Gefahr für die Gesellschaft dar, es war konterrevolutionäre Wichtigtuerei, törichte noch dazu, und somit war es nur natürlich, dass man die betreffenden Personen auf einen konstruktiveren Weg zu führen versuchte. Rigoberto wertete Umerziehungslager als ausgezeichnete Erfindung. Mit ihrer Hilfe wurde Menschen, die sich verirrt hatten, die Möglichkeit gegeben, ihre falschen Gedankengänge zu korrigieren, umzukehren und beim Aufbau der Gesellschaft mitzuhelfen.

»Warst du mal in der Baubranche tätig, weil du dauernd vom Bauen redest? Ich bin Eisenflechter«, sagte der Mann erfreut, streckte die Hand aus und nannte seinen Namen: Jiri. Auch die anderen stellten sich vor, der Schlachter Ladec, der Lehrer Voitzek und der Busfahrer Vaska.

»Ich meinte allerdings geistige Aufbauarbeit …, oder politische …, und warum nicht auch den Bau und den Eisenbeschlag von Häusern. Schließlich braucht man auch die auf dieser Welt.«

»Ja, Häuser braucht man«, bestätigten alle.

Rigoberto erzählte von den politischen Verhältnissen in Kalmanien. Der ganze Staat lief am wirtschaftlichen und militärischen Gängelband der USA. Das Volk hatte keinerlei demokratische Rechte, die Wahlen hatten das Niveau von Zirkusnummern, die einfachen Leute ächzten unter der Willkür der Oberklasse. Neunzig Prozent des Nationaleinkommens wurden bei den Saufgelagen der Reichen verprasst. Höhere Bildung erhielten nur die Reichen, die armen Leute waren permanent einer korrupten Polizei ausgeliefert, und niemand im ganzen Land konnte sich je seines Lebens sicher sein. Massenverhaftungen waren an der Tagesordnung, und oftmals endeten sie mit Folter und brutalen Massenmorden.

»So was gibt es bei uns allerdings nicht«, versicherten die Slawonen.

»Wenn du in Kalmanien an einer ganz gewöhnlichen Demonstration teilnimmst, kann es passieren, dass dich para-

militärische Räuber verhaften und foltern«, bestätigte auch Surunen.
»Bei uns hier in Kytislawonien werden Demonstrationen auf ganz anderer Grundlage veranstaltet. Dahinter steht immer die Regierung. Die größten Demonstrationen gibt es am 1. Mai und am Jahrestag der Oktoberrevolution im Herbst. Alle dazu aufgerufenen Arbeiter müssen daran teilnehmen. Wenn das Demonstrationskomitee deines Betriebes dich dazu bestimmt hat, in der Maidemonstration ein Transparent deiner Abteilung zu tragen, dann wehe dir, du gehst Bier trinken und singst nicht mit den anderen von Frieden und Freiheit. Das bedeutet nichts Gutes, ich habe da meine Erfahrungen«, erzählte Jiri.
Voitzek bekräftigte:
»Wenn man einer Demonstration, an der man teilnehmen sollte, fernbleibt, kommt man sofort auf die schwarze Liste. Man erhält einen Strafpunkt hinter seinen Namen, und wer drei Punkte hat, kann schon damit rechnen, als Falschdenkender ins Umerziehungslager geschickt zu werden. Als Erstling bleibt man dort ein halbes Jahr, wenn man sich anständig führt.«
»Und dann kommt man unter verstärkte Beobachtung, die zwei Jahre dauert. Parteimitglied kann man nie mehr werden«, erzählte der Schlachter Ladec.
Rigoberto sah Jiri verwundert an.
»Wie konntest du nur der Maidemonstration fernbleiben? Schämst du dich nicht?«
Jiri wirkte verlegen. Er schlürfte Wein aus seinem Glas und erklärte, dass es eigentlich ein pures Versehen gewesen sei. Er hatte in der Woche ziemlich heftig gesoffen und lag schwer verkatert in der Wohnung einer Mieze, die er vom Jugendverband her kannte. Er hatte sich felsenfest eingebil-

det, dass der 1. Mai erst am nächsten Tag wäre. Außerdem hatte er am Abend zuvor das Transparent verloren, das er tragen sollte, und er erinnerte sich partout nicht mehr an den Text, der darauf gestanden hatte. Ein neues malen konnte er nicht, es war schlicht unmöglich. Wenn er verkatert bei der Maidemonstration aufgetaucht wäre, mit einem selbstgemachten Transparent, wäre das sofort dem Aufpasser vom Demonstrationskomitee seines Betriebes aufgefallen. Die Folge solch tollkühnen Verhaltens wäre gewesen, dass sich der Aufpasser die selbsterdachte Losung notiert und sie seinem Bericht über die Demonstration beigefügt hätte. Gleich auf der nächsten Sitzung nach dem 1. Mai wäre die Sache zur Sprache gekommen. Jiri kannte Fälle, in denen den Betreffenden für ähnliche Vergehen zwei, manchmal sogar drei Strafpunkte verpasst worden waren. Damit war der Weg ins Umerziehungslager vorgezeichnet.

»Also sagte ich zu dem Mädel, lauf los und kauf uns ein bisschen Wein und gebratenes Schweinefleisch, wir bleiben einfach den ganzen Tag hier auf deiner Bude und gehen nicht raus, zeigen uns gar nicht«, gestand Jiri.

»Das war sehr schlau von dir«, fanden seine Kameraden.

21

Zwei Tage später erreichte den Arzt Rigoberto Fernandes im Hotel ein Anruf, in dem er aufgefordert wurde, sich in der Universitätsklinik zu melden. Dort würde ihm eine Unterkunft im Wohnheim des Personals zugewiesen. Rigobertos Wangen glühten vor Glück, als er seine wenigen Sachen packte und aus dem Hotel auszog. Er lud Surunen ein, ihn zu besuchen, sowie er sich im Wohnheim eingerichtet hätte.

Surunen blieb nun allein im Hotel Russija zurück. Er zog in ein kleineres Zimmer um. Da sein Kamerad eine eigene Wohnung in Aussicht hatte, war es nicht mehr sinnvoll, für ein Zweibettzimmer zu zahlen.

Surunen nutzte seine neu erworbene Freiheit und kaufte sich in der Buchhandlung ein Verzeichnis der unregelmäßigen Verben der slawonischen Sprache. Es war ein vierzig Seiten umfassendes Fachblatt, bei dessen Lektüre dem Philologen rasch die Zeit verging. Surunen blätterte darin und stellte fest, dass es im Slawonischen neun verschiedene Arten gab, das ›S‹ auszusprechen. Normalerweise wurde es gezischt, aber manchmal auch gesäuselt, genuschelt und so weiter.

Spätabends meldete sich Rigoberto telefonisch. Er hatte ein bisschen Wein getrunken und erzählte seine schönen Neuigkeiten. Er hatte ein vorzügliches Zimmer im Wohnheim bekommen, es war mit einer Kochmöglichkeit ausgestattet und geräumig genug für einen einzelnen Mann. Er wohnte Wand an Wand mit der reizenden Krankenschwester Milja, die er bereits kennengelernt und mit der er erste Kontakte geknüpft hatte. Milja hatte ihm für das einzige Fenster seines Zimmers einen geblümten Vorhang geliehen.

»Könntest du wohl Sergei anrufen und ihn für morgen Abend zu mir bitten? Ich gebe ein kleines Fest für euch. Milja hat versprochen, ebenfalls zu kommen, und sie bereitet auch etwas zu essen vor.«

Am nächsten Tag versammelten sich die Freunde bei Rigoberto. Anwesend war auch die Krankenschwester Milja, die dem dunkelhaarigen und exotischen Arzt Rigoberto Fernandes verliebte Blicke zuwarf. Die Anziehungskraft Lateinamerikas hatte bei der schüchternen und sachlichen Slawonin rasch ihre Wirkung entfaltet.

»Also dann, Genossen, lasst uns etwas Wein trinken!«

Rigoberto hob sein Glas. Er hatte Weißwein besorgt, zu dem er Tsuhnos anbot, typische kytislawonische Piroggen. Sie erinnerten ein wenig an die karelischen Piroggen, die man in Finnland aß, nur dass sie nicht oval, sondern rund waren und nicht mit Reis, sondern mit Lammfleisch gefüllt. Milja hatte sie in ihrer Mittagspause in der Personalküche der Klinik gebacken. Rigoberto fand, dass sie die beste Tsuhno-Bäckerin der Welt war.

Surunen sagte lobend, dass die Piroggen wie zu Hause schmeckten, und er erzählte von den Piroggentraditionen der Finnen.

Darauf machte Sergei die Bemerkung, dass einem Finnen selbstverständlich ein Tsuhno schmeckte, weil die Finnen ja selber Tsuhnis waren.

»Wir Russen pflegen die Finnen spöttisch Tsuhnis zu nennen«, erklärte er Milja und Rigoberto.
»Und wir wiederum nennen euch Iwans.«
Die Frotzeleien wurden mit Rigobertos Wein hinuntergespült.
Rigoberto schlug vor, gemeinsam einen Besichtigungsrundgang durch die Klinik zu machen. Warum nicht. Milja holte aus der Kleiderkammer des Wohnheims weiße Kittel für alle. Rigoberto präsentierte stolz eine gelbe Pappkarte, die mit seinem Foto und ein paar Stempeln versehen war. Er erzählte, dass es sich um den Passierschein des Pflegepersonals handelte, mit dem man in sämtliche Stationen der Klinik gelangte.
»Man hat so viel Vertrauen zu mir, dass man mir diesen Propusk gleich am ersten Arbeitstag aushändigte! Könnt ihr euch das vorstellen, direkt vom Häftling zum Verauensarzt!«
Milja erzählte, dass man diesen gelben Passierschein normalerweise erst bekam, wenn man eine zweimonatige Probezeit in der Klinik absolviert hatte. Solange gab es eine rote Karte, die kein Foto enthielt, sondern nur den Namen und einige Stempel. Die Inhaber der roten Karte mussten jedes Mal beim Betreten und Verlassen der Klinik ihren Namen beim Pförtner in ein Gästebuch schreiben.
Die ganze Gesellschaft überquerte in ihren weißen Kitteln den parkähnlichen Innenhof und betrat die Klinik. Unterwegs erzählte Milja, dass in der Klinik eintausendzweihundert Patienten behandelt wurden, und dass sämtliche medizinisch wichtigen Pflegeabteilungen vorhanden waren. Sie selbst arbeitete auf der orthopädischen Station, und sie hoffte, dass auch Rigoberto im Herbst dorthin käme. Dort wurden fähige Ärzte gebraucht.

»Sobald es möglich ist, beantrage ich die kytislawonische Staatsbürgerschaft«, verkündete Rigoberto enthusiastisch. Als Surunen ihn fragte, ob er sein Heimatland inzwischen schon ganz vergessen hatte, beteuerte er:

»Wenn die Verhältnisse in Kalmanien menschlicher geworden sind, reise ich dorthin zurück. Aber wie du weißt, habe ich momentan keine Wahl. Dort würde ich aufgehängt, hier kann ich Kranke heilen.«

Wie Milja erzählte, gab es in Kytislawonien viele Arbeiter, die medizinische Behandlung benötigten. Arbeitsbedingte Erkrankungen waren ein Erbe der uralten kapitalistischen Ausbeutungswirtschaft. Viele Krankheiten plagten die Leute bis in die dritte oder sogar vierte Generation.

Der diensthabende Pförtner der Klinik notierte die Namen der Personen in seinem Buch. Bei Sergei Lebkov geriet er in Aufregung. Selten wurde die Klinik von so hochrangigen Persönlichkeiten besucht. Sergei war ja ein russischer Diplomat, der in der Balkan-Zentrale des RGW arbeitete. Der Portier erhob sich, begrüßte den Genossen Lebkov mit Handschlag und hieß ihn willkommen, das kytislawonische Gesundheitswesen kennenzulernen.

Die Klinik war tatsächlich riesig, ein achtstöckiger, in den 1960er Jahren gebauter Komplex, der funktionierte wie ein eigenes kleines Reich. Milja erzählte, dass es ein eigenes Kraftwerk, eine Heizanlage, eine Wäscherei und eine Leichenkammer gab, in die die Opfer von Behandlungsfehlern geschafft wurden.

Jede Etage war durchzogen von einem endlos langen, blankgewienerten Gang, auf dem die Schwestern und Pfleger der Abendschicht in ihren weißen Kitteln und Kappen entlangeilten. Auf den Stationen gesellten sich zu der Gruppe um Lebkov jeweils der leitende Arzt oder Oberpfleger und gab Auskunft. Sergei genoss sichtlich die Aufmerksamkeit, die ihm zuteilwurde. Er stellte zahlreiche belanglose Fragen, die bewiesen, dass der Pinguinexperte kein sehr genaues Bild von den Funktionen des menschlichen Körpers hatte.

Der Gruppe wurden die Stationen für innere Krankheiten gezeigt, die HNO, die Entbindungs- und die Babystation, auf der die neugeborenen runzeligen Slawonen ihre ersten kräftigen Schreie ausstießen, ferner die Station für Augenerkrankungen, jene für Tumor-, Haut- und Geschlechtskrankheiten, für allergische Erkrankungen, die Chirurgie sowie die Intensivstation, wo sie von der Tür her in einen abgedunkelten Raum spähen durften. Dort kämpften ein paar unglückliche Slawonen um ihr Leben, umarmt von vielen Schläuchen und elektrischen Impulsgebern. Der Arzt, der sie durch die Intensivstation führte, arbeitete eigentlich auf der Transplantationsstation, machte aber derzeit an einigen Abenden im Monat auch Bereitschaftsdienst auf der Intensivstation. Zur Sommerzeit passierten nämlich in Kytislawonien zahlreiche schwere Verkehrsunfälle, deren Opfer zur Intensivpflege hierhergebracht wurden. Passenderweise starb am Ende immer irgendeiner der Schwerverletzten, sodass man ihm seine gut erhaltenen Organe entnehmen konnte, um sie einem anderen Patienten einzupflanzen.

»Wir haben in diesem Jahr sechs Lebertransplantationen, sechs Herzverpflanzungen und zwei, drei Bauchspeicheldrüsentransplantationen durchgeführt. Neuerdings planen wir Verpflanzungen von Nieren und Lunge. In der Zukunft werden wir auch Gehirntransplantationen erproben. Dabei besteht allerdings die Gefahr, dass der alte Körper nicht weiß, wer er ist, wenn das neue Gehirn noch dem früheren Körper folgt und sich nicht an die neue Hülle gewöhnt hat. Mit dem Problem beschäftigt sich derzeit das Personalkomitee der Kommunistischen Partei von Kytislawonien. Aber sowie es sein Gutachten fertig hat, legen wir hier los. Wir haben bereits eine Menge Patienten auf der Warteliste, die sich eine Gehirntransplantation wünschen.«

Surunen erkundigte sich, ob es möglich wäre, einen Patienten zu sprechen, der eine Transplantation hinter sich hatte.

»Leider sind vorläufig alle verstorben, ich begreife überhaupt nicht, was es ist, das sie tötet …, eine Abstoßungsreaktion oder weiß der Kuckuck was …, wie auch immer, wir haben jedenfalls heute das Knowhow und reichlich Kapazitäten auf dem Gebiet der Transplantationen, sodass wir die Operationen mehrmals pro Woche durchführen könnten. Das Wichtigste bei dem Ganzen ist ja, die Qualifikation zu erwerben, Erfahrung zu sammeln und in der Praxis anzuwenden. In zweiter Linie streben wir natürlich auch an, dass die Patienten am Leben bleiben«, plauderte der Transplantationsmediziner, der sich dabei grünliches Schmalz aus dem Ohr pulte und mit seinen gelben Zähnen sonnig lächelte.

Zum Schluss wurde die Gesellschaft zur psychiatrischen Abteilung geführt, die sich in einem gesonderten Gebäude befand, hinter Heizanlage und Leichenkammer auf dem von einer hohen Mauer umgebenen Parkgelände. Doktor Kardzali, der leitende Arzt der psychiatrischen Klinik, war zufällig – oder vielleicht auch vorsichtshalber – anwesend. Er stand vor dem Eingang, knetete nervös die Hände und grinste ein krampfhaftes Begrüßungsgrinsen. Als die Gruppe nahe genug herangekommen war, schüttelte er je-

dem die Hand und schmatzte Sergei nach slawischer Sitte einen Kuss auf beide Wangen.
Über der Eingangstür war eine Tafel befestigt, die die Aufschrift trug: *Wer hier eintritt, kann alle Hoffnung fahren lassen.*
»Kümmern Sie sich nicht um diese Losung, wir Psychiater haben manchmal unsren speziellen Humor …, treten Sie doch ein, ich zeige Ihnen, wie wir hier unsere geistig gestörten Genossen behandeln.«
Surunen hatte bisher keine Erfahrung mit Nervenkliniken, abgesehen davon, dass er vor längerer Zeit einmal den Mann seiner Schwester ins Helsinkier Krankenhaus Hesperia hatte bringen müssen. Der Schwager hatte einen kombinierten Anfall von Säuferwahn und Eifersucht erlitten und wurde im Hesperia auf Schizophrenie behandelt. Die Behandlung hatte insofern Erfolg gehabt, als ihn dank einer Methode, die zur Abstinenz führte, der Säuferwahn verließ. Aber die Eifersucht nahm paranoide Züge an, da er nun Zeit genug hatte, den lieben langen Tag nachzugrübeln, was seine schöne Frau wohl trieb, während er im Hesperia behandelt wurde.
Jetzt in der psychiatrischen Abteilung der Slawogroder Universitätsklinik konnte sich Surunen also erstmals näher informieren, wie Irre aussahen und wie sie behandelt wurden.
Die Patienten schlurften durch die Zimmer, unterhielten sich leise murmelnd, bauten mit Klötzchen, spielten Schach oder lagen im Bett. Über den Hausfunk kam leise Hintergrundmusik, in die sich das gedämpfte Schlappgeräusch von Pantoffeln mischte. Die Patienten trugen Zivilkleidung, und sie schienen ein vertrauensvolles Verhältnis zum Pflegepersonal zu haben. Niemand erhob die Stimme. Diese

Geisteskranken wirkten abgeklärter als viele Menschen draußen auf den Straßen, die als gesund galten.

»Haben Sie hier eine geschlossene Abteilung?«, fragte Sergei Lebkov. Er erzählte, dass es in den russischen Nervenkliniken auch geschlossene Zimmer gab, in denen streitsüchtige Irre gehalten wurden.

»Aber natürlich haben auch wir geschlossene Abteilungen, Genosse Lebkov. Gestatten Sie, dass wir ein paar Pfleger mitnehmen, dann zeige ich Ihnen unsere unruhigen Genossen«, sagte Doktor Kardzali, und bald erschienen zwei grobschlächtige Männer, die eher wie Sumo-Ringer als wie empathische Heiler der Psyche aussahen. Alle zusammen gingen sie durch einen dunklen Flur, der vor einer stabilen Stahltür endete. Als sie dort anlangten, ertönte ein Summer, und die Tür öffnete sich gespenstisch langsam. Nachdem alle eingetreten waren, schloss sich die Tür dumpf dröhnend, und die Gruppe stand in der geschlossenen Abteilung.

Hier herrschte ein absolut irrsinniges Treiben, verglichen mit der vorigen Abteilung. Die Patienten waren ruhelos, rannten herum, schrien und lärmten in jeder Weise. In einer Ecke des Raumes war ein Handgemenge im Gange, anderswo jaulte jemand lauthals über sein unglückliches Schicksal. Die allerschlimmsten Fälle waren mit stabilen Lederriemen an den Betten aus Stahlrohr festgeschnallt, wo sie völlig schlaff oder mit stark angespannten Gliedern lagen. Insgesamt eine hoffnungslose Truppe.

Wenn ein Patient versuchte, sich der Gesellschaft um Lebkov zu nähern, packten ihn die vorweg gehenden kräftigen Pfleger und drehten ihm die Arme auf den Rücken, dass die Gelenke knackten. Und wenn der Unglückliche dann immer noch nicht begriffen hatte, was Sache war, schlugen

sie ihm mit der Faust in die Magengrube, sodass auch der Irreste begreifen musste, dass dies nicht der geeignete Augenblick war, mit Gästen Bekanntschaft zu schließen.
»Eine ziemlich vernunftarme Truppe haben wir hier«, äußerte Doktor Kardzali mit leiser Scham in der Stimme. »Man muss zugeben, dass wirklich nicht alle Genossen Elitematerial sind. Im Sinne des sozialistischen Humanismus halten wir sie jedoch am Leben.«
Als die Gesellschaft zur Summertür zurückkehren wollte, entdeckte Surunen einen kurzen Gang, der nach links abzweigte und zu einer mit Gitterstäben verstärkten Tür führte. SONDERABTEILUNG lautete die Aufschrift. Surunen erkundigte sich bei Kardzali, welche Patienten hinter jener Tür lebten.
»Tja, das ist eine geheime Abteilung. Außenstehende werden nicht hineingelassen, außerdem befinden sich dort auch gar nicht viele Personen.«
Sergei Lebkov wurde sofort hellhörig. Geheim? Was hatte eine Klinik zu verheimlichen? Durften nicht mal er und seine Freunde einen Blick hinter jene ominöse Gittertür werfen?
»Nun ja, ich kann Ihnen wohl zeigen, wer dort lebt. Aber Sie dürfen sich nicht wundern, denn dort werden keine Irren im medizinischen Sinne behandelt, vielmehr sind die Patienten vorrangig in politischem Sinne geisteskrank.«
Die Gittertür wurde geöffnet, und sie betraten die geheime Sonderabteilung. Ein deprimierender Anblick bot sich ihnen: In einem großen schmucklosen Krankenzimmer hielten sich etwa zehn Männer in Häftlingskleidung auf, die apathisch auf ihren Stahlrohrbetten lagen oder wie Tiere im Käfig immer wieder denselben hoffnungslosen Weg durchs Zimmer zurücklegten. In einer Ecke lagen zerfled-

derte Bücher auf dem Fußboden. Mitten im Raum stand ein rostiger Tisch mit einer Blechplatte, und darauf sah man Überbleibsel des Mittagessens: Brotkrümel und Reste von Hirsebrei. Die Fenster waren mit Gittern geschützt, die gepanzerten Milchglasscheiben dahinter ließen ein wenig blasses Tageslicht durch, aber nicht die Einzelheiten der Außenwelt.

Kardzali stellte ihnen die Bewohner der Sonderabteilung vor:

»Tja …, also diese Genossen sind eigentlich keine Genossen. Sie sind eingefleischte Falschdenkende, widerspenstige Hammel, verstockte Kerle alle miteinander.«

»Sind sie politische Gefangene?«, fragte Surunen interessiert.

»Wir bezeichnen sie nicht mit diesem heiklen Namen. Sie widersetzen sich dem rechtmäßigen System aus purer Dummheit. Sie sind verstockte Falschdenkende, die sich nicht mal im Umerziehungslager bekehren lassen. Ich weiß gar nicht recht, was ich mit ihnen machen soll, bei ihnen schlägt überhaupt nichts an.«

»Aber Sie versuchen doch sicher, die Hohlköpfe irgendwie zu behandeln?«, fragte Sergei Lebkov.

»Wir haben zur Zwangsmedikation Zuflucht genommen«, verriet Doktor Kardzali. »Unserer Meinung nach ist das immer noch menschlicher, als wenn man sie an den Galgen hängen oder vor ein Hinrichtungskommando stellen würde. Keine Ahnung …, aber ich betone, dass diese ganze große Klinik in all ihren Abteilungen so human arbeitet, wie es irgend möglich ist, unter Berücksichtigung der Umstände und der speziellen Merkmale des Patientenmaterials.«

»Ja, gewiss«, sagte Surunen.

22

Surunen beschloss, die bedauernswerten Bewohner des Zimmers zu fragen, ob sie ihrer eigenen Meinung nach politische Gefangene waren, ob sie zwangsweise in dieser öden Anstalt festgehalten wurden und was sie in ihre jetzige Lage gebracht hatte. Kardzali, der leitende Arzt, verbot allerdings strikt, mit den Männern ein Gespräch anzufangen. Er erklärte, dass sie ihre tägliche Medikamentenration bekommen hätten, dass sie daher nicht ganz bei sich seien, und dass ihr Seelenfriede nicht erschüttert werden dürfe. Da er jedoch jeden einzelnen Patienten in diesem Raum durch und durch kenne, könne er durchaus über jeden Auskunft geben.

»Zum Beispiel jener magere Kerl dort im Bett, der so tut, als würde er ein Buch lesen, heißt Sladko. Seine Patientennummer ist 436. Für die Straftat der politischen Aufwiegelung, begangen vor etwa zehn Jahren, wurde er zu fünf Jahren Gefängnis verurteilt. Er war jedoch besonders widerborstig und besserte sich nicht in seiner Haftzeit. Man war gezwungen, ihn nach der Haft in ein Umerziehungslager zu sperren. Dort war er zweimal. Vor ein paar Jahren wurde er entlassen, aber das war ein Fehler. Kaum war er frei, organisierte er zu Hause mehrfach Randale, quasselte von Menschenrechten und Demokratie und verdrehte gutgläubigen Menschen mit seinen Verrücktheiten den Kopf.

So war man schließlich gezwungen, ihn festzunehmen und zur Behandlung hierher zu bringen. Hier haben wir ihn gründlich untersucht und als verstockten Falschdenkenden eingestuft. Wir behandeln ihn mit wirksamen Medikamenten, obwohl er dazu neigt, sie auszuspucken. Zwangsmedikation hat die unangenehme Seite, dass die Umgebung nicht sauber bleibt.«

Sladko lauschte finster dem Bericht. Er warf Surunen einen Blick zu und machte dann zur ganzen Gruppe eine Geste, die seine Verachtung ausdrückte: Er hob ein Bein, so als wäre er ein Hund, der an einen Lichtmast pinkelte. Dann konzentrierte er sich wieder auf sein Buch.

Am Tisch mit der Blechplatte saß ein liebenswürdig wirkender alter Mann mit Hängewangen, der eine Patience legte. Surunen deutete auf ihn und erkundigte sich beim Arzt, welche Sünde dazu geführt hatte, dass er hier behandelt wurde.

»Aha, Opa Flasza, nun, er ist ein Fall für sich. Letzten Monat ist er siebzig geworden. Während der vergangenen sechzig Jahre hat er den gesellschaftlichen Frieden in jeder erdenklichen Weise gestört. Man kann sagen, dass Opa während seines ganzen langen Lebens nichts Konstruktives geleistet hat. Er schloss sich bereits in den 1930er Jahren den Nazis an, kämpfte dann an ihrer Seite im Zweiten Weltkrieg und blieb auch nach dem Krieg von seiner Gesinnung her Faschist. Er ist ein unverbesserlicher Dieb und Lügner, der seit jeher einen Groll gegen alles hegt, was auch nur im Entferntesten auf organisierten Sozialismus hindeutet. Seiner Meinung nach muss die Gesellschaft frei sein, den Dieben muss das Recht gewährt werden, die ehrbaren Genossen zu bestehlen …, nicht mal die Ehe achtet er. Er wettet leidenschaftlich gern, ist ein Glücksspieler und Erpresser. Sein Aussehen täuscht, wer würde schon glauben, dass ein so liebenswürdig wirkender alter Mann in Wahrheit ein schlimmerer Spitzbube ist als der Teufel selbst? Opa Flasza hat unzählige Erziehungsanstalten, Umerziehungslager und Gefängnisse durchlaufen, und jetzt hat man ihn uns aufgebürdet. Zum Glück macht sich bei ihm das Alter bemerkbar, sodass wir einigermaßen mit ihm zurechtkommen. Das Schlimme ist nur, dass er körperlich sehr fit ist. Wir werden seinen kriminellen Charakter noch lange ertragen müssen, ehe er uns gnädigerweise für immer in Ruhe lässt.«

Opa Flasza beendete seine Patience mit einem Lächeln, denn sie endete unentschieden. Dann stand er auf, verbeugte sich vor Kardzali und sagte, um Würde bemüht:

»Verehrte sozialistische Herrengesellschaft. Ich bedaure, dass ich Sie nicht in behaglicheren Räumen empfangen kann. Die Schuld liegt nicht allein bei mir, die Hauptverantwortung für diese Raumsituation trägt die Kommunistische Partei Kytislawoniens, genauer gesagt ihre psychiatrische Neuerziehungsabteilung, die von Doktor Kardzali geleitet wird, der gerade vor Ihnen katzbuckelt. Er hätte es in der Hand, mich von hier zu entlassen, aber er tut es nicht, sondern hat beschlossen, mich so lange hierzubehalten, bis ich sterbe und man mich dort draußen auf dem Hinterhof verscharrt wie einen streunenden Hund. Es stimmt, dass ich ein Gauner bin, aber ein Faschist bin ich nie gewesen. Ein Taschendieb bin ich, das leugne ich nicht, aber ein größerer Dieb sind Sie, lieber Doktor Kardzali. Wo haben Sie zum Beispiel diese wertvolle Uhr ausländischen Fabrikats stibitzt?«

Opa Flasza hatte dem Doktor ungeheuer geschickt die vornehme Uhr vom Handgelenk gestohlen. Er hielt sie demonstrativ hoch.

»Mit welchem Trick haben Sie sich westliche Devisen für den Kauf dieses superteuren Gegenstandes besorgt? Meines Wissens bezahlt man Ihnen Ihr Gehalt in Ronškis und nicht in Schweizer Franken.«

Kardzali entriss dem Taschendieb seine teure Rolex und stopfte sie in die Tasche. Die hünenhaften Pfleger warteten auf ein Zeichen ihres Chefs, sich des frechen Alten zu bemächtigen, aber Doktor Kardzali war so beschämt wegen der Uhrengeschichte, dass er sich damit begnügte, krampfhaft zu lächeln. Opa blieb verschont, er verzog sich, mit den Händen seinen Kopf schützend, in die Ecke und grinste von dort unverschämt in Richtung des Arztes.

»Vom Großvater geerbt, die Uhr …, sie ist vom Anfang des Jahrhunderts, geht aber noch erstaunlich gut«, plauderte Doktor Kardzali, um dann mit Blick auf Opa Flasza entschiedener fortzufahren:

»Wie Sie feststellen konnten, ist dieses Genossenmaterial völlig verdorben. Mit solchen Falschdenkenden muss ich nun mein Leben verbringen …, der Gedanke scheint unvorstellbar, dass sich bei diesen Strolchen irgendetwas Positives bewirken ließe. Auch jener Mann dort in der Ecke ist ein ausgesprochener Esel, ein unverbesserlicher Schwachkopf, der sich einbildet, dass das Volk Kytislawoniens glücklich wäre, wenn es anfangen würde, seinen Irrlehren zu glauben.«

Kardzali deutete auf einen etwa fünfzigjährigen Mann, der in der Ecke stand und die Besucher mit seligem Gesichtsausdruck beobachtete. Er machte eine segnende Geste, sagte aber nichts.

»Sein Name ist Radel Tsurinow, Patientennummer 76. Er hat sich in den Kopf gesetzt, ein Baptistenprediger zu sein. Hat man so was schon mal gehört? In Wahrheit hat er in einem Kohlebergwerk als Aufzugsführer gearbeitet, bis er vor etwa zehn Jahren eine religiöse Erweckung erfuhr. Aber Sie dürfen nicht etwa denken, dass er mit dem orthodoxen Glauben vorliebnahm, so wie die anderen Sterblichen. Oh nein, er musste Protestant werden! Er fing in seinem Bergwerksdorf an, andere verdrehte Typen um sich zu scharen, gründete angeblich sogar eine eigene Gemeinde, eine Art Baptistengesellschaft. Er übernahm natürlich selbst die Leitung und erklärte sich zum Pfarrer. So einfach geht das, man muss nur frech genug sein! Er hatte für seine Gemeinde schon mehr als fünfzig Mitglieder gewonnen, als die Behörden aufmerksam wurden. Der ganze Halleluja-Verein wurde natürlich verhaftet, und als man die Leute zwei Wochen lang verhört hatte, wurde die Rolle dieses Radels langsam deutlich. Man steckte sie allesamt für einige Monate ins Umerziehungslager, aber der Häuptling besserte sich nicht. Man hat ihn danach noch in viele Gefängnisse und Lager gesteckt, aber nichts hat geholfen: Sein Schädel ist hart wie der Stubben einer vertrockneten Pappel, er behauptet immer noch, der bevollmächtigte Pfarrer einer Baptistengemeinde zu sein. Eigentlich hat er sogar mehrere solcher Gemeinden, er fing nämlich in jedem Gefängnis oder Umerziehungslager immer sofort damit an, anständige Kriminelle zu seinem Glauben zu bekehren. Sie veranstalten angeblich immer nachts ihre Zeremonien, singen fromme Lieder und segnen sich gegenseitig. Tagsüber sind sie dann so müde, dass sie den Spaten nicht halten können. Man muss sagen, dass dieser Radel wirklich die Eiterbeule an unserer Nervenklinik ist, ein Bazillus, der konterrevolutionäres Sektierertum verbreitet.«

Auf dem Rundgang war hauptsächlich Russisch und Slawonisch gesprochen worden, und von beiden verstand

Rigoberto Fernandes kein Wort. Surunen hatte ihm Doktor Kardzalis Erklärungen ins Spanische übersetzt, aber als sie in die Sonderabteilung gekommen waren, hatte Surunen es vorgezogen, damit aufzuhören. Er wollte die Gedankenwelt eines eben aus La Trivial geflüchteten politischen Häftlings nicht dadurch belasten, dass er ihn im anderen politischen System mit neuen elenden Menschenschicksalen konfrontierte.

Im Stillen dachte Surunen, dass er, wenn er konsequent wäre, jetzt versuchen müsste, ein paar Gefangene aus diesem trostlosen Raum zu befreien, gleichsam als Gegengewicht zu der Massenflucht aus La Trivial, die er ermöglicht hatte. Wenn er auch nur einen der Unglücklichen unbemerkt befreien würde, könnte er mit reinem Gewissen nach Finnland zurückkehren. Rigoberto wollte er allerdings nicht an diesen aufkeimenden Gedanken beteiligen. Der Mann hatte genug gelitten, mochte er nun unter gesicherten Bedingungen seinen Arztberuf ausüben. War es übrigens überhaupt Magister Surunens Pflicht, in das elende Schicksal all der politischen Gefangenen einzugreifen? Surunen hatte zu Hause genug zu tun: Seine Aufgabe war es dort, den finnischen Kindern Fremdsprachen in ihre harten Schädel zu hämmern – das war seine wahre Lebensaufgabe. Alles darüber hinaus ging ihn im Prinzip nichts an.

Surunens Gewissen akzeptierte allerdings diese einfache Lösung nicht. Weil er in einer kapitalistischen Diktatur politische Häftlinge befreit hatte, war es nur logisch und konsequent, dies auch in einem sozialistischen Land zu tun, wenn er mit eigenen Augen sah, dass auch dort Menschen wegen ihrer Meinung verfolgt wurden. Es ging nicht um ein Entweder-oder, sondern um ein Sowohl-als-auch. Surunens Gewissen war da unbestechlich.

Für Rigoberto lieferte er die Erklärung, dass in diesem Raum Geisteskranke lebten, bei denen keine Hoffnung auf Besserung bestand. In gewisser Weise stimmte das auch, denn Doktor Kardzali erläuterte zum Abschluss der Besichtigung:

»Hinsichtlich dieser Truppe ist meine Diagnose leider trostlos. Kein einziger Falschdenkender in diesem Raum wird je die Anstalt verlassen. Selbst wenn einer von ihnen behauptet, vernünftig geworden zu sein, und wenn er anfängt, das sozialistische System zu preisen, wird das Pflegepersonal diese Behauptungen nicht ernst nehmen. Diese Männer sind so verstockt, dass sie sich nie in ein konstruktives gesellschaftliches Leben einordnen können. Ihre Angehörigen und Freunde sind darüber informiert worden, und während der letzten zwei Jahre ist auch niemand zu Besuch gekommen. Es ist besser so, denn in eine solche Sonderabteilung möchte man nicht mal Angehörigen Einlass gewähren.«

Als alle gehen wollten, trat der Baptistenpfarrer, der die ganze Zeit kein Wort gesagt hatte, mutig an Surunen heran, segnete ihn und zog sich dann rasch zurück. Das war auch notwendig, denn die kräftigen Pfleger waren auf der Hut.

Draußen auf dem Gang stellte Surunen fest, dass in der Seitentasche seines weißen Kittels seit der Schnellsegnung eine kleine Rolle mit Papieren steckte. Er zog sie nicht heraus, sondern beschloss, sie sich erst anzusehen, wenn er alleine war.

Als sie sich am Tor verabschiedeten, lobte Sergei Lebkov Doktor Kardzalis Anstalt.

»Ich muss anerkennen, dass Sie eine großartige Klinik haben. Wie wäre es, wenn ich später im Herbst hier meine

Schultern behandeln ließe? In diesem Alter macht einem bereits der Rheumatismus zu schaffen«, erklärte er.
Doktor Kardzali lud den Genossen Lebkov ein zu kommen, wann immer es ihm beliebte.
»Wir Kytislawonier behandeln gern russische Patienten«, sagte er mit einem sonnigen Lächeln.

23

Als er im Hotel ankam, öffnete Surunen neugierig die Papierrolle, die ihm Baptistenpfarrer Radel Tsurinow in der Nervenklinik bei der Schnellsegnung in die Tasche gesteckt hatte. Die Rolle enthielt etwa fünfzig Blatt Toilettenpapier, die beidseitig mit kleiner, fester Handschrift beschrieben waren. Ein Begleitschreiben lag dabei, aus dem hervorging, dass der Verfasser ein Baptistenpfarrer namens Radel Tsurinow war, den man illegal in der Nervenklinik eingesperrt hatte. Man hatte ihm starke, Schmerzen verursachende Medikamente verabreicht. Weiter hieß es, dass die politischen Gefangenen in ebendieser Klinik Überdosen von Haloperiod, Chlorpromazin und Trifluoperazin bekamen. Radel hatte man Spritzen mit Stelazin verabreicht, die bewirkten, dass sich die Gliedmaßen des Opfers krampfhaft und auf lächerliche Art verrenkten. Das Opfer litt große Qualen. Beim Versuch zu laufen, verspürte es schreckliche Schmerzen im Hinterteil.

Man hatte Radel außerdem intravenös Sulfazin verabreicht, ein Gift, bestehend aus einem Prozent Schwefellösung, vermischt mit Öl. Unter dem Einfluss dieses Giftes hatte ihm die Zunge aus dem Mund gehangen wie bei einem sterbenden tollwütigen Hund. Dieser quälende Zustand hatte manchmal eine ganze Woche lang angehalten. Das Opfer konnte dann nicht laufen, nicht essen und auch kaum schlafen. Ziel dieser Schmerzbehandlung war es, Radel die wahnwitzigen baptistischen Gedanken auszutreiben. Im Anschluss erkundigte sich das Pflegepersonal stets bei ihm, ob er immer noch die Erwachsenentaufe befürwortete. Oder war er vielleicht inzwischen zu dem Schluss gekommen, dass diese von den amerikanischen Imperialisten propagierte Organisation nur eine fixe Idee war, von der er sich besser verabschiedete, zumal er dann hoffen konnte, dass die medikamentöse Behandlung mit all ihren Auswirkungen beendet würde. Radel war trotzdem fest geblieben in seinem Glauben, obwohl es ihm häufig so vorgekommen war, als hätte Jesus ihn endgültig verlassen.

In Radels Schreiben stand außerdem, dass die Falschdenkenden keine Kontakte zur Außenwelt unterhalten durften. Sie durften weder Briefe schreiben noch solche empfangen. Falls sie aus irgendeinem Grund aus der Klinik hinausgebracht werden mussten, geschah das zumeist in den frühen Morgenstunden, und man fesselte sie dann mit Handschellen. Ihren Angehörigen war verboten worden, sie zu besuchen. Radel Tsurinow sah sich gezwungen, seinen Hilferuf heimlich aus der Sonderabteilung hinauszuschmuggeln. Er wusste allerdings nicht, wann sich die Gelegenheit dazu bieten würde. Das Auftauchen der Besuchergruppe um Sergei Lebkov war diese von Radel herbeigesehnte Gelegenheit gewesen. Als Surunen Fragen nach einem politischen Hintergrund der Gefangenen gestellt hatte, hatte Radel die Gelegenheit genutzt und ihm seine Papiere in die Tasche gesteckt. Der Baptistenpfarrer war ein Risiko eingegangen, aber was hatte er letztlich zu verlieren? Sollte Surunen ihn anzeigen, würde darauf vielleicht eine verstärkte Medikamentenkur folgen. Daran war Radel, so stand es in seinem Schreiben, seit Jahren gewöhnt.

Surunen hatte keineswegs die Absicht, den Pfarrer an die Behörden in Kytislawonien zu verraten. Im Gegenteil, er begann ernsthaft über eine Befreiung des bedauernswerten Mannes aus seiner trostlosen Situation nachzudenken.

Surunen wusste natürlich, dass er sich mehrfach strafbar machen würde, wenn er erneut Selbstjustiz üben und Gefangene befreien würde. Aber was war das größere Verbrechen, Menschen in den Sonderabteilungen von Nervenkliniken zu foltern oder sie dort herauszuholen und zu befreien, notfalls auf eigene Faust, unter Missachtung der Gesetze?

Surunen war nicht gewillt, dieselbe Haltung zum Thema politische Gefangene einzunehmen wie etwa deren Regierungen. Seine einzige Richtschnur war sein Gewissen, auf dessen Stimme hörte er, und er folgte dessen Befehlen. Je weiter er in der Lektüre von Radel Tsurinows Brief vorankam, desto lauter mahnte sein Gewissen, nicht weil er selbst dem bedauernswerten Baptisten übel mitgespielt hätte, sondern weil er dem Mann in seiner schlimmen Not noch nicht geholfen hatte.

Surunen beschloss, etwas zu unternehmen.

Radels Papiere enthielten einen übersetzten Text aus John Bunyans Andachtsbuch *Die Pilgerreise*, aus dem Radel in der Nervenklinik die ersten dreißig Seiten ins Slawonische übersetzt hatte. Vielleicht war es seine Absicht, die Übersetzung in kleinen Partien hinauszuschmuggeln, damit der Text irgendwann in Kytislawonien als Buch gedruckt und über ein illegales Verteilersystem unter den Baptisten verbreitet werden konnte. Surunen fand die Übersetzung recht brauchbar, in Anbetracht dessen, dass ihr Schöpfer als Bergmann gearbeitet hatte, bevor er zum Glauben fand. Surunen hatte einst Auszüge aus Bunyans Buch gelesen, das als meistgelesenes christliches Werk der Welt nach der Bibel galt. Bunyan hatte sein Buch im siebzehnten Jahrhundert im Gefängnis geschrieben. Er hatte dort insgesamt zwölf Jahre geschmort, sodass er reichlich Zeit gehabt hatte, an seinem Text zu feilen. An Zeit mangelte es auch dem kytislawonischen Baptistenpfarrer Radel Tsurinow nicht, der sich die anspruchsvolle und gefährliche Aufgabe gestellt hatte, die *Pilgerreise* ins Slawonische zu übersetzen.

Surunen hatte die Baptisten stets für schwärmerische Sektenjünger gehalten, dennoch war er der Meinung, dass jeder Mensch auf dieser Welt das Recht haben sollte, der Lehre zu folgen, die ihm gefiel. Eine andere Sache war es, wenn die Leute Ideologien entwickelten, die auf die Unterdrückung anderer abzielten. Dann handelte es sich nicht um Meinungsfreiheit, sondern um pure Gemeinheit. Der Faschismus war zum Beispiel eine solche Denkart, ebenso die blutige Militärdiktatur in Kalmanien. Aber hier war ein schwärmerischer Baptistenpfarrer auf dem besten Wege, von den Mühlen des kytislawonischen Machtapparates zermalmt zu werden. Das Getriebe der Mühlen wurde mit einem Öl geschmiert, in das ein Prozent unlöslicher Schwefel gemischt war.

Seiner Übersetzung hatte Radel ein Vorwort vorangestellt, in dem er über die Geschichte des Baptismus und seine historische Verbreitung in Kytislawonien berichtete. Aus diesem Text ging hervor, dass die Baptisten es ablehnten, unverständige Kinder zu taufen. Bei ihnen erfolgte die Taufe erst im Erwachsenenalter in einer recht drastischen Prozedur: Der Gläubige wurde ganz und gar unter Wasser getaucht, bis über den Kopf. Dabei setzten sich die Sünden an der Wasseroberfläche ab. Kein harmloses Geplänkel also.

Nach Kytislawonien war der Baptismus im neunzehnten

Jahrhundert von Russland aus gekommen, dort wiederum hatte die Sekte durch die deutschen Einwanderer Fuß gefasst. In den 1870er Jahren befand sich das Zentrum des Baptismus in Tbilissi. Im Jahre 1884 setzte sich ein gewisser Wassili Pawlow an die Spitze, ihn pries Radel in seinem Vorwort als den Lehrmeister des kytislawonischen Baptismus. Auch in St. Petersburg entwickelte sich im neunzehnten Jahrhundert eine bestimmte Strömung des Baptismus, angeführt von einem gewissen Iwan Prokranow. In den 1930er Jahren hatte diese Strömung in Russland bereits eine Viertelmillion Mitglieder, die ältere, die Wassilianer also, nur etwa hunderttausend.

Nach dem Zweiten Weltkrieg wurde der Baptismus in Kytislawonien verboten, die Bewegung verschwand in der Illegalität. Radel Tsurinow nahm den baptistischen Glauben 1972 an. Wie er in seinem Vorwort schrieb, gab es im Land laut inoffizieller Quellen etwa sechshundert Baptisten, als deren geistiger Vater sich Radel betrachtete. Surunen hätte ihm ohne Weiteres die Würde des Erzbischofs der kytislawonischen Baptisten gegönnt, schließlich dauerte sein Kampf schon viele Jahre.

Surunen beschloss, Radel Tsurinow erst mal aus der Nervenklinik herauszuholen. Anschließend würde er ihm einen seiner beiden Pässe geben, allerdings müsste das Foto ausgetauscht werden. Dann ab mit dem Mann in den Schnellzug nach Österreich und raus aus dem Land. Radel könnte in Österreich die *Pilgerreise* weiter übersetzen, oder falls ihm das besser gefiel, könnte er auch Surunen nach Finnland begleiten und von dort vielleicht nach Schweden weiterreisen, wo traditionell jeder gehätschelt wurde, der behauptete, auf der Flucht aus dem Osten zu sein.

Die praktische Durchführung der Befreiung wäre schon schwieriger. Surunen müsste es irgendwie schaffen, unerkannt in die Klinik hineinzugelangen, vielleicht verkleidet als Arzt. Außerdem müsste er sich Handschellen beschaffen, um den Baptistenpfarrer gefesselt nach draußen bringen zu können. Vielleicht würde das klappen? Wenn er irgendwann am späten Abend mit einem gefälschten Passierschein in die Klinik hineinmarschieren und den Pfarrer in Handschellen nach draußen und zum Auto führen könnte …, er müsste nur rechtzeitig einen Krankenwagen hinbestellen, der auf dem Hof wartete.
Als Allererstes galt es, die Handschellen zu besorgen, denn die Patienten wurden – so bestätigte es auch Radels Schreiben – nie ohne sie aus der Sonderabteilung hinausgebracht.
Kaum je benötigt ein gewöhnlicher Tourist Handschellen, wenn er sich im fremden Land bewegt. Ihre Anschaffung gelingt durchaus nicht im Handumdrehen. In Slawogrod gab es einige gut sortierte Sportartikelgeschäfte, in denen es Fuchseisen und Fallen für Marderhunde gab, Handschellen waren allerdings nicht im Angebot. Surunen entschloss sich zu einem Besuch im Kinderkaufhaus, vielleicht gäbe es dort Spielzeughandschellen aus Plastik. Er erinnerte sich, dass in Finnland allerlei einschlägiger Krimskrams für die Räuber-und-Gendarm-Spiele der Kinder verkauft wurde. Im Slawogroder Kinderkaufhaus gab es Zinnsoldaten und Reitersporen aus Bakelit, aber Spielzeughandschellen betrachtete man in den sozialistischen Ländern anscheinend nicht als passend. Enttäuscht verließ Surunen das Kaufhaus.
Schließlich setzte er seine Hoffnung auf die kytislawonische Bürokratie. Er streifte durch staatseigene Läden, in de-

nen, wie er vermutete, amtliche Formulare für die Warenbestellung verwendet wurden. So einfach kam er nicht an sie heran, aber in einer Bäckerei klappte es schließlich. Auf dem Ladentisch lagen einige dieser Formulare. Surunen griff sich eines und fragte, was das für Propuske waren. Die fröhliche Bäckersfrau erklärte ihm, dass die Formulare dazu dienten, Mehl aus dem staatlichen Getreidelager zu bestellen. Die Blätter waren blau und enthielten eine Menge Spalten, die, so meinte die Frau, nur dem Zweck dienten, die Bestellungen möglichst kompliziert zu gestalten. Sie verriet ihm, dass sie die Formulare normalerweise gar nicht erst ausfüllte, sondern einfach in der Buchhaltung des Getreidelagers anrief und mündlich mitteilte, wie viel sie von welcher Mehlsorte für den Tag benötigte. Ein- bis zweimal im Monat schrieb sie ihre Bestellung auf so ein verfluchtes Formular, schimpfte sie. Ein paar Stempel hier und dort, und dann gingen sie per Post an das Lager raus. Jedes Mal gab es damit Scherereien. Aber wenn sie ein-, zweimal im Monat der Buchhalterin warmes Brot nach Hause schickte, wurde der Amtsweg einigermaßen gewahrt.
Surunen kaufte warmes Brot und bezahlte mit westlicher Währung. Während des Kaufs gelang es ihm, ein paar Bestellformulare vom Ladentisch zu stibitzen. Als er, mit dem warmen Brot unter dem Arm und den Formularen in der Tasche, auf die Straße trat, philosophierte er im Stillen darüber, dass der Mensch nicht vom Brot allein lebte. Er benötigte auch Formulare.
Im Hotel machte sich Surunen daran, ein Formular auszufüllen. Anstelle von Mehl trug er in der entsprechenden Spalte Handschellen ein, und als Besteller nannte er die Jugendabteilung des Umerziehungslagers Nummer 12. Beim Punkt Lieferfrist notierte er ›eilt‹.

Mit dem ausgefüllten Formular marschierte Surunen zum Slawogroder Polizeipräsidium, jener Dienststelle, bei der er und Rigoberto sich nach ihrer Einreise angemeldet hatten. Er traute sich allerdings nicht, das Formular selbst ins Büro hinaufzubringen, sondern beschwatzte einen in der Nähe herumlungernden Slawonen, die Sache für ihn zu erledigen. Zwei teure Zigarren, von Surunen auf der Reise in Havanna gekauft, reichten dem Mann als Lohn für den kleinen Dienst.

Bald kam der Bote aus dem Büro zurück und berichtete, dass die Ware am folgenden Tag abgeholt werden konnte, heute würden die Beamten es nicht mehr schaffen. Surunen beschwor den Mann, am nächsten Morgen erneut zu kommen, und der versprach es unter der Bedingung, dass er noch mehr von den vorzüglichen Zigarren bekäme.

Bei der Miliz durchlief Surunens gefälschtes blaues Formular die üblichen Bearbeitungsschritte. Der Milizoffizier, der das Formular als Erster in die Hand bekam, wunderte sich über die Anzahl der bestellten Handschellen. Wer benötigte schon nur ein einziges Paar Handschellen für ein ganzes Lager voller Nichtsnutze? Der Offizier sagte sich, dass dem Besteller ein Irrtum unterlaufen sein musste. Dezimalfehler waren weit verbreitet. Der Offizier ergänzte zwei Nullen bei der Bestellung, die danach auf dem Papier gleich viel robuster wirkte. Er drückte ein paar Stempel drauf und zeichnete sie ab. Dann schickte er das Formular an die nächsthöhere Abteilung. Bald verschwand es im Labyrinth der Bürokratie und bewirkte, dass noch am selben Abend vom Präsidium aus ein Polizeiauto mit zwei Mann Besatzung startete, die bei Slawogrods Polizeirevieren Handschellen einsammeln sollten. Als alle sechzehn Reviere abgefahren und ihre Handschellenbestände inventarisiert waren, ergab sich eine Menge von genau hundert Paar. Die wurden zum Präsidium geschafft.

Am Morgen erschien der auf Zigarrenbasis engagierte Slawone und fragte nach den Handschellen. Sie lagen bereit, verpackt in einem großen Pappkarton. Der Mann quittierte den Empfang und schleppte den Karton auf die Straße, wo Surunen wartete. Er überreichte seinem Helfer fünf Zigarren. Darüber freute sich der Mann so sehr, dass er Surunen half, das Paket zum Hotel zu tragen. Als der Helfer weg war, öffnete Surunen den Karton. Staunend zählte er hundert Paar Handschellen. Die dürften fürs Erste reichen, dachte er, während er sie auf seinem Bett sortierte.

Die Lieferliste war vom Offizier der Schreibstube im Polizeipräsidium unterschrieben worden, und aus ihr ging hervor, dass die Gesamtmenge hundert Paar Handschellen betrug, fünfunddreißig Paar davon waren Jugendmodelle, der Rest war für Personen mit großen Händen oder für Erwachsene gedacht.

24

Surunen wählte zwei Paar Handschellen und die dazu passenden Schlüssel aus. Übrig blieben achtundneunzig Paare, die er nicht brauchte und loswerden musste.

Zunächst beabsichtigte er, sie wieder in den Karton zu packen und per Post ans Präsidium zurückzuschicken, aber dann fiel ihm ein, wofür sie dort benutzt werden würden. Surunen wollte keinesfalls Festnahmeutensilien an die Polizei zurückgeben. Er war ein Befreier von Gefangenen, kein Rückerstatter von Fesseln.

Andererseits konnte er den Karton mit den Handschellen auch nicht einfach auf die Straße werfen, dort fielen sie womöglich Kriminellen in die Hände. Am besten wäre es, sie in einem See zu versenken, aber Slawogrod hatte keine Gewässer. Die Handschellen drohten zu einem Problem zu werden.

Surunen trat auf den Balkon seines Hotelzimmers, um darüber nachzudenken, wie er achtundneunzig Paar Handschellen loswürde. Sein Blick fiel auf ein Regenabflussrohr aus Blech, das seine Öffnung hier auf dem Balkon der vierten Etage hatte und senkrecht nach unten auf den Innenhof führte. Ihm kam der Gedanke, dass er sämtliche Handschellen aneinanderketten und das so entstandene Handschellenseil in das Abflussrohr hängen könnte. Er errechnete, dass auf diese Weise ein dreißig Meter langes Gebilde entstünde. Doppelt gelegt, ließe es sich gut im Rohr verstecken. Surunen ging wieder ins Zimmer und machte sich daran, die Handschellen aneinanderzuschließen. Nach einer Stunde hatte er ein klimperndes Eisenseil geschaffen, das überraschend leicht im Rohr nach unten glitt. Er brauchte nur noch die oberste Handschelle an der Rohröffnung zu befestigen, und schon war das ganze Problem aus der Welt geschafft. Oder doch nicht ganz. Es waren noch achtundneunzig Schlüssel da, zu jedem Schloss ein eigener, passender, insgesamt zwei Handvoll. Surunen stopfte sie in seine Jackentaschen und ging in die Stadt, um die Schlüssel zu beseitigen.

Surunen plante, die Schlüssel im nächsten Park unauffällig verschwinden zu lassen, sie beispielsweise unter einen Busch zu werfen. In den südlichen und östlichen Ländern trifft man im Allgemeinen selten Alkoholiker, aber jetzt lungerte zufällig eines dieser unglücklichen Wesen in jenem Park herum, den Surunen mit seinen Schlüsseln aufsuchte. Es handelte sich um einen alten Slawonier mit krausem Bart, sein vom Pflaumenschnaps gezeichnetes, verbittertes Gesicht glänzte von Schweiß, während er in halb liegender Stellung auf einer Parkbank Entzugsqualen litt.

Der slawonische Penner bat Surunen um ein paar Rilluckas, damit er sich gegen den schlimmsten Kater eine Kanne Bier kaufen konnte.

Surunen gab ihm die Rilluckas, konnte es aber nicht lassen, den Mann zu mahnen, dass er das Geld statt für Bier lieber dafür verwenden sollte, sich zu waschen oder zu essen. Der arme Kerl behauptete, dass man ihm tagsüber an keinem anständigen Ort mehr Eintritt gewähre, nicht in der Schwimmhalle, nicht in Speiselokalen.

»Unsereinem wird immer die Tür vor der Nase zugeschlagen, mir macht niemand auf, da kann ich klopfen, so viel ich will.«
Surunen holte sämtliche Schlüssel aus den Taschen und reichte sie dem Mann. Der hielt die Hand auf, um sie entgegenzunehmen, fragte aber:
»Was soll ich mit all den Schlüsseln anfangen?«
»Gerade erst hast du noch geklagt, dass dir niemand mehr die Tür öffnet. Probier's mal hiermit.«
»Ein übler Scherz, werter Herr. Sie vergessen, dass auch der Säufer ein leidender Mensch ist.«
Surunen spürte, dass er unbedacht gehandelt hatte. Er holte einen Fünf-Ronški-Schein hervor, drückte ihn dem Mann in die Hand, zu den Schlüsseln, und verließ dann eilig den Park. Als er auf der Straße stand, blickte er noch einmal zurück, aber der Slawonier hatte seine Bank verlassen und war nicht mehr zu sehen. Surunen fragte sich besorgt, ob der Mann womöglich die Schlüssel auf dem ganzen Weg verstreut hatte. Er kehrte sicherheitshalber um und sah nach, aber in der Umgebung der Bank lag kein einziger Schlüssel. Surunen seufzte erleichtert und kehrte ins Hotel zurück.
Surunen besaß jetzt zwei Paar Handschellen, mehr noch nicht. Er benötigte noch einen Passierschein fürs Krankenhaus, aber zuvor musste er dafür sorgen, dass Rigoberto Fernandes nicht verdächtigt wurde. Wenn herauskäme, dass er, Surunen, hinter Radels Flucht steckte, würde sein Freund Rigoberto dadurch in große Schwierigkeiten geraten und womöglich auch Sergei Lebkov. Es wäre nicht anständig, die Freunde in kriminelle Aktionen mit hineinzuziehen. Außerdem, welchen Sinn würde es machen, einen politischen Häftling erst in dem einen Land zu befreien,

ihn dann ans andere Ende der Welt zu schleppen, in diesem anderen Land einen neuen politischen Häftling zu befreien und damit zu bewirken, dass der erste Häftling als Mitschuldiger im neuen Land ins Gefängnis käme ..., ein solcher Austausch politischer Häftlinge würde der Sache des Humanismus schwerlich dienen, sondern die Probleme nur verlagern. Rigoberto und Sergei waren nette Kerle, denen Surunen keine Scherereien wegen Radel machen wollte.

Er beschloss daher, für seine Freunde im Restaurant des Hotels Russija ein auffallendes Abschiedsfest zu geben. Er bestellte einen Tisch und lud Sergei und Rigoberto zum Abendessen ein. Auch Milja war willkommen.

Vor dem Eintreffen der Freunde bezahlte er seine Zimmerrechnung und packte den Koffer. Dann kontaktierte er den Restaurantchef und erzählte ihm, dass es sich um ein Abschiedsessen handele, da er mit dem Zug über Österreich nach Finnland zurückreisen wolle. Er bat darum, den Tisch mit frischen Blumen zu schmücken, denn es würde auch eine reizende Dame am Essen teilnehmen.

»Dies ist mein letzter Abend in Slawogrod, ich hoffe, dass alles bestens klappt.«

Der Restaurantchef schwor, dass der Gast nicht um seinen Abend zu fürchten brauche. Im Hotel Russija verstehe man sich darauf, Abschiedsessen zu gestalten, da habe das Haus seit dem vergangenen Jahrhundert reichlich Erfahrung gesammelt. Herr Surunen wusste es vielleicht nicht, aber in eben diesem Hotel hatte Kytislawoniens Kaiser Franz VI. im Jahre 1944 ein Abschiedsessen gegeben, als er das Land verlassen musste, weil der Einmarsch der Roten Armee bevorstand. Österreichs Bundeskanzler Kurt Waldheim hatte ebenfalls im Jahre 1945 einen unvergesslichen

Abend in diesem Hotel verlebt, als er als junger Leutnant im Dienste der Deutschen hier weilte. Herr Surunen konnte diesbezüglich wirklich auf die Traditionen des Hotels vertrauen.

Surunen bemerkte daraufhin, dass Waldheim in seinen Memoiren nichts von dem Fest erwähnt hatte.

»Unsere besten Erinnerungen behalten wir gern für uns, ist es nicht so, mein Herr? Reden ist Silber, Schweigen ist Gold, pflegt man hierzulande zu sagen.«

Der Abend wurde tatsächlich absolut unvergesslich, am Schluss sogar ein wenig ausgelassen. Surunen bot seinen Gästen gekochten Stör und kytislawonische Mehlsoße an, die mit vielen Kräutern gewürzt war. Getrunken wurde halbtrockener Sekt. Schimmernde Rosen schmückten den Tisch, und zwei Kellner im Frack sorgten dafür, dass niemand an diesem Abend Hunger oder Durst litt. Das Zigeunerorchester des Restaurants spielte wehmütige Romanzen, hauptsächlich für die schöne Milja, die Rigoberto mit seinen Blicken verschlang.

»Milja und ich haben vor, zusammenzuziehen«, verriet er glücklich.

»Dadurch können wir über eine richtige Zweizimmerwohnung verfügen«, bestätigte die schöne Milja.

»Oh, dann ist dieser Abend ja gleichzeitig ein Verlobungsfest«, freute sich Pinguinexperte Sergei Lebkov. »Schade, dass ich keinen Frack angezogen habe, in Den Haag pflegten wir uns immer im Frack zu versammeln, wenn es um wichtige Beschlüsse zugunsten der Pinguine ging.«

»Dann ziehst du den Frack eben an, wenn wir getraut werden«, wünschte sich Rigoberto. »Und du, Surunen, musst unbedingt aus Finnland zu unserer Hochzeit anreisen.«

Surunen versprach, zur Hochzeit zu kommen und sich

ebenfalls zu Ehren seines Freundes in einen Frack zu werfen.

Im Stillen dachte er, dass er, falls er bei der Befreiung von Baptistenpfarrer Radel Tsurinow geschnappt würde, garantiert nicht mit seinem Frack auf Rigobertos Hochzeit glänzen könnte. Aber momentan stand Rigobertos und Miljas Zukunft im Vordergrund. Surunen wurde von Glück erfüllt, als er die Liebe der beiden sah.

»Darf ich dich, Surunen, meinen Bruder nennen?«, bat Rigoberto später.

»Ja, lieber Bruder.«

»Alle Arbeiter auf der Welt sollten untereinander Brüder sein«, bekräftigte auch Sergei das Bündnis der beiden Freunde.

Der Abend war in jeder Weise festlich, und die Kosten beliefen sich nur auf fünfundsiebzig Ronškis. Es hätte Spaß gemacht, noch bis zum Morgen weiterzufeiern, aber das erlaubte Surunens Zeitplan nicht. Als er die Zeche bezahlt hatte, erhob er noch einmal das Glas auf das Wohl seiner Freunde. Dann stiegen alle ins Taxi und fuhren zum westlichen Bahnhof. Nach vielen Umarmungen stieg Surunen mit seinem Koffer in den Zug, der auch sofort in Richtung Österreich abfuhr. Der Abend war perfekt gewesen, die Freunde großartig, das Essen vorzüglich. Jetzt stand Surunen eine Reise bevor …, aber wohin? Könnte er doch einfach im Zug sitzen bleiben, dann würde er am Morgen in Österreich ankommen, könnte von dort aus nach Helsinki fliegen und geradewegs vom Flughafen zu Anneli Immonen fahren. Hatte er Radel Tsurinow irgendwelche Versprechungen hinsichtlich seiner Befreiung gemacht? Nein, keineswegs. Surunen lehnte sich im Sitz zurück und schloss die Augen. Er war müde, hatte Lust zu rauchen.

Surunen fuhr mit der Hand in die Tasche, um die Zigarettenschachtel hervorzuholen. In der Tasche klimperten die Handschellen. Surunen schrak auf, öffnete die Augen und war wieder ganz er selbst. Er konnte Radel nicht allein lassen, musste ihn befreien. Anneli würde warten, sein Gewissen erlaubte ihm nicht, eine Aufgabe nicht zu vollenden, die er sich selbst gestellt hatte.
Surunen stieg nach einer halben Stunde auf einem kleinen Bahnhof namens Sergowo aus dem Zug aus. Es war bereits Nacht, und es nieselte. Surunen schleppte seinen Koffer in einen kleinen Gasthof, in dem Platz war und in dem niemand nach seinem Pass fragte. Die Übernachtung kostete nur fünf Ronški und fünfzig Rillucka, inbegriffen waren Frühstück und Abendbrot gemeinsam mit dem Wirt, dessen Lieblingsbeschäftigungen Schach spielen und Bier trinken waren. Beim Schach unterlag Surunen dem Wirt am ersten Abend, am zweiten ebenfalls, aber Bier trank er wie ein Mann. Insgesamt verbrachte er zwei und einen halben Tag in dem Gasthof, bis er fand, dass der geeignete Moment gekommen war, nach Slawogrod zurückzukehren. Er stieg am Morgen zu dem Wirt in sein klapperiges Auto, als der seine gewohnte allwöchentliche Fahrt zum Markt von Slawogrod antrat. Er verkaufte dort Produkte aus seinem Garten und brachte dafür, außer Ronškis, auch diese und jene Flasche Wein sowie allerlei Essbares mit zurück, das er nicht selbst zu Hause anbaute. An diesem Morgen erwarb der Wirt auf dem Markt ein lebendes Ferkel, das im Schlachthaus der Markthalle geschlachtet wurde. Auf Bitten des Wirtes verfolgte Surunen die Hinrichtung des Tieres und kam dabei auf die Idee, dass hier die günstige Gelegenheit bestand, einen weißen Kittel für den Besuch in der Klinik zu erwerben. Die Schlachter verkauften ihm gern

einen sauberen weißen Kittel zum Preis von zehn Ronški. Surunen verstaute das Kleidungsstück in seinem Aktenkoffer und erklärte, dass er Schlachterkittel von überall auf der Welt als Souvenir sammele. Der Wirt des Gasthofes fand dieses Sammelhobby irgendwie außergewöhnlich. Er selbst hatte sein Leben lang Schachfiguren gesammelt, besaß bereits mehr als tausend Stück, aber dass jemand weiße Kittel sammelte, war ihm neu.

»Hätte ich das gewusst, hätte ich dir die weiße Schürze meiner Frau verkauft«, meinte er bedauernd.

»Vielleicht kaufe ich sie ja noch, wenn mich wieder mal der Weg nach Sergowo führt. Grüß deine Frau und sag ihr Dank für das gute Essen«, mit diesen Worten verabschiedete sich Surunen von dem Mann.

Anschließend fuhr er zum Bahnhof, wo er seinen Koffer in der Gepäckaufbewahrung abgab. Dann kümmerte er sich darum, einen Passierschein für die Klinik zu bekommen. Er besaß noch eines der amtlichen Formulare, die er in der Bäckerei stibitzt hatte, und das wollte er jetzt nutzen. Er setzte sich ins Bahnhofsrestaurant, um das Formular auszufüllen.

Eigentlich war das Bestellformular nicht für diesen Zweck gedacht, aber durch kreatives Herangehen wurde es am Ende zu einem offiziell wirkenden Dokument. Dort, wo nach dem Gegenstand der Bestellung gefragt wurde, trug Surunen ein: einmaliger Zutritt. Als Anlass der Bestellung nannte er ›medizinischen Personentransport‹. In diesem Stil füllte er das ganze Blatt aus. Er wunderte sich jetzt gar nicht mehr, dass die dralle Bäckersfrau geschimpft und das Formular kompliziert genannt hatte. Als er das Blatt fertig ausgefüllt hatte, las er es durch und kam zu dem Schluss, dass der Pförtner der Nervenklinik unmöglich eine Fälschung darin erkennen konnte. Er beschloss, als Anlage seinen finnischen Militärpass beizufügen. Die Unterschrift leistete er im Namen von Rubik Hindirow, außerordentlicher Referent im Gesundheitsamt Slawogrod. Im Stillen hoffte er, dass es im Gesundheitsamt niemanden dieses Namens gäbe. Nach Radels Flucht bekämen garantiert alle Hindirows Probleme, besonders jene, die im Gesundheitswesen tätig waren.

Die Vorkehrungen waren getroffen. Surunen verfügte über zwei Paar Handschellen, einen weißen Schlachterkittel, der als Dienstkleidung eines Gastpsychiaters durchgehen sollte, und einen offiziellen Antrag auf Zutritt samt Militärpass mit Löwensymbol. Jetzt musste er nur noch auf den geeigneten Moment warten, um loszulegen. Er beschloss, nach Mitternacht in die Klinik zu gehen. Bis dahin streifte er durch die Stadt auf der Suche nach geeigneten Verstecken und schlug die restliche Zeit in Slawogrods üppig grünen Parks tot.

Im Park neben dem Hotel Russija stieß Surunen erneut auf den örtlichen Alkoholiker, jenen selben Slawonier, dem er ein wenig Geld und fast hundert Handschellenschlüssel gegeben hatte. Der Mann lag wieder auf derselben Bank. Er erkannte Surunen sofort.

»Werter Herr, sind Sie nicht der Mann, der mir die Schlüssel gegeben hat?«

Surunen erkundigte sich, was er mit den Schlüsseln gemacht habe.

»Ich hab sie viele Male ausprobiert, aber sie passten in kein Schloss. Letzte Nacht hatte ich Schwein. Am Piroggenkiosk vom Slawijan-Markt konnte ich das Schloss mit einem Schlüssel aufkriegen. Ich bin rein, und da standen zwei Kisten mit Piroggen. Ich hab gleich fünf Stück auf einmal gegessen und mir noch fünf mitgenommen. Jetzt kann ich jeden Piroggenkiosk dieser Stadt mit einem eigenen Schlüssel aufschließen. Besten Dank auch dafür, werter Herr.«

»Wo haben Sie die anderen Schlüssel gelassen?«

»Hab sie versteckt. Man weiß ja nie, ob sie noch passen, kann's immer mal ausprobieren.«

Der Mann holte eine in Zeitungspapier eingewickelte Pirogge aus der Tasche und reichte sie Surunen.

»Nehmen Sie nur, ich hab noch genug übrig.«

Die Pirogge schmeckte gut, auch wenn sie kalt war. Als er sie verzehrt hatte, wünschte Surunen dem Mann alles Gute und verließ den Park. Inzwischen war es so spät, dass die Dunkelheit hereinbrach. Surunen ging zur Abwechslung in den Park der Universitätsklinik, saß dort ein paar Stunden im dichten Gebüsch und rauchte eine Zigarette nach der anderen. Um Mitternacht zog er sich seinen Schlachterkittel an, der zum Glück schneeweiß war, frisch aus der Wäscherei geliefert. Ein teurer Kittel, aber für Radels Freiheit unerlässlich. Dann durchquerte Surunen den Park, ging zum Haupteingang der psychiatrischen Abteilung, trat ein und wandte sich an den Pförtner. Er setzte eine gereizte, verdrossene Miene auf, wie sie bei vielen Beamten zu beobachten war, die Nachtarbeit leisteten.

Surunen reichte dem Nachtpförtner seinen Antrag auf einen Passierschein und seinen Militärpass, über Letzteren wunderte sich der Pförtner ein wenig. Surunen erklärte ihm, dass es ein Dienstausweis der gemeinsamen Medizinerorganisation der sozialistischen Länder Osteuropas sei, der nur den verdienstvollsten Mitgliedern ausgehändigt werde. Hatte der Pförtner wirklich noch nie ein solches Dokument gesehen? Sollte er, Surunen, etwa um diese Zeit

den Verwaltungsdirektor des Klinikums anrufen, damit er käme, um dem Pförtner die Bedeutung des Dokuments mit dem Löwensymbol zu erklären?
Nein, das sei nicht nötig, sagte der Mann. Natürlich sei er sich über die Bedeutung dieses Passes völlig im Klaren. Es sei nur eine Vorsichtsmaßnahme gewesen, deshalb habe er gefragt. Er drückte einen Stempel unter Surunens Antrag auf Zutritt und stempelte auch den finnischen Militärpass ab. Dann gab er Surunen die Dokumente zurück, der sich seinerseits ins Gästebuch der Klinik eintrug. Auch dort erschien ein Stempel.
»Sie sind also gekommen, um Falschdenkende abzuholen, Herr Doktor. Kennen Sie diese Anstalt?«
»Ja, aber ich möchte trotzdem einen Begleiter haben. Zur Sicherheit, meine ich«, sagte Surunen und schwenkte demonstrativ die Handschellen.
»Ja, eben, ohne Bewachung darf sich hier im Haus sowieso niemand bewegen. Ziemlich scharfe Bestimmungen an solch einem Ort.«
»Das ist absolut verständlich«, bestätigte Surunen in offiziellem Ton. Der Pförtner pfiff in den Gang, und ein pickelgesichtiger junger Hilfspfleger mit einem klimpernden Schlüsselbund am Gürtel eilte herbei.
»Wasja, begleite mal diesen Doktor. Er holt Falschdenkende aus der Sonderabteilung ab.«
Der Bursche staunte. Er erklärte, dass die Falschdenkenden normalerweise erst nach zwei Uhr zu den Verhören geholt wurden. Jetzt war es erst Viertel vor eins. Die Bestimmungen …
»Klappe zu, Wasja. Dieser Doktor hat den Ausweis mit dem Löwensymbol. Weißt du etwa nicht, was das bedeutet?«
»Ach so …, in dem Falle natürlich«, stimmte Wasja beflis-

sen zu und führte Surunen durch viele Türen, bis sie zur geschlossensten aller geschlossenen Abteilungen kamen. Unterwegs erkundigte sich Wasja, ob der Herr Doktor ein Pole sei, sein Slawonisch klinge ein bisschen danach. Surunen bestätigte, dass seine Mutter Polin sei, er selbst sei tatsächlich ein Slowake, jetzt im Einsatz in Slawogrod. »Aber wir Osteuropäer sind doch alle eine große Familie, oder?«, sagte Surunen.

»Unbedingt«, bestätigte Wasja.

Die Falschdenkenden der Sonderabteilung schliefen alle tief und fest, als der Befreier kam, aber als im Raum das Licht anging, fuhren sie hoch. Als Erster erhob sich Opa Flasza, der sich sofort Hemd und Hose anzog. Surunen teilte ihm jedoch mit, dass er sich keine Mühe zu machen brauche. Er, der Arzt, sei gekommen, um Radel Tsurinow abzuholen, der behauptete, ein Baptistenpfarrer zu sein. Surunen forderte Radel auf:

»Ziehen Sie sich rasch an und bereiten Sie sich vor, mit mir zu kommen.«

Radel rieb sich verwirrt die Augen. Als er endlich Surunen erkannte, blitzte in seinen Augen ein ahnungsvoller Funke auf, und bald war er komplett angezogen. Surunen zückte die Handschellen und machte Radel an seinem linken Handgelenk fest. Er bat Hilfspfleger Wasja, das Licht zu löschen, und wünschte all jenen Männern eine gute Nacht, deren Schicksal es war, bis an ihr Lebensende in diesem finsteren Raum zu verschimmeln.

Opa Flasza war allerdings nicht gewillt, weiter zu schlafen. Er trat dicht an Surunen heran und stibitzte blitzschnell aus dessen Schlachterkittel das zweite Paar Handschellen. Damit schloss er sich an Surunens rechtem Handgelenk an, ehe Hilfspfleger Wasja einschreiten konnte. Den Schlüssel

steckte er in den Mund. Aus der Bewegung des Adamsapfels ließ sich schließen, dass man die Handschellen frühestens am nächsten Tag würde aufschließen können. Alte Gauner haben oft einen unerhört trägen Darm.
Der Hilfspfleger zog einen biegsamen Gummiknüppel hervor, mit dem er Opa auf den Rücken schlug. Surunen verbot ihm jedoch, Gewalt anzuwenden.
»Lass den Alten nur. Ich nehme ihn mit, dort, wo wir hinfahren, wird er schon zur Räson kommen.«
Wasja grinste verstehend. Er wusste genau, wohin die Falschdenkenden aus diesem Raum nachts gebracht wurden. Das hatte sich der Alte selbst zuzuschreiben, wenn er so verrückt war, sich selbst am Arzt anzuketten. Jetzt musste er hinnehmen, was auf ihn zukam.
»Der Kerl ist echt bekloppt, und dabei schon so alt.«
Der Hilfspfleger schaltete das Licht aus. Sie gingen zurück, wieder durch viele Türen. Wasja ging vorweg und schloss auf, Surunen folgte, mit Radel Tsurinow zu seiner Linken und Opa Flasza zur Rechten. Als sie in die Eingangshalle kamen, ließ Wasja seinen Gummiknüppel wieder in der Tasche verschwinden. Der Pförtner notierte in seinem Buch Radel Tsurinows und Opa Flaszas Namen und Nummern sowie die Uhrzeit, zu der sie abgeholt worden waren. Erneute Stempel. Dann bestellte er einen Krankenwagen, damit der Transport ohne Aufsehen durchgeführt werden konnte. So war man auch bisher stets verfahren. Der Pförtner bot Surunen eine Zigarette an, aber er lehnte ab. Es wäre auch schwierig gewesen zu rauchen, da an seinen beiden Armen ein Falschdenkender hing.
»Hat es heute irgendwelche Besonderheiten gegeben?«, fragte Surunen, während sie auf den Krankenwagen warteten.

»Nichts Außergewöhnliches. Einer, der sich geritzt hatte, wurde kurz vor Ihrem Eintreffen gebracht, und vorhin, während Sie die beiden holten, kamen zwei Hysteriker. Ein ziemlich ruhiger Abend alles in allem«, sagte der Pförtner. Dann kam der Krankenwagen auch schon angebraust. Hilfspfleger Wasja riss beide Flügel der Eingangstür weit auf, damit Surunen mit Radel Tsurinow und Opa Flasza hinausmarschieren konnte.

25

Der Krankenwagen hielt unmittelbar vor der Tür. Fahrer und Beifahrer stiegen aus und fragten, ob dies der bestellte Transport für Falschdenkende sei. Surunen bestätigte das. Der Beifahrer öffnete die hintere Tür, und Surunen stieg mit Radel Tsurinow und Opa Flasza ein. Der Fahrer wollte wissen, wohin es gehen sollte, und zückte ein Fahrauftragsformular. Surunen hatte den ganzen Tag Zeit gehabt, nach geeigneten Verstecken Ausschau zu halten.

»Wir fahren erst mal ins Zentrum, dann auf der Slavijanstraße bis zur Uliza Russija. Dort steigen wir bei der Nummer neun aus.«

Die Fahrt durchs nächtliche Slawogrod verlief geräuschlos und ohne Komplikationen. Opa Flasza versuchte zwar zu plaudern, machte aber den Mund zu, als Surunen ihn mit dem Ellenbogen in die Seite stieß. Sie fuhren über die Hauptstraße und befanden sich gleich danach auf der Uliza Russija. Bei der Nummer neun gab es keine Straßenlampen und auch keine Gebäude mehr, nur ein Abrissgebiet von der Größe eines ganzen Viertels. Surunen quittierte mühsam die Tour. Der Fahrer wunderte sich, warum sie hierher, zu diesen einsamen und dunklen Häuserruinen, gekommen waren. Normalerweise wurden die Falschdenkenden zu den Verhören in die Zentrale der Geheimpolizei gebracht, und die lag ganz am anderen Ende der Stadt.

Surunen knurrte:
»Es ist noch ein zweiter Wagen bestellt worden, der uns hier abholt. Dies ist keine gewöhnliche Tour.«
Surunen zeichnete den Fahrauftrag ab. Der Fahrer warf nicht mal einen flüchtigen Blick auf die Signatur, die ohnehin nie beachtet wird, bis es zu spät ist.
»Ist ja Ihre Sache«, äußerte er, faltete die Quittung zusammen, steckte sie ein und stieg in sein Fahrzeug. Bald war der Krankenwagen verschwunden. Das Trio stand, aneinandergefesselt, auf der dunklen, einsamen Straße. Opa Flasza fragte sofort, wo man sich befand und aus welchem Grunde, und wer der Mann zwischen ihm und Radel war.
Surunen führte die beiden auf das Abrissgrundstück. Sie stolperten über Gräben und Kieshaufen, bis Surunen den Eindruck hatte, dass sie außer Sicht und gut versteckt waren. Er setzte sich auf einen niedrigen Steinhaufen. Auch die beiden anderen mussten sich einen Sitzplatz suchen, denn die Fesseln erlaubten es nicht zu stehen, wenn einer aus der Gruppe saß. Das Trio musste sich im Gleichschritt vorwärts bewegen, musste einträchtig sitzen oder stehen, musste miteinander harmonieren. Der Befreier und zwei Falschdenkende. Eine Truppe, notfalls geeignet, gekreuzigt zu werden.
Surunen stellte sich vor. Er sei ein finnischer Fremdsprachenlehrer, der sich in seinen Sommerferien damit beschäftige, politische Häftlinge zu befreien. Er habe schon mehrere auf der westlichen Halbkugel befreit. Zwei Universitätsleute, von denen der eine auf der Flucht gestorben sei, den anderen hätten Radel und Opa bei Surunens vorigem Besuch in der Klinik gesehen. Außer ihnen habe er, wie er berichtete, noch drei Indianerbrüdern, Primero, Secundo und Tercero Bueno, zur Freiheit verholfen. Diese

bodenständigen Männer seien inzwischen bestimmt schon im Zivilleben angekommen und bauten Mais an. Vielleicht könnten sie bereits im kommenden Herbst nach langer Zeit wieder eine Ernte einbringen.

Radel Tsurinow und Opa Flasza waren sehr erleichtert, als sie hörten, dass sie sich in guten Händen befanden. Sie hatten befürchtet, dass Surunen womöglich doch ein Arzt wäre und sie zur Geheimpolizei zum Verhör bringen würde. Opa behauptete allerdings, dass er sofort erkannt habe, dass ein so sympathischer Mann kein Arzt sein konnte. Deshalb habe er seinen Trick angewandt, habe es riskiert, sich an Surunen zu fesseln.

»Ich hörte es in deiner Tasche klimpern, als du die Handschellen rausholtest. Ich begriff sofort, dass da mindestens zwei Paar waren, man hört es am Geräusch. Ein einzelnes Paar klimpert kaum in der Tasche, aber zwei Paar machen bereits Geräusche, wenn man sie berührt. Also sagte ich mir, los jetzt, ich gehe einfach mit. Man wird ja sehen, was kommt, ein Verhör oder etwas anderes. Ich beschloss, das zweite Paar Handschellen zu klauen und mich damit an euch dranzuhängen.«

Opa behauptete, dass es die leichteste Sache der Welt sei, einem Mann Handschellen aus der Tasche zu klauen, der keinen entwickelten Abwehrinstinkt für Taschendiebstähle besitze.

»Du hast diesen Instinkt nicht. Du bist vor unsereinem nicht auf der Hut«, erklärte er.

»Was ist denn das für ein Instinkt?«, wollte Surunen wissen.

»Es ist einer der ältesten Grundinstinkte der Menschheit. Bei den Frauen äußert er sich als Angst vor Mäusen. Es ist ein Atavismus. Schon seit der Steinzeit fürchten alle

Frauen der Welt Mäuse, denn die pflegten ja in den steinzeitlichen Höhlen in die Fellkleidung der Frauen zu kriechen und über ihre Haut zu krabbeln. Die prähistorischen Mäuse fraßen sogar den Babys die Augen aus dem Kopf, deshalb haben die Frauen heute immer noch wahnsinnige Angst vor Mäusen. Den Männern hingegen sind Mäuse egal. Bei den Männern hat sich dieser Instinkt zu einer Abwehrhaltung gegen Taschendiebe entwickelt. Schon in der Steinzeit hüteten die Männer sorgfältig ihre persönlichen Gegenstände wie Speerspitzen und Schleudern, damit keine Taschendiebe an sie herankamen ...«

Radel mischte sich in Opas Geschichten ein.

»Solch einen Humbug habe ich schon seit Jahren nicht mehr gehört«, schimpfte er.

»Lass mich doch erst mal zu Ende erzählen, Pastor«, knurrte Opa Flasza. »Vor allem die Männer aus dem Süden haben einen stark entwickelten Abwehrinstinkt gegen Taschendiebe. Im letzten Krieg traf ich in einem Lager italienische Kriegsgefangene, die irgendwo auf dem Balkan gefangen genommen worden waren. Könnt ihr euch vorstellen, was die für einen vorzüglich entwickelten Diebesabwehrinstinkt hatten? Ich musste richtig mit ihnen üben, manchmal viele Wochen lang, ehe ich ihnen mal etwas klauen konnte. Wenn du dich einem der Italiener auf weniger als einen Meter nähertest, nannte er dich sofort einen Taschendieb.«

Als der Abwehrinstinkt gegen Diebstähle abgehandelt war, suchte Surunen den Schlüssel hervor, der zu Radels Handschellen passte, anschließend schleuderte er Fessel samt Schlüssel ins Gelände. Radel war jetzt frei, aber Opa Flasza war immer noch an seinen Befreier gefesselt.

»Was hat dich bloß geritten, den Schlüssel runterzuschlu-

cken«, tadelte der Baptistenpfarrer den Taschendieb. Der verteidigte sich:
»Wenn ich den Schlüssel nicht verschluckt hätte, wäre ich wieder ins Bett geschickt worden und müsste bis ans Ende meines Lebens in der Sonderabteilung schmoren.«
Surunen beendete die Streiterei, indem er erklärte, dass jetzt irgendein Mittel gefunden werden müsse, die Handschellen zu öffnen. Sie mussten dringend das Grundstück verlassen, nach Kleidung suchen und dann die Flucht fortsetzen. Sein Schlachterkittel leuchtete in der Dunkelheit wie eine weiße Fahne, auch den musste er loswerden.
»Zieh ihn doch aus«, forderte Radel ihn auf.
»Du Trottel, wie soll er den Kittel ausziehen, wenn ich an sein Handgelenk gefesselt bin? Oder glaubst du, dass dieser Herr seinen Kittel über meinen Kopf kriegt? Durch einen Ärmel passe ich dann wohl doch nicht«, sagte Opa verärgert.
Surunen riss den Ärmel seines Schlachterkittels ab und trennte den Kittel vorn auf. Die Fetzen trampelte er in den Schlamm der Baustelle.
»Du bist doch so ein hervorragender Taschendieb, hast du keinen Trick auf Lager, mit dem du dich von mir losmachen kannst?«, wandte er sich an Opa Flasza.
»Diese Handschellen sind russisches Fabrikat, ohne geeigneten Dietrich kriegt man die nicht auf. Auch mit der Eisensäge richtet man nichts aus, man bräuchte eine Feilbank und eine Hartmetallfeile.«
Surunen entschied, dass jetzt Rizinusöl hermusste. Er holte ein wenig Geld aus dem Portmonee, gab es Radel und forderte ihn auf, rasch die nächste Apotheke mit Nachtdienst zu suchen.
Radel drehte die Innenseite seiner Häftlingsjacke nach au-

ßen und machte sich auf den Weg. Als er in der Dunkelheit verschwunden war, erklärte Opa Flasza, dass Radel Tsurinow seiner Meinung nach ein absoluter Hohlkopf sei, der nicht aus der Nervenklinik hätte befreit werden müssen. Dort seien viel patentere Menschen zurückgeblieben … nun, Schwamm drüber. Radel hatte aus purer Dummheit in einem Umerziehungslager von der Wonne der Taufe durch Untertauchen gepredigt. Das Lager hatte sich in einer staubtrockenen Steppe befunden, in der es im Umkreis von zig Kilometern keinen Fluss und keinen See gab. Sechs Wochen lang hatte es dort keinen Tropfen geregnet, aber Radel hatte ständig weiter verkündet: Lasst euch taufen, Genossen, lasst euch untertauchen.

Opa wollte wissen, ob Surunen selbst Baptist sei, da er Radel befreit habe. Als Surunen verneinte, zog Opa weiter über die Baptisten her. Er fand, dass sie alle durch die Bank Idioten waren. Versuchten rund um die Uhr, andere Häftlinge zu bekehren, sie laberten und predigten, sodass ein gewöhnlicher Gauner keinen Augenblick Ruhe vor ihnen hatte. Welchen Sinn machte es, Kriminelle zum christlichen Glauben zu bekehren? Wurde der Himmel dadurch besser, wenn Diebe und andere Missetäter dort hineinströmten?

Nach einer guten Stunde kehrte der Gescholtene keuchend auf die Abrissbaustelle zurück. Er rief leise, und als er die Antwort hörte, tastete er sich heran. Er brachte eine Flasche Rizinusöl und die spannende Geschichte von ihrer Beschaffung mit.

Zunächst war alles gut gelaufen: Radel hatte eine Apotheke mit Nachtdienst gefunden, hatte dort um Rizinusöl gebeten und behauptet, dass er es für die Behandlung eines an Verstopfung leidenden Babys brauche. Diese Ausrede hätte er besser nicht gebrauchen sollen, denn die Mitarbeiterin in der Apotheke war stutzig geworden. Wie konnte ein abgewrackter fünfzigjähriger Kerl, der eine auf links gedrehte Jacke trug, der Vater eines kleinen Babys sein? Ihm war nur die Ausrede geblieben, dass er der Onkel des Babys sei und man ihn losgeschickt habe, weil er gerade Zeit gehabt habe. Es eile, das Baby müsse rasch behandelt werden. Nun hatte die Frau in der Apotheke angefangen zu grübeln, ob Rizinusöl nicht vielleicht doch zu stark für ein so kleines Kind wäre. Sie war bereits drauf und dran gewesen, den Apotheker zu Hause anzurufen und zu fragen, wie sie sich dem Kunden gegenüber verhalten sollte. Daraufhin hatte Radel seine Geschichte dahingehend abgeändert, dass das Rizinusöl für ihn selbst bestimmt sei. Er selbst leide an Verstopfung, nicht das Baby. In seiner Familie gebe es im Grunde genommen gar keine Babys. Das jüngste Familienmitglied sei dreißig Jahre alt.

Die Frau hatte mit dem Rizinusöl in der Hand dagestanden. Sie hatte nicht gewusst, ob sie dem Mann, der zu alledem anscheinend eine gestreifte Hose trug, so wie Kriminelle, die Medizin verkaufen sollte.

In dieser Phase hatte Radel einen Fünf-Ronški-Schein auf den Ladentisch geknallt und der Frau die begehrte Flasche aus der Hand gerissen. Dann war er hinausgestürmt auf die dunkle Straße und vor Schreck kreuz und quer durch die Stadt gerannt, um mögliche Verfolger aus der Apotheke abzuschütteln. Er hatte sich verirrt, aber schließlich wieder auf den richtigen Weg gefunden, und hier war er nun.

Radel schraubte den Verschluss auf und reichte Opa Flasza die Flasche. »Da, trink. Das tut gut«, sagte er ein wenig boshaft. Opa zeigte sich widerspenstig. Er behauptete, dass sein Darm auch ohne Rizinusöl ausgezeichnet funktioniere. Der

Schlüssel würde zu gegebener Zeit auf natürlichem Wege erscheinen, man müsse nur ruhig abwarten.

»Außerdem ist Rizinusöl eine so starke Lösung, dass sie Eisengegenstände zerfrisst. Ich kann das Risiko nicht eingehen«, behauptete er.

Surunen sagte, dass Rizinusöl seines Wissens keine Metalle angreife.

»Nicht an sich, das weiß ich sehr wohl, aber in Verbindung mit der Magensäure bildet Rizinusöl eine chemische Reaktion, ein neues Element, das unter Umständen ein ganzes Schlüsselbund zerfrisst«, wand sich Opa.

Jetzt nahm ihm Radel Tsurinow die Flasche wieder aus der Hand, klappte ihm den Unterkiefer auf und kippte ihm gewaltsam fast die Hälfte des Flascheninhalts in die Kehle. Um nicht zu ersticken, musste Opa die Medizin hinunterschlucken. Nachdem er auf diese Weise verarztet worden war, setzten sich alle auf den Steinhaufen, um abzuwarten.

»Das Leben ist eine endlose Zwangsmedikation«, schimpfte Opa. Er behauptete, dass das Rizinusöl bei ihm nicht die gewünschte Wirkung haben würde. Der Schlüssel würde in seinem Magen schmelzen, das spüre er, aber ansonsten wirke das elende Zeug überhaupt nicht.

Kaum hatte er das gesagt, sprang er auf, zog die Hose herunter und fing an zu stinken. Surunen drehte sich weg. Opa hatte Dünnpfiff, das war zu hören. Er ächzte wütend. Schließlich verkündete er aus der Dunkelheit, dass der Schlüssel aufgetaucht war. Er hatte ihn mit seinem Taschentuch aufgenommen. Opa wischte den Schlüssel ab und schloss die Handschellen auf. Surunen kam endlich los und suchte Abstand zu dem alten stinkenden Taschendieb.

Opa Flasza wusch sich die Hände und spülte sein öliges Hinterteil in den Pfützen der Baustelle ab. Er murmelte mit leiser Stimme wütende Flüche in der Dunkelheit. Zwischendurch war er ganz still. Man hörte, wie es in seinem Bauch rumorte. Das Fluchen und Ächzen hielt eine halbe Stunde an, bis der Magen des Mannes leerer war als die Schnapsflasche eines Alkoholikers. Die drei konnten gehen. Die Freiheit wartete!

26

Bald würde der Morgen grauen. Zuvor musste das Trio ein gutes Versteck finden und von dort aus neue Kleidung für Radel und Opa beschaffen. Auch Essen und Pässe waren nötig.

Surunen fragte, ob einer der beiden Angehörige oder Freunde in Slawogrod habe. Vielleicht könnten sie die Flüchtlinge für einige Zeit bei sich unterbringen?

Radel kannte niemanden in der Hauptstadt, denn er stammte aus einer kleinen Bergwerksstadt in der Provinz. Auch gab es in Slawogrod keine funktionierende Baptistengemeinde, an die er sich hätte wenden können.

Opa Flasza war in Slawogrod geboren, aber all seine Angehörigen waren schon lange tot. Seit dem letzten Krieg hatte er seine Zeit hauptsächlich in Umerziehungslagern oder Gefängnissen verbracht. Dennoch hatte er Bekannte in der Hauptstadt. Die Unterwelt gedeiht überall, und ihre Leute halten zusammen.

»Dumm nur, dass meine Bekannten keine eigene Wohnung haben. Sie leben mehr am Rande ..., die Sache ließe sich regeln, wenn ich einen Kumpel anrufen und von ihm einen Bund Dietriche leihen oder kaufen könnte. Ich könnte dann notfalls die Zentrale der Kommunistischen Partei für uns auffummeln.«

Surunen gab ihm ein wenig Kleingeld zum Telefonieren.

Als er eine Telefonzelle gefunden hatte, tätigte Opa ein paar Anrufe. Beim Verlassen der Telefonzelle wirkte er zufrieden. Die Dietriche waren bestellt.

Eine halbe Stunde später fuhr an der Telefonzelle ein weißer Lada vor, dem ein dunkelhaariger Slawonier in schwarzer Lederjacke entstieg. Er erkannte Opa Flasza sofort und umarmte den alten Halunken freudig. Dann prüften sie im Schein der Straßenlaterne die mitgebrachte Ware.

Der Mann hatte fünf verschiedene Sätze von Dietrichen dabei. Ein Teil davon war für Privatwohnungen bestimmt, ein anderer Teil für öffentliche Gebäude. Ein Bund ermöglichte das Öffnen von Handelseinrichtungen, mit einem anderen gelangte man in alte, vor 1930 errichtete Gebäude, wieder ein anderer war für neuere Gebäude bestimmt. Die teuersten Dietriche dienten zum Aufschließen von Geschäften, die billigsten öffneten alte Arbeiterwohnungen. Opa wählte mit Surunens Erlaubnis die teuersten, ein Bund für hundertfünfzig Ronški mit Dietrichen für die Türen öffentlicher Gebäude sowie eine kleinere Auswahl mit Ersatzschlüsseln für neue Privatwohnungen, alles zum Gesamtpreis von zweihundert Ronški. Eine beträchtliche Summe, aber Surunen beklagte sich nicht. Die Nacht war kurz, und man brauchte die Dietriche unbedingt.

Als der Dietrichverkäufer davongefahren war, erzählte Opa: »Flebka ist ein prima Kerl. Er ist einer der geachtetsten Dietrichspezialisten der Balkanhalbinsel. Ich habe dem Burschen seinerzeit alles selbst beigebracht, das war in einem Umerziehungslager. Ihm hatten sie fünf Jahre aufgebrummt, mir sieben, Zeit genug also. Der Junge weiß das noch genau und hat uns die Dietriche zum Erzeugerpreis verkauft. Normalerweise kostet solch ein Satz tausend Ronški, könnt ihr euch das vorstellen?«

Opa musterte die Dietriche unter der Straßenlampe. Er wirkte zufrieden, es war Qualitätsware.

»Mit diesen Dietrichen kommen wir notfalls in Slawogrods griechisch-katholische Kirche rein. Übrigens könnten wir wirklich dort hingehen. Dort ist es am Montagmorgen garantiert ruhig«, meinte Opa Flasza.

Radel Tsurinow erhob Einspruch. Er fand es unpassend, auf eigene Faust in ein Heiligtum einzudringen. Er erinnerte daran, dass er immerhin Pfarrer war, somit konnte er die Schändung eines Heiligtums, in welcher Form auch immer, nicht billigen.

Surunen fand Opas Idee überlegenswert. In der Sakristei der Kirche gäbe es sicherlich Sanitäranlagen, wo Opa sich nach seinem Durchfall reinigen könnte.

»Wir werden doch nicht etwa in einen Tempel einbrechen, um einem durchfallerkrankten und faschistischen Taschendieb den Arsch zu waschen«, protestierte der selbsternannte Pfarrer.

Der Morgen graute. Mehrere Autos kamen an der Telefonzelle vorbei. Es wurde Zeit, ein Versteck zu finden. In den Hauseingängen und auf den Hinterhöfen der Großstadt würde sich das Trio nicht lange aufhalten können. Außerdem zeigte sich bei Opa Flasza ein ständiger Drang nach dem Besuch von Sanitäranlagen.

»Und wenn ich irgendein Restaurant aufschließe? Es wäre prima, ein Frühstück zu kriegen«, schlug Opa vor.

Die Idee hatte viel für sich. Allerdings lohnte es nicht die Mühe, in eine gewöhnliche Gaststätte einzudringen, der Besuch wäre wegen der Mittagsgäste von kurzer Dauer, aber gab es in der Stadt vielleicht Nachtklubs, die ihre Türen tagsüber und speziell am Montag geschlossen hielten?

»Aber ja, hier gibt es ein landesweit bekanntes Kabarett, lasst uns dahin gehen«, rief Opa Flasza begeistert. »›Slawoniens Nächte‹, das wildeste und teuerste Lokal auf dem Balkan!«
Zum Glück lag »Slawoniens Nächte« nur einen halben Kilometer entfernt, sodass sie das Ziel erreichten, ehe die Stadt erwachte. Opa Flasza öffnete mit dem Dietrich mühelos den Haupteingang des berühmten Nachtlokals, und die Männer schlüpften unauffällig ins Haus. Drinnen im Flur äußerte sich Surunen leicht verwundert über Opas Methode, den Haupteingang zu benutzen. Es hätte weniger Aufmerksamkeit erregt, wenn sie durch die Hintertür hineingegangen wären.
»Anfänger benutzen die Hintertüren. Ein richtiger Profi kommt durch die Paradetür herein, wann immer es geht. Die Hintertüren haben nämlich stets stabilere Schlösser wegen der Einbruchsgefahr, weil die Leute immer denken, dass die Diebe dort eindringen. Die Schlösser an den Haupteingängen sind dagegen schwächer, sie dienen mehr dem äußeren Schein als dem Schutz vor Dieben. Manchmal werden die Paradetüren überhaupt nicht abgeschlossen, weil die Leute glauben, dass unsereiner es dort sowieso nicht versucht. Ein Russe hat mir mal im Gefängnis erzählt, dass der Haupteingang des Kreml nie abgeschlossen wird. Diese Tür ist den Russen so heilig, dass es ihnen niemals einfallen würde, dort eigenmächtig einzudringen. An der Paradetür des Kreml gibt es angeblich überhaupt kein Schloss. Der russische Kumpel behauptete, dass Stalins Geist in den 1960er Jahren mal dort gewesen ist und die Tür abgeschlossen hat, aber weil Stalin Linkshänder war oder jedenfalls rechts und links nicht richtig unterscheiden konnte, hat er in Wirklichkeit die Tür aufgeschlossen. Der

Geist hat den Schlüssel dann mitgenommen und auf dem Roten Platz gerufen, dass jetzt das Haus zu sei und die Gauner seinen Ruf nicht länger beschädigen könnten. Damit meinte er Nikita und Leonid.«

Während dieses Gesprächs waren die drei aus der Eingangshalle in den großen Restaurantsaal geschlichen, in dem etwa fünfhundert Gäste Platz fanden. Der Saal war in seiner Form abgerundet, in der Mitte befand sich die Tanzfläche aus Bronzeblech, an einem Ende eine kleine Bühne und gegenüber das Podium für das Orchester. Zwischen Bühne und Podium führte ein Gang zur Küche und zu den Künstlergarderoben. Der Raum war so hoch, dass man in den geschwungenen Wänden Balkone für das bessere Publikum hatte einbauen können. Die Decke wurde von mehreren dicken Säulen getragen, die mit spiralförmigen Ornamenten im Barockstil verziert waren. Die Ausstattung war für Revuetheater typisch: Goldpapier, farbige Lichter und Glitzerkram waren überall großzügig verteilt.

Im Saal hing ein schwacher Geruch, der an den vergangenen Abend erinnerte und der für sämtliche Nachtklubs der Welt typisch war. Zigarettenrauch, Schweiß, abgestandenes Parfüm, die Aromen delikater Soßen, das stinkende Ammoniak der Toiletten und das Lysol, das die Putzfrau in der Nacht benutzt hatte, waren die Bestandteile.

»Verflixt, wie gut, dass wir hergekommen sind«, rief Opa Flasza glücklich. »Das hier ist viel besser als eine Kirche«, fügte er hinzu.

Opa lief überall herum, lugte in die einzelnen Räume, machte eine Stippvisite in der Küche. Er sah sich gründlich in den Personalräumen, den Garderoben und bei den Bühnenrequisiten um und verkündete schließlich, dass er, weil im ganzen Haus niemand anwesend war, das Boudoir der Primadonna mit Beschlag belegen würde. Er hatte entdeckt, dass ein Badezimmer dazugehörte, mit einem nach Lavendel duftenden Bidet, eine Seltenheit in Kytislawonien. Opa erklärte, dass gerade er mehr als jeder andere jetzt eine gründliche Bidetspülung brauchte, sogar dringend, denn die entleerende Wirkung des Rizinusöls hatte noch nicht völlig nachgelassen.

Baptistenpfarrer Radel Tsurinow begnügte sich damit, die Dusche des Servierpersonals zu benutzen.

Während die beiden sich um ihre Hygiene kümmerten, wählte Surunen aus dem Kostümbestand geeignete Kleidungsstücke für sie aus. Von den Smokings der Kellner bis hin zur roten Livree eines Tambourmajors stand eine breite Palette zur Verfügung. Aus der Menge der Kleidung ließ sich schließen, dass im Kabarett mindestens hundert Personen arbeiteten. Allein von den hohen Mützen der Köche lagen mehr als zehn Stück im Regal. Sie brachten Surunen auf den Gedanken, sich in der Küche umzusehen. Das lange Wachen zeigte seine kräftezehrende Wirkung, und nach der spannenden Nacht wäre auch ein kleiner Schnaps nicht übel.

Die Küche wirkte modern und funktionsfähig. Im Kühlraum hingen ganze geschlachtete Ochsen von der Decke. In den Gefriertruhen lagerten zwischen Gänsen und Enten Hunderte gerupfter Tauben. Die Kühlfächer waren voll mit Schinken, verschiedenen Würsten, gekochtem Fisch und vielen Behältern mit aromatischen Soßen und Mayonnaise. Ein Bord war ganz und gar gefüllt mit Wachteleiern in Plastikverpackungen. Surunen stand eben im Begriff, sich einiges von den Delikatessen einzuverleiben, als die beiden pieksauberen Ex-Häftlinge erschienen. Baptistenpfarrer Radel Tsurinow trug einen tadellos sitzenden Smoking. Er war in jeder Hinsicht eine gepflegte Erscheinung, war rasiert und duftete nach Rasierwasser. Er sah aus, als wollte er an einem kleinen kaiserlichen Abendempfang teilnehmen. Unvorstellbar, dass dieser selbe Kerl noch vor ein paar Stunden in der Nervenklinik, Abteilung für Falschdenkende, vor sich hin geschmort hatte.

Opa Flasza wiederum hatte sich, seinem Wesen entsprechend, in die imposante Livree eines Tambourmajors gehüllt. An den Füßen trug er glänzende Reiterstiefel und auf dem Kopf eine prachtvolle Kosakenmütze aus Bärenfell. Er trug seine schmucke Kluft stolz wie ein geborener Fürst.

Opa und Radel brachten allerlei Esswaren aus der Küche in den Saal. Dort räumten sie die Stühle von einem der Tische und breiteten ein weißes Tuch darüber, anschließend deckten sie den Tisch für drei Personen. Surunen brachte zwei Flaschen roten russischen Sekt. Er erinnerte sich, dass der von ausgezeichneter Qualität war, er hatte ihn zuletzt in Moskau zusammen mit Sergei Lebkov und dessen zänkischer Frau Mavra getrunken.

Die drei stießen mit Sekt an, dann machten sie sich über die Delikatessen her. Zu diesem Zeitpunkt wurde Radel Tsurinow plötzlich gewahr, dass niemand daran gedacht hatte, ein Tischgebet zu sprechen. Er faltete die Hände, schluckte das Essen hinunter, das er im Mund hatte, und bat in der andachtsvollen Art der Baptisten um Glück und Erfolg für die Speisenden, sowohl auf dieser Welt als auch und im Besonderen in ihrem künftigen Leben im Himmel. Nach dem Amen stießen sie noch einmal an. Nun konnten sie gleichsam mit dem Segen von offizieller Seite die Mahlzeit fortsetzen.

Als sie in aller Ruhe gespeist hatten, wischten sie sich die fettigen Münder mit handgestickten Stoffservietten ab und rülpsten zufrieden. Opa trug die Essensreste und das Geschirr in die Küche, Radel kochte starken Kaffee und Surunen stellte drei bauchige Gläser und eine Flasche guten französischen Kognak auf den Tisch.

»Es tut wahrhaftig gut, ein wenig türkischen Kaffee und darauf einen Schuss Kognak zu trinken«, meinte Opa Flasza. »Wenn es im Himmel so üppig zugeht, wäre es nicht ausgeschlossen, dass auch ich mich zu deinem Glauben bekehre«, sagte er, an Pfarrer Radel Tsurinow gewandt.

»Im Himmel gibt es keinen Kognak, und ich glaube außerdem nicht, dass man dich dort jemals antreffen wird«, knurrte Radel Tsurinow.

Jetzt verriet Surunen, dass er zwei finnische Pässe besaß, beides gültige Dokumente, auf seinen Namen ausgestellt. Den einen benötigte er selbst, der andere ließe sich vielleicht für Radel fälschen. Aber woher bekamen sie einen Pass für Opa Flasza, mit dem dieser das Land verlassen könnte? Surunen berichtete den beiden, dass er geplant habe, in Sergowo in den Zug einzusteigen und nach Österreich zu fahren. Die Reise sei gefährlich, aber mit gefälschten Pässen, so glaubte er, würde sie gelingen. Nach dem Grenzübertritt würden sie bis Wien fahren, wo Radel und Opa um politisches Asyl bitten könnten. Das würde man beiden gewähren, wie er vermutete. Und er ergänzte, dass er noch so viel Geld besaß, dass beide Flüchtlinge von Wien aus zusammen mit ihm nach Helsinki fliegen könnten. Von Finnland aus hätten sie die Möglichkeit, nach Schweden, Norwegen oder Dänemark zu gehen, alles Länder, die politische Flüchtlinge bereitwilliger aufnahmen als Finnland.

»Prima Idee, aber ich gehe nicht nach Österreich und auch

nicht nach Finnland. Ich bin ein patriotischer Gauner, ich werde mein Heimatland nie verlassen«, verkündete Opa Flasza fast feierlich. »Aber die Passfälschung kann ich ganz leicht organisieren, du musst mir bloß Ronškis geben, Surunen. Dann werde ich wenigstens endlich den selbsternannten Pastor los.«

Surunen holte seine beiden Pässe hervor. Opa Flasza sah sie sich an und wählte für die Fälschung jenen aus, der keine Stempel des Staates Kalmanien enthielt. Dann entfernte er sich, um vom Büro des Nachtklubs aus zu telefonieren. Nach einer Weile kam er zurück und erklärte, dass für das Fälschen mitteleuropäischer Pässe eigentlich nur zweihundertfünfzig Ronški bezahlt werden mussten, aber die verflixten Finnen druckten ihre Pässe neuerdings auf Papier, das sich so schwer behandeln ließ, dass man für diese Fälschungen mindestens vierhundert Ronški blechen musste, zuzüglich den Preis für die Passfotos.

Surunen gab ihm vierhundertfünfzig Ronški, und Opa Flasza sagte:

»Ich kann meinetwegen gleich losgehen und diesen Pass bearbeiten lassen. Komm mit, Pastor, sie brauchen dort ja deine Passfotos.«

Surunen mahnte ihn, seine schmucke Tambourmajorsuniform gegen weniger auffällige Kleidung zu tauschen. Jetzt war der Tag bereits so weit fortgeschritten, dass es Aufsehen erregen würde, wenn durchs Gewühl auf der Hauptstraße ein Pfau im Purpurmantel und mit einer Kosakenmütze auf dem Kopf stiefelte. Könnte sich Opa nicht etwas Bescheideneres anziehen, vielleicht einfach ein Jackett, und sich dazu einen grauen Filzhut aufsetzen?

Opa Flasza war jedoch nicht bereit, auf seine prächtige Uniform zu verzichten, nicht mal auf die feierliche Kosakenmütze, sondern er trat stolz in seiner ganzen Pracht durch die Paradetür des Restaurants auf die Straße, in seinem Schlepptau den Baptistenpfarrer Radel Tsurinow im Smoking. Der unbedarfte Mann auf der Straße, der die Hintergründe nicht kannte, dachte sicherlich, dass da ein hochgeachteter Kosakengeneral zusammen mit einem steinreichen Lebemann unterwegs war und keineswegs zwei leidgeprüfte eingefleischte Falschdenkende, die Geschmack an der Freiheit gefunden hatten.

27

Surunen blieb in dem stillen Nachtklub allein zurück. Er überzeugte sich, dass sämtliche Türen, die ins Haus führten, verschlossen waren. Dann goss er sich ein Glas Kognak ein, genoss es langsam, ohne groß zu denken, und als das Glas leer war, ging er ins Boudoir der Primadonna, um sich hinzulegen. Er hoffte, in Ruhe schlafen zu können. Für den Fall, dass jemand vom Personal des Revuetheaters plötzlich auftauchen sollte, plante er seinen Fluchtweg durch die Brandschutztüren. Die durchwachte Nacht, die üppige Mahlzeit und die zahlreichen Getränke hatten ihn so erschöpft, dass er auf dem weichen Sofa der Primadonna sofort einschlief.

Surunen schlief mehrere Stunden, hätte auch noch länger geschlafen, aber ihn weckte das Telefon. Das Klingeln kam aus dem Büro hinter der Wand. Surunen stand erfrischt auf und rannte nach nebenan. Er überlegte, ob es klüger wäre, nicht ranzugehen, oder ob er den Hörer abheben sollte. Gut möglich, dass Opa Flasza und Radel ihn zu erreichen versuchten, aber noch wahrscheinlicher war, dass der Anrufer ein Anliegen ans Büro hatte.

Surunen riskierte es.

»Hier ›Slawogrods Nächte‹.«

Es ging nur um eine Tischreservierung. Eine Frauenstimme erkundigte sich, welches Programm derzeit im Haus lief

und ob es möglich war, für Dienstagabend einen Tisch zu reservieren.
Surunen überlegte kurz und teilte der Frau dann mit, dass momentan eine berühmte russische Folkloregruppe auftrat, die direkt von den Ufern des Dons stammte. Die Frau bat ihn, für sie und ihre Begleitung für Dienstag einen Tisch für sechs Personen an einem möglichst günstigen Standort zu reservieren. Surunen versprach, sich darum zu kümmern.
Nach dem Gespräch suchte er im Büro nach einem Tischaufsteller für die Platzreservierung, notierte darauf den Namen der Anruferin und brachte ihn, wie versprochen, ins Restaurant. Er stellte ihn auf einen Tisch in der Nähe des Orchesterpodiums, der beste Platz, wie er meinte, um die Tanzdarbietungen zu verfolgen.
Als er die Tischreservierung erledigt hatte, ging er wieder ins Büro und wählte Anneli Immonens Nummer in Helsinki. Er sagte sich, dass es wohl keine große Gefahr bedeutete, wenn er von hier aus seine Freundin anrief, wer würde schon die morgendlichen Telefongespräche abhören, die aus Nachtklubs geführt wurden.
»Viljo, herrlich! Von wo rufst du an?«
Er sagte ihr, dass er aus ›Slawogrods Nächten‹, dem heißesten Kabarett des Balkans, anrief. Sie konnten in Ruhe reden.
»Aus einem Kabarett? Was tust du dort mitten am Tag? Hast du getrunken?«
Surunen erklärte, dass er sich in ganz ehrenhaften Angelegenheiten dort aufhalte. Getrunken habe er nur ein wenig roten Sekt zum Frühstück. Er sei gemeinsam mit zwei Freunden in den frühen Morgenstunden mittels eines Dietrichs in den Nachtklub gelangt. In der vergangenen

Nacht habe er zwei Falschdenkende aus der örtlichen Nervenklinik befreit, der eine sei ein durchgeknallter Baptistenpfarrer und der andere ein faschistischer Taschendieb ...

»Worauf hast du dich bloß eingelassen?«, rief Anneli Immonen verzweifelt.

Surunen wiederholte seine Erzählung. Er erklärte die Hintergründe und Details des Geschehenen. Am Ende begriff Anneli, dass die Aktion sehr zweckmäßig, wenn auch irrsinnig gewesen war.

»Oh wie furchtbar, lieber Viljo.«

Während sie noch sprachen, hörte Surunen Stimmen aus dem Saal. Er beendete das Gespräch und schlich zur Tür. Opa Flasza und Radel Tsurinow waren zurückgekehrt. Surunen fragte, ob mit dem Pass alles geklappt habe.

Opa erklärte fröhlich, dass Radel am Ende seinen Pass bekommen habe. Schwierigkeiten hatte es freilich gegeben. Zunächst einmal waren in den Straßen Militärfahrzeuge unterwegs gewesen, und die Papiere der Leute wurden kontrolliert. In der Stadt ging das Gerücht um, dass zwei wahnsinnige Verbrecher aus der Nervenklinik geflohen waren. Sie waren gefährlich und sie sollten sofort festgenommen werden, wenn sie gesichtet wurden. Opa Flasza und Radel Tsurinow waren jedoch ins Passbüro der Unterwelt am Stadtrand gelangt, ohne den Straßenpatrouillen in die Fänge zu geraten.

»Alles wäre schnell und problemlos verlaufen, aber dann kamen wir darauf, dass wir ja für diesen Pastor einen finnischen Namen erfinden mussten, weil auch der Pass finnisch war. Wir haben nicht gewagt, dich anzurufen und zu fragen, welchen Namen wir verwenden könnten. Wir dachten uns, dass du sowieso nicht ans Telefon gehst.«

»Ich hätte es aber getan«, sagte Surunen.

Radel erzählte, dass er keinen einzigen finnisch klingenden Namen kenne. Er habe nie ein finnisches Buch gelesen und wisse auch sonst nichts über das Land.
Opa Flaszas Finnland-Kenntnisse waren besser. Er hatte einen in den 1930er Jahren ins Slawonische übersetzten finnischen Roman gelesen, der von sieben dummen Burschen vom Lande handelte, aber er wusste nicht mehr, wie der Schriftsteller hieß, der das Machwerk zusammengesponnen hatte. Das Buch war immerhin so ansprechend gewesen, dass Opa sich noch an einige Namen der Hauptpersonen erinnerte, wie zum Beispiel Aapo, Juhani und Tuomas. Zu Radels Vornamen waren Tuomas Juhani bestimmt worden, aber der Nachname hatte einige Mühe gekostet.
Opa Flasza hatte sein Gedächtnis angestrengt, und schließlich waren ihm drei Personen aus Finnland eingefallen, nämlich Präsident Kekkonen, Marschall Mannerheim und Minister Otto Ville Kuusinen. Radel den Nachnamen Kekkonen zu geben, hatten sie nicht gewagt, weil der Mann überall auf dem Balkan bekannt war. Selbst der Fälscher kannte Kekkonen vom Namen her, obwohl er sich nie näher mit Finnland befasst hatte. An Otto Ville Kuusinen erinnerte sich Opa Flasza, weil er an der Kremlmauer begraben worden war, und aus diesem Grund fand er auch den Namen nicht akzeptabel. Übrig blieb nur noch Mannerheim, und der musste herhalten, denn die Sache eilte, der Pass musste fertig werden. So wurde Baptistenpfarrer Radel Tsurinow zu Tuomas Juhani Mannerheim, geboren in Helsinki, finnischer Staatsbürger. Der Fälscher stempelte den Pass ab und nahm darin sämtliche erforderlichen amtlichen Einträge vor. Mannerheims Pass wirkte wie ein Dokument, dem man vertrauen konnte.

Ein Haus verlässt man nicht wie eine Hütte. Opa Flasza machte in der Küche Reiseproviant fertig, herrliche Gänseleberbrote, die er mit schwarzem Kaviar verzierte. Im Büro fanden sie einen Aktenkoffer, da hinein packten sie einige Flaschen mit teurem Alkohol. Und vor dem endgültigen Aufbruch stibitzte Opa in der Küche noch einen silbernen Sektflaschenöffner, der, nach der Gravur zu urteilen, aus dem kytislawonischen Kaiserreich stammte, vom Ende des achtzehnten Jahrhunderts. Opa begründete seinen Diebstahl damit, dass er immerhin ein professioneller Dieb war und dass es schade gewesen wäre, die Gelegenheit nicht zu nutzen. Seiner Meinung nach berechtigten ihn die Jahrzehnte in Kytislawoniens geschlossenen Anstalten, sich kleine berufliche Freiheiten herauszunehmen.

Baptistenpfarrer Radel Tsurinow, jetzt T.J. Mannerheim, hingegen kniete im Saal nieder, faltete die Hände und hob den Blick andächtig zur Decke des Nachtklubs. Er bat seinen Gott um Gnade und um Glück für die bevorstehende Flucht. Als das erledigt war, rief Opa Flasza telefonisch ein Taxi zum Haupteingang des Lokals. Sie fuhren zum Hauptbahnhof, wo Surunen seinen Koffer abholte. Dann bat er den Fahrer, ins Städtchen Sergowo und dort zum einzigen Gasthof des Ortes zu fahren. Er bezahlte die Tour auf Bitten des Fahrers im Voraus.

»Nichts für ungut, Sie sehen aus wie Gentlemen, aber bis nach Sergowo ist es immerhin eine Stunde Fahrt«, begründete er die Vorauskasse.

»Gentlemen, das sind wir«, bestätigte Opa Flasza.

Unterwegs gab es eine Straßensperre, an der das Taxi angehalten wurde. Zwei Milizionäre lugten herein, aber als sie Radel im Smoking und Opa Flasza in seiner Tambourmajorsuniform sahen, begnügten sie sich damit, nur einen

Blick in Surunens Pass zu werfen. Sie waren sehr höflich, bedauerten die Verzögerung, deren Ursache die Suche nach zwei gefährlichen Irren war. Dann wünschten sie der Gesellschaft eine gute Weiterfahrt.

»Verrückte sind schrecklich«, äußerte Opa Flasza. Das fanden die Milizionäre auch.

Nach einer Stunde langten die Männer bei dem Gasthof an, den Surunen bereits kannte. Das Wiedersehen mit dem Wirt war fröhlich. Er wies seine Frau an, den Gästen ein Abendessen zu bereiten. Dann fing er an, Surunen die weiße Schürze seiner Frau anzupreisen, die nach Balkanart schön bestickt war.

»Sie sammeln doch weiße Kittel, und hier hätten Sie jetzt ein ausgezeichnetes Exemplar für Ihre Sammlung. Was sagst du, liebe Frau, wenn ich diesem Herrn die Schürze verkaufe? Als Preis könnten wir uns auf zwanzig Ronškis einigen, oder?«

»Du gehst sogar so weit, mir die Kleider vom Leib zu verkaufen«, murrte sie.

»Denk doch mal nach, meine Gute ..., der ausländische Herr braucht weiße Kittel für seine Sammlung. Bei dir liegen die Dinger doch noch haufenweise rum.«

»Wenn er fünfundzwanzig Ronški zahlt, kann er sie haben. Aber wundern muss ich mich schon ..., da wird sogar die Schürze der eigenen Frau verkauft ...«

Surunen gab ihr die Ronškis, und sie legte widerwillig ihre Schürze ab. Surunen steckte die Schürze in seinen Koffer. Er sagte sich, dass er sie vielleicht zu Hause Anneli als Mitbringsel präsentieren könnte.

Nach dem Essen schickte Surunen Pfarrer Radel Mannerheim zum Bahnhof, er sollte sich eine Bahnfahrkarte nach Wien kaufen. Surunen selbst besaß bereits ein Ticket.

Eine halbe Stunde später kam Radel mit seiner Fahrkarte zurück. Er erzählte, dass noch am selben Abend ein Schnellzug von Slawogrod nach Wien fahren würde, in Sergowo würde er um elf Uhr ankommen. Surunen gab Opa Flasza hundert Ronški Bargeld. Reichte das dem alten Mann als Starthilfe? Gewiss, das war reichlich Anfangskapital für einen erfahrenen Taschendieb. Außerdem besaß Opa ja die teuren Dietrichkollektionen. Der Gastwirt hatte zudem vorgeschlagen, dass Opa Flasza eine Weile in Sergowo bliebe. Er fände es schön, mal einen richtigen Tambourmajor an seiner Tür zu postieren. Dann würden die städtischen Saufbolde erkennen, dass sein Gasthof keine x-beliebige Kaschemme war, in die sie Abend für Abend in ihren schmutzigen Stiefeln hereintrampeln konnten, um den Rotwein des Hauses zu saufen und Mist zu quatschen. Wenn in der Tür ein Portier im roten, betressten Mantel stünde, würde das den Status des Lokals ungemein heben. Könnte sich der Herr Tambourmajor das Angebot nicht wirklich überlegen? Die Arbeit wäre leicht, das Haus würde vollen Unterhalt, ein gutes Zimmer und schmackhafte Mahlzeiten bieten, und der Lohn würde fünf Ronškis pro Tag betragen.

»Wenn Sie einen Wochenlohn im Voraus bezahlen, geht es in Ordnung«, willigte Opa Flasza ein. Der Wirt bat seine Frau, dem neuen Portier seinen ersten Wochenlohn zu bezahlen. Sie ging wütend in ihre Kammer. Gerade erst hatte sie fünfundzwanzig Ronški für ihre Schürze bekommen, und jetzt schmiss ihr Mann das Geld gleich wieder zum Fenster raus. Ihrer Meinung nach brauchten sie im Gasthof keinen herrschaftlichen Schnickschnack, die Zeiten waren so schon schwer genug. Touristen waren fast gar nicht mehr gekommen, nachdem in der Ukraine ein Atomkraftwerk explodiert war.

Die Frau gab Opa seinen Lohn, schärfte ihm aber ein, dass die Arbeit ordentlich erledigt werden müsse. Sie ertrage keine Säufer und keine Faulpelze. Wenn ihm nach der ersten Woche die Arbeit als Portier nicht mehr schmecke, mochte er ihrethalben gehen.

»Die Frauen von Sergowo sind manchmal allzu misstrauisch«, erklärte der Wirt. »Aber wenn ihr euch erst mal gegenseitig kennenlernt, werdet ihr sehen, dass alles ganz normal läuft.«

Opa Flasza war derselben Meinung. Er sagte, dass er stets gut mit den Menschen ausgekommen war, Frauen inbegriffen.

Rechtzeitig vor elf Uhr abends stiegen alle in das Auto des Wirtes und fuhren zum Bahnhof. Opa Flasza nahm Surunen beiseite und sagte:

»Achte ein bisschen auf den Mannerheim. Der kriegt es fertig und fängt mitten in der Passkontrolle an zu beten. Pass auf, dass man dich nicht wegen dieses Idioten festnimmt.«

Surunen versprach, auf der Hut zu sein. Dann bat er Opa Flasza, untadelig zu leben, wenn möglich. In dieser Welt empfahl es sich nicht, seine Zukunft auf Kriminalität aufzubauen.

»Das stimmt schon irgendwie«, bestätigte Opa Flasza. »Aber du forderst mich doch trotzdem nicht ernsthaft auf, anständig zu leben?«

»Nun, nicht ernsthaft, aber du solltest diese Möglichkeit wenigstens mal in Erwägung ziehen. Du bist ein kluger Mann.«

Denken kann man immer, bestätigte Opa. Die Erwägung, sein Leben zu ändern, verpflichtete den Menschen noch zu nichts, und das war eine gute Sache.

Der Nachtschnellzug nach Wien brauste in den Bahnhof Sergowo. Surunen und Mannerheim verabschiedeten sich von ihren Begleitern. Opa Flasza brachte die Koffer in den Waggon, dann kehrte er wieder auf den Bahnsteig zurück. Als der Zug anfuhr, machte Opa Flasza für seine Freunde die Ehrenbezeigung. Mit der Hand an der Kosakenmütze wirkte er wacker und zuverlässig wie ein Landesvater, der für sein Reich Verantwortung trug. Auf seinem gefurchten Gesicht blitzte ein schalkhaftes Lächeln auf. Im Licht des Bahnsteigs konnte man jedoch sehen, dass in seinen leidgeprüften Augen Tränen schimmerten. Bald verschwamm seine Gestalt im Dunkel des entschwindenden Sergowo.

Im Waggon der ersten Klasse herrschte schläfrige Stimmung. Nur einige wenige Reisende saßen in den Abteilen und dösten in ihren gepolsterten Sitzen vor sich hin. Der Waggon war im alten Salonstil ausgestattet. In den Gängen hing ein kräftiger Lysol-Geruch. Surunen und Baptistenpfarrer Mannerheim bezogen ein Abteil, in dem nur ein einziger Passagier saß. Es war ein Mann in mittleren Jahren, der sich hinter seinem Popelinemantel, der am Haken hing, zurückgezogen hatte und schlief. Die Strecke bis zur Grenze betrug mehrere hundert Kilometer, man würde in den frühen Morgenstunden dort eintreffen, und in Wien dann am Vormittag. Surunen packte Gänseleberbrote und eine Flasche Rotwein aus. Er hatte bereits ein wenig Hunger, aber Radel meinte, dass er nichts essen könne. Er hatte Angst.

Gegen Mitternacht erwachte der Mann hinter dem Popelinemantel, sah auf die Uhr und stand auf. Er fragte, ob der Zug bereits durch Riskigrod gekommen war. Dorthin wollte er nämlich, er war von Beruf Anwalt. In der Stadt lief ein Prozess, in dem die örtlichen Turmdrehkranführer vom Staat Schadensersatz für die Witwe eines Kollegen forderten, der bei einem Unfall zu Tode gekommen war. Die Sache war nicht ganz einfach, denn der Verunglückte war volltrunken gewesen, eben deshalb war der Kran umgekippt, und der Mann war natürlich sofort tot gewesen. Solche Kräne waren manchmal bis zu siebzig Meter hoch. Der Anwalt war der Meinung, dass die Witwe eine Rente bekommen musste, das war nur recht und billig, aber die Trunkenheit des Mannes musste sich natürlich bei der Höhe der Rente bemerkbar machen. Wo würde es hinführen, wenn den Witwen von Saufbolden die volle Rente bezahlt würde, da wäre die Staatskasse bald leer. Der Anwalt vertrat beim bevorstehenden Prozess den kytislawonischen Staat. Er war sich sicher, dass sein Mandant, der Staat also, den Prozess gegen die Kollegen und die Witwe des verstorbenen Säufers gewinnen würde. Eine traurige Sache, aber wieso musste der Kerl auch da oben im Kran saufen?

Surunen packte weitere Brote und Rotwein aus und bot dem Reisegefährten ein kleines Nachtmahl an. Gern griff der Anwalt bei den leckeren Broten zu. Er sagte, dass er noch nie Gänseleber gegessen hätte, und auch Kaviar hätte er zuletzt vor mindestens fünf Jahren genossen.

Radel hatte immer noch keinen Appetit. Er saß schweigend da, das Gesicht angespannt, seine Stirn glänzte von Schweiß. Seine Hände waren gefaltet. Radel presste sie fest zusammen, so als könnte er dadurch seine Anspannung verringern.

»Mein Freund hat Bauchschmerzen und Fieber«, erklärte Surunen Radels Verhalten.

An einem kleinen Bahnhof stiegen fünf Milizionäre ein und begannen, den Zug und die Reisenden zu kontrollieren. Die Leute wurden geweckt, sie mussten ihre Papiere vorzeigen. Der Schaffner kam in den Waggon erster Klasse, um die Razzia anzukündigen. Das Gerücht machte die Runde, dass derzeit sämtliche internationale Züge kontrolliert wurden. Dem Vernehmen nach waren aus der Slaworoder Nervenklinik zwei politische Schwachköpfe geflohen, die möglicherweise versuchten, über die Grenze in den Westen zu gelangen. Verrückte waren unberechenbar, die Herren sollten also auf der Hut sein.

»Warum lässt man diese Hohlköpfe nicht über die Grenze? Sollen sie doch hin in ihr Traumland, dann fallen sie uns nicht länger zur Last, müssen nicht auf Kosten des Staates ernährt und gekleidet werden«, knurrte der Schaffner.

Surunen bot auch ihm ein Gänseleberbrot und einen Schluck Rotwein an. Der Schaffner setzte sich für den Augenblick mit ins Abteil, um das Brot und den Wein zu genießen. Genau in diesem Moment traten zwei ungerührt dreinblickende Milizionäre ein, ein älterer Offizier im Rang eines Hauptmanns und ein Jungmilizionär mit Maschinenpistole.

»Die Personaldokumente, meine Herren«, kommandierte der Hauptmann.

Radel wurde noch steifer. Der Schaffner und der Anwalt klärten die Situation jedoch im Handumdrehen. Surunens und T. J. Mannerheims Pässe interessierten kaum. Der Hauptmann sagte zu seinem jungen Kollegen, er möge schon mal weitermachen mit der Kontrolle, er selbst, der Hauptmann, wolle sich für einen Augenblick setzen. Surunen packte eine neue Flasche Rotwein aus und lud den Hauptmann ein, sich eines der Brote zu nehmen und es mit Wein hinunterzuspülen.

»Gänseleber habe ich schon seit fünf Jahren nicht mehr ge-

gessen, und Kaviar zuletzt an Neujahr. Vielen Dank also. Es schlaucht mächtig, dauernd durch Züge zu hetzen.«
Man plauderte über Paavo Nurmi und Kekkonen, und dann erreichte der Zug auch schon Riskigrod. Der Hauptmann und der Anwalt verließen das Abteil. Radels Anspannung löste sich, als der Zug wieder anfuhr. Er fiel im Abteil auf die Knie und dankte dem Herrn für seine Rettung. Dann bat er Surunen um ein Gänseleberbrot, denn nun hatte auch er Hunger. Die Brote waren jedoch verzehrt. Rotwein war noch vorhanden. Radel trank in einem Zug ein Drittel der Flasche. Dann schlief er auf seinem Sitz ein. Auch Surunen streckte die Beine aus und versuchte zu schlafen. Nach der Gänseleber und dem Kaviar hatte er jedoch Sodbrennen und war immer noch wach, als der Zug an der Grenzstation zwischen Kytislawonien und Österreich ankam.
Surunen füllte für sich und Mannerheim Transitvisa aus. Sein Koffer wurde nicht geöffnet. Die Zollformalitäten waren locker, der Zug stand nur eine Stunde an der Grenze. Die Spannung legte sich, sowie der Zug wieder anfuhr, und wich einem tiefen, ruhigen Schlaf. Surunen, der Befreier, schlief ganz fest, bis der Zug im östlichen Bahnhof von Wien eintraf.
»Jetzt fliege ich zu Anneli«, war Surunens erster Gedanke, als er erwachte.
»Nimmst du mich mit?«, bat Baptistenpfarrer Mannerheim.

Schlusswort

Finnland

Wenn alles gut ist, dann ist das Ende nah.
(Allgemeine Volksweisheit)

28

Die Wiener Baptistengemeinde nahm T. J. Mannerheim sofort unter ihre Fittiche. Mit Surunens Hilfe wurde ihm in Rekordzeit, innerhalb von drei Tagen, politisches Asyl gewährt. Er bekam einen Pass unter dem Namen Baptistenpfarrer Radel Mannerheim. Dies war der eigene fromme Wunsch des Flüchtlings, und den wusste man in Waldheims Land zu würdigen. Österreich ist bekannt für seine menschenfreundliche Vergangenheit. Nach diesen Formalitäten flog Surunen mit Mannerheim nach Helsinki.

Auf dem Flughafen Seutula in Vantaa bereitete ihm Musiklehrerin Immonen einen glühend heißen Empfang. Im Taxi gestand sie ihm, dass sie nicht geglaubt habe, dass er jemals nach Finnland zurückkehren würde, jedenfalls nicht lebend. Sie verriet ihm, dass sie wochenlang Schlaftabletten genommen und gegen ihren Kummer kistenweise Rotwein getrunken habe. Jetzt würde damit Schluss sein.

»Diese Zeit war für mich ein einziger anhaltender Schlaf und Rausch«, klagte sie und schmiegte sich auf der Rückbank des Taxis an das Objekt ihrer Sehnsucht.

»Liebste, du warst allzu tapfer um meinetwillen«, stammelte Surunen.

Baptistenpfarrer Mannerheim erkundigte sich vom Beifahrersitz aus, was das Wort ›tapfer‹ bedeute. Könnte er ihm das ins Slawonische übersetzen? Bedeutete es Verliebtsein?

Surunen sagte ihm, dass er, wenn er erst einmal genügend Finnisch gelernt hätte, selbst herausfinden würde, was ›Tapferkeit‹ in dieser Ecke der Welt bedeute.
Radel wurde in der Wohnung der Musiklehrerin untergebracht. Sie selbst zog zu Surunen. So verbrachten sie den Rest des Sommers. Das Leben fand in neue, normale Bahnen.
Pfarrer Radel Mannerheim lernte eifrig Finnisch und fand mühelos Zugang zum kleinen Kreis der finnischen Baptisten. Ende August gelang es ihm, ein paar Wiesen und eine schilfbewachsene Bucht vom berühmten Gutshaus Louhisaari zu pachten. Dort errichtete er ein großes Erweckungszelt und lud für die letzten Herbsttage alle finnischen Baptisten ein, zusammenzukommen und Gottes Wort sowie Berichte über Radel Mannerheims denkwürdiges Leiden in fernen östlichen Ländern zu hören. Die finnische Presse berichtete in Wort und Bild, wie zweihundert Leute an Louhisaaris historischen Ufern gemeinsam die Taufe durch Untertauchen erlebten. Radel Mannerheim wurde im Rahmen dieser Veranstaltung zum gemeinsamen Erzbischof aller finnischen Baptistengemeinden gewählt. Bis Weihnachten konnte er bereits besser Finnisch als sein als Marschall bekanntes verstorbenes Vorbild. Der Herr gibt ihm die Gesprächsthemen und ein Engel lehrt ihn die Possessivsuffixe.
Anfang August erhielten Anneli Immonen und Surunen einen Brief von der Universität Santa Riaza. Er beinhaltete Dozent Cardenas' herzlichen Gruß samt der Bitte an Surunen, die ökonomische Patenschaft für Consuelo de López' Kinder zu übernehmen. Der Winter nahte, und die Bedingungen im Slum Paloma erlaubten es nicht, die Kinder ohne Hilfe von außen zur Schule zu schicken. Ansonsten

lief in Kalmanien alles wie gehabt. Hin und wieder rollten Panzer durch die Straßen, aber Erdbeben hatte es seit damals nicht mehr gegeben.

Anneli Immonen und Surunen entschieden sich sofort für die transatlantische Adoption. Sie taten es gern, hatten es bereits im Sommer so geplant. Es war ein Glücksfall, dass Dozent Cardenas sich selbst anbot, als Briefkasten für Ramons Witwe und ihre Kinder zu fungieren.

Rigoberto Fernandes schickte im Herbst einen Brief und teilte mit, dass er und seine Milja sich standesamtlich hatten trauen lassen. Sergei Lebkov hatte ihnen einen ausgestopften Adler zur Hochzeit geschenkt. Beim Transport von Moskau nach Slawogrod war dem Tier ein Flügel gebrochen, aber, so fand Rigoberto, man musste dem Adler ja nicht unbedingt auf den Flügel starren. Milja lud Surunen ein, im Frühjahr zur Taufe ihres ersten Pionierbabys nach Slawogrod zu kommen.

Angeregt durch diesen glücklichen Brief eröffnete Surunen der Musiklehrerin ebenfalls seine Idee von einer gemeinsamen Ehe. Die Antwort war positiv. Als Verlobungsgeschenk überreichte Surunen seiner Braut eine nach Balkanart bestickte weiße Schürze, ein Souvenir aus fernen Ländern. Bei der Anprobe stellten sie gemeinsam fest, dass die Schürze genügend Weite auch im Hinblick auf eine Mutterschaft hatte.

Von Opa Flasza kam nie auch nur die kleinste Nachricht. Daraus schloss Surunen, dass mit seinem Leben alles in Ordnung war. Manchmal läuft alles gut, dann muss man nicht traurig sein. Und Opa Flasza war ja schon ein alter Mann.

»Ein Mordsvergnügen.«

Frankfurter Rundschau

Arto Paasilinna
DIE GIFTKÖCHIN
Roman
Aus dem Finnischen
224 Seiten
ISBN 978-3-404-17657-1

»Gift: Stoff, der, wenn er in die Säftebahn eines Menschen oder Tieres gelangt, schon in kleiner Menge die Tätigkeit einzelner Organe schädigt und dadurch krankhafte Zustände oder den Tod verursacht.«
Linnea Ravaska, eine clevere alte Dame, verbringt ihren Lebensabend auf dem Land. Die Idylle trügt jedoch, denn die Ruhe wird regelmäßig von ihrem zwielichtigen Neffen und seinen Kumpels gestört. Die stehlen bei ihren Besuchen jedes Mal das wenige Geld, das sie besitzt. Linnea beschließt, sich mit den Mitteln einer Dame gegen die Ganoven zu wehren, die ihr mittlerweile nach dem Leben trachten. Ein nur auf den ersten Blick ungleicher Kampf beginnt …

Bastei Lübbe

Lesejury